中公文庫

世界警察 4

悠久のフロスティグレイ

沢村　鐵

中央公論新社

目次

世界警察　これまでのストーリー

第一巻　叛逆のカージナルレッド

二十一世紀末。世界は様変わりしていた。

軍隊は解体され、万人のための警備隊「ユニヴァーサル・ガード」に再編成された(担当地域により八つの部隊に分かれる)。軍事力は世界市民の意志により民主的に動くようになり、その司令塔に国連事務総長が就いた。よって国家間の揉め事は全て交渉で解決されるようになり戦争は消滅した。この世界連邦という新たな秩序を創る上で大きな役割を果たしたのが、日本だった。

だがテロ行為は消えない。武装組織イザナギによる異様な「切腹死事件」が東京で起きる。警視庁刑事部の吉岡冬馬警部、公安部の樋口尊警視正が東京から新首都フクシマ、副首都鳥取で捜査。警視総監直属のアイリス・D・神村警視も捜査に加わる。この三人はいずれも、世界で警視庁だけが持つ最新技術〝シールド〟で守られていた。

やがてイザナギは新国会議事堂を占拠、首相官邸にも押し入り首相を人質に取った。日本警察のみでは解決できず、ユニヴァーサル・ガードの東アジア警備隊《EAG》がついに出動。司令官・茂木一士の電撃作戦により、たちまちイザナギは制圧された――はずだった。ところが実態は、イザナギと結託していた茂木のクーデターだった。世界平和の守護者だったはずの人物に、一つの国が簒奪されてしまったのだ。

日本警察に残された手段は、特殊部隊による捨て身の潜行作戦だった。冬馬と樋口は特殊部隊に加わり、決死の覚悟で地下に潜る。

第二巻　輻輳のウルトラマリン

クーデターの鎮圧に成功した日本警察だったが、フクシマから一人離脱したイザナギの幹部・サキが地下兵器産業〝ウル〟の一員であると判明。刑事たちの世界を股に掛けた追跡劇が始まる。

一方、国連事務総長のソフィア・サンゴールは、世界連邦を揺るがす不穏な動きに悩まされていた。茂木のクーデターが負の連鎖を引き起こしたかのように、ユニヴァーサル・ガードの一部の指揮官たちに世界連邦を蔑《ないがし》ろにする傾向が強くなる。世界各地でテロ行為も相次ぎ、国連に対するアメリカ政府の締めつけも加わる。国連本部に旧友のソフィアを訪ねた吉岡冬馬は、ＦＢＩ捜査官からの圧力を直に感じ取る。

一方アイリス・Ｄ・神村はロシアに向かうが、モスクワに潜伏していたサキに囚われてしまう。ソフィアは、アイリスの危機を知り〝スペース・ライフル〟と呼ばれる非常手段を使って吉岡冬馬をモスクワに送り込む。

ホテル・レニングラードでの対決。そこで明らかになったのは、互いの祖父母の代に端を発した、奇怪に絡み合う恩讐の糸だった――。

軌を一にして、ニューヨークでも軍事蜂起が発生。国連本部が包囲される。

世界連邦は風前の灯火となった。

第三巻　簒奪のオブシディアン

国連本部は北米警備隊《NAG》司令官ジェンキンスによって包囲され、国連事務総長のソフィア・サンゴールは籠の鳥となった。風雲急を告げる世界情勢に、公安部長・仁戸田正治が動く。首相を引退した岩見沢耕太郎と共に、チャールズ・ディキンソンに乞う。伝説的存在〝トゥルバドール〟を呼びよせて欲しいと。だがチャールズは明快に答えない。

モスクワでロシア警備隊《RG》司令官フョードロフに拘束された吉岡冬馬とアイリス・ディキンソン・神村は、困難な交渉の末に解放を勝ち取る。その直後、テロリスト・サキ率いる暗殺部隊による火焔攻撃を受ける。二人が備えるシールドでも防ぎきれないかと思われたが、かつてない現象が発生して窮地を脱する。

軟禁状態にあるソフィアの要請を受け、冬馬はナイジェリア、アイリスはドイツへと向かう。一方、仁戸田の命により南極に向かった公安課長・樋口尊は、厳重に封じられた地球最後の核兵器を簒奪しようとする一団に単独で立ち向かう羽目に。敵の首魁はフョードロフ司令の実弟・ズヴェズダであった。

警視庁のシールドキーパー三人は各々苦戦を強いられる。一方ソフィア・サンゴールも苦悩の末に国連内の裏切り者を暴くが、その結果、事務総長室で爆発が起きる。国連事務総長爆死、との報道が世界中を震撼させる。

軌を一にして、北米警備隊《NAG》・ロシア警備隊《RG》・西アジア警備隊《WAG》がついに主力部隊を動かす。三人の司令官は、自らが全ての国家や国連をも超え、世界の治安を担うと世界中に宣言。越権行為を許さない残りの司令官たちとの衝突は不可避となった。

今にも世界大戦が勃発する――

主な登場人物

吉岡《よしおか》冬馬《とうま》……………警視庁刑事部捜査一課係長。警部

アイリス・D・神村《かみむら》………警視庁刑事部情報分析捜査室室長。総監付。
警視

樋口《ひぐち》 尊《たける》………………警視庁公安部第一課課長。警視正

立石《たていし》勇樹《ゆうき》……………警視庁警視総監

仁戸田《にとだ》正治《まさはる》…………警視庁公安部部長

速水レイラ…………警視庁警備部特殊急襲部隊副隊長

サキ……………………武装組織イザナギの元幹部。“ウル”所属の暗殺者

鴇田《ときた》 隆児《りゅうじ》……………武装組織イザナギの元メンバー

ソフィア・サンゴール……………国連事務総長

クリスティン・ウォーカー………ユニヴァーサル・ガード
オセアニア警備隊司令官

マヌエラ・デ・ソウザ……………ユニヴァーサル・ガード
南米警備隊司令官

サンドラ・ハマライネン…………ユニヴァーサル・ガード
ヨーロッパ警備隊副司令官

トム・ジェンキンス………………ユニヴァーサル・ガード
北米警備隊司令官

アレクセイ・フョードロフ………ユニヴァーサル・ガード
ロシア警備隊司令官

イサ・オビク……ユニヴァーサル・ガード　アフリカ警備隊司令官

梁 子墨《リャン・ズームォ》……………ユニヴァーサル・ガード　西アジア警備隊司令官

茂木《もぎ》一士《かずし》……………ユニヴァーサル・ガード　東アジア警備隊司令官。
警視庁により逮捕捕

フランクリン・チャン……………FBI特別捜査官

アルフレッド……地下兵器産業“ウル”のメンバー

望月《もちづき》友哉《ゆうや》……………国連情報インテリジェンスチームの一員にして“ウル”のメンバー

岩見沢《いわみさわ》耕太郎《こうたろう》……日本国元首相

チャールズ・ディキンソン……アイリス・ディキンソン・神村の祖父

佐々木《ささき》忠輔《ちゅうすけ》……科学者・思索者

佐々木《ささき》安珠《あんじゅ》…………佐々木忠輔の妹

黒瀬《くろせ》理沙《りさ》……………国際的ジャーナリスト

ジュスタン・メシエ……………不世出のフットボーラー

ジャック・フロスト……………伝説的人物。フロスティ、霜男等の異名を持つ

ゼロ……………………ジャックを守護する旅団“トゥルバドール”のリーダー

ジュゼッペ・ダイネッリ…………かつてのヴェネツィアの消防署長

クラウディア・ダイネッリ……ジュゼッペの娘

世界警察4

悠久のフロスティグレイ

「ちょっと待って、軍隊が私たちを追いかけてくるのが聞こえる」

　みんなは立ちどまって、うしろを見た。

「なにも恐れることはない」

　とフロスティがいった。兵士たちが彼らに近づいて来た。フロスティがかぶっていた帽子を、片方にかたむけた。兵士たちはその場に釘づけされた。彼らはあまりの寒さに、麻痺《まひ》して動けなくなったのである。

〈フロスティ（霜男）〉――『ジプシー民話集』
J・サンプソン編　庄司浅水訳（社会思想社）

プロローグ――ホワイトサンズ・ウィンター

ハインズ少将は基地内を走り回った。

いくら走っても身体《からだ》は温まらない。あまりに異常な温度の下がり方だった。

――ただの寒波だと？　いいや。そんな気候の変化ではまったく説明のつかない何かが、基地全体を襲っている。なぜならこの基地のあるニューメキシコ州はアメリカ合衆国の中でも南部にあり、冬でもこれほどの寒波はめったに訪れず、しかも季節はまだ秋だ。

報道では異常気象のことなど何も伝えていない。穏やかな秋の日が突然、冷凍庫のように冷える。その上、この視界の歪《ゆが》み。眩暈《めまい》、頭痛。見当識《けんとうしき》を失い、一瞬、自分が何をしていたか忘れそうになる。角を曲がるたびに自分がだれで、ここがどこか思い出さねばならないような。基地内に妙なガスでも充満しているのか？　それとも酸素不足？　いや。

あの男に起因している。もはやそれは確実に思われた。一人の人間が起こす異常事態。その考え方がすでに異常なのだが、疑うことは難しい。見た瞬間の得《え》も言われぬ畏怖《いふ》。都市伝説の中にしかいない男が、自分の足で歩いて基地を訪れた。他の基地や施設でも、大将や総帥や司令官たちが軒並み青ざめ、逃げ出したという。

——馬鹿な。ハインズはさすがに我慢ならなかった。最高機密に詳しい上司の部屋を訪ね、自分にはまだ開示されていない秘密を知らせろと迫った。この基地に配属されたばかりの新米少将であったとしても、自分には知る権限がある。

ところがカーネギー中将はお話にならなかった。問答無用で自室からハインズを閉め出したのだ。カーネギーはこの基地を捨てる気だと直感した。もはや自分の身の安全しか考えていない。

ならば自分で探し当てるしかない。まだここに信頼できる部下もいない今、身一つでぶつかり、真相を突き止めるしかなかった。米軍のエリートコースを順調に駆け上がってきた自分が、感じるはずのない原始的な恐怖に取り憑《と》かれている。なにより、自分自身を失いそうなこの頼りなさ。それでも、すべての原因を知りたい。訪れた相手の正体をこの目で確かめるのだ。そうしなければ一生後悔する。

できることならそれと言葉を交わし、真意を問いたいと思った。長く戦場でリーダーを務めた自分には、誰にも負けない愛国心が備わっている。いま訪れているのは明白な国防の危機なのだ。恐れを乗り越えるため、そんな使命感をなけなしの燃料にする。

ところが、冷えて馬鹿になったエンジンのような空ぶかしが関の山だった。太古から野生と触れ合ってきた人間の本能がにわかに目覚め、囁《ささや》きかけてくる。自分が対峙《たいじ》しているのは、人間の言葉などはねつける圧倒的な自然だと。一個体の望みなど弾《はじ》き飛ばす非情な風雪がいま、基地をすっぽり包み込んでいた。ハインズのルーツの中にはわずかにアメリカ原住民も混じっている。大地を駆け回っていた自分の先祖が教えてくれている気がした。逆らっても無駄だと。

訪れたのは欧州由来の流浪者の一団。ノマド。ジプシー。ロマ。人によって、時代によって呼び名は変わる。本来、アメリカにはいない存在だ。巷間《こうかん》でトゥルバドールと称される彼らは、一目見て明らかに人間の顔をしていた。人間の姿を取っていた。それがハインズには不思議でならなかった。身体が感じる気配と一致しないのだ。

だが確かに目の前にいる。基地の一角で、出会い頭に互いを見合った。このキャラバンの中心にいる灰色の髪の人物の両眼に、いま自分が映っている。軍服と夥《おびただ》しい徽章《きしょう》を見て心地よいはずもなかろう。だが、相手から感情は伝わってこない。心の奥底まで見通すような透徹した眼差《まなざ》し。台風の目を上空から見つめたような気分だ、とハインズは思った。酷《ひど》く静かだ……この雪嵐《ゆきあらし》の中心。無風地帯。

「核ミサイルの場所を教えろ」

訊《き》いてきたのは、灰色髪の男の傍らにいる黒髪の男だった。

抜き身の刃《やいば》を思わせる鋭い眼差しに、鍛え上げられたバネのような痩身《そうしん》。その男の名前がゼロというのだと、後に知った。

発せられた言葉との不釣り合いに、ハインズの眩暈はひどくなった。核ミサイル。なんと血腥《ちなまぐさ》いのか。この一団が伴ってきた大いなる自然とは対極にある軍事用語だ。

黒髪の男を制したのは灰色髪だった。

ハインズは、目を離すことができない。年齢を超越した風貌をしたその男は、黙って頷《うなず》いたのだ。その意味を悟れたのは、あとから思えば不思議なことにも思えたが、男の思惟《しい》が直《じか》に伝わってきた。

彼はすでに核弾頭の在りかを知っている。

ハインズの視界はますますひしゃげていくように感じられた。ここは全米でも最大規模のミサイル基地であり、南北百マイル、東西に四十マイルという広大さを誇る。この基地のどの部分にどの種類のミサイルが格納されているかは、人工衛星からでも把握できないよう巧みにカモフラージュされている。地面のどこから発射台が現れ、容赦なく全世界に放たれるかを、正確に知る者はごく少数に限られている。将校であるハインズはむろん知っているが、この灰色髪の男も自分と同次元で知っていることを、今や疑う理由はなかった。

「なんだ。もう、仕事が終わったのか」

黒髪の男、ゼロが快活に笑った。そのときの衝撃をハインズは忘れられない。仕事が指すものの意味を考えるとき、何度思い返しても嘆息するしかなかった。核施設の技術者以外の人間が決して為し得ない仕事を、灰色髪の男はこれまで何度もやってのけている。だからこそ、米軍のミサイル基地の真っ只中でも笑みを洩《も》らせるのだろう。それを見ているうちに、ハインズも奇妙に笑えてきたことを覚えている。

　情報局から上がっていた報告はフェイクではなかった。世界各地で起こっている、核施設の機能停止。当初はテロリストの仕業《しわざ》と断定していた。それが徐々に変わり始め、国連が組織した特殊部隊、あるいは日本の警視庁が開発した新兵器が原因だ、などと根拠の疑わしい説が百出した。やがて、旅芸人の一団が起こす怪異という都市伝説レベルの噂話《うわさばなし》が広がるに至って、ハインズは全てをフィクションと片づけることにした。戸惑いと嘲《ちょう》笑《しょう》が軍部内にも広がっていた。真面目に取り合う軍人はいない。ＣＩＡの高官が何度も基地を訪れてはトップにしきりに何事か訴えかけていたが、不機嫌に追い返すばかりだった。

　その対応は間違いだった。都市伝説には根拠があったのだ。というより根拠しかなかった。この強烈な冷気が目前から押し寄せてくるのを経験すればたやすく心変わりする。眼球を凍りつかせたくないという自衛本能から瞼《まぶた》を閉じ、次の瞬間には目の前の者たちが幻でないことを確認したくて瞼が開く。その繰り返し。いつしかハインズは死を覚悟していた。自分もこの基地の責任者の一人だ。この基地を滅ぼしにきたのなら、自分がお目こぼしにあずかる理由が見当たらなかった。

　ところが彼らはハインズに見向きもしなかった。武器を持っていなかったことが奏功したのだろうか。いや、武器を持っていようと彼らは気にしなかっただろう。雪嵐や氷壁はそもそも、弾丸ごときではビクともしない。

どれほどの時間、雪嵐は続いたのか。気づけば彼らは去っていた。にわかに訪れた冬とともに。

ハインズは後に知る。核ミサイルが全て使用不能に陥ったと。発射機能が軒並み不全に陥っていただけではない。ミサイルに搭載された核弾頭内の、放射性物質そのものが変質していた。プルトニウム239からウラン235に変わっていたという報告書を見るに至って、ホワイトサンズを襲ったのはやはりただの冬ではないと痛感した。少なくとも二万回以上の季節が巡らなければ、かの放射性物質が別の物質に変わることはない。

もう一つ特筆すべきは、基地にいたアメリカ人のだれ一人として死傷しなかったことだ。旅芸人のような姿をした彼らは、死の使いではなかった。その逆だ。致死的に思われたあの厳冬、容赦なき風雪は、人を死に導くためのものではなかった。命を奪う道具、をこそ抹殺したのだ。いったい何ということだ。

その後に起きた世界連邦革命が完遂する前に、ハインズは米軍を退官した。もはや留《とど》まることはあり得なかった。時代の流れは不可逆だとハインズは確信していた。あの旅団にかかれば、どんな人間であれ戦意を維持するのは不可能。そう確信した通り、ほどなく米政府は軍事力を放棄した。必要な分だけが国連の指揮下に入り、余分な軍事力は廃棄《はいき》された。とりわけ核戦力が。

　軍人も同じだ。ハインズは職業軍人としてユニヴァーサル・ガードに加わることも、国連に雇われることも拒んだ。もう、軍事のそばにいるのはたくさんだった。

　後に振り返ると、導かれていたような気がするとハインズは語った。ほとんどの軍人が逃げ出した静閑な基地内に、自分だけの道が敷かれていたような。その先にいた灰色髪の男のことは、よく思い出す。現実とは思われないあの、たった一日の出来事が、世界連邦樹立に直結していることを疑ったことはない。一度でもその張本人に会えたことは、ハインズを奥深くから変えた。多くの言葉を交わしたわけではない。むしろほとんど喋《しゃべ》っていない。それでも膨大なものが伝わってきた。

　魂をも凍らせる冷気は無言で語っていた。暴虐の炎を決して許さないと。風雪の声が謳《うた》っていた。命を奪う道具を一つとして逃さないと。ハインズは細胞から悟った。幻術でも、白昼夢でもなかった。あの体験を経て、軍事のそばに戻ることなどできない。たとえそれまでの人生を否定することになろうとも。

　ロシアでも中国でも同じことが起きた。独自に情報を仕入れて確かめた。どの政府も少人数の旅団の訪問を受け、以後、例外なく武装解除に応じている。特にこの二つの大国には長居した形跡がある。どちらの強権力も抵抗はしただろうが、結局は根負けした。そうだろうとハインズは笑う。逆らえるはずがないのだ。あの芯から凍りつかせる冷気には。

放射性物質をもねじ伏せる強烈な意志には。

あんな男が地上に何人いるかは知らない。多くいるはずはないと思う。もしかすると一人なのか。何と呼ばれているのか、どの国でどんな奇蹟《きせき》を起こしたのかも、後にできる限り調べ上げた。知れば知るほど頭の芯が痺《しび》れ、信じてきた全てが覆される。あの男が望めば、あらゆる兵器はガラクタになった。点火装置は凍りつき、放射性物質は性質を根本的に変えた。手品だ、フェイクだと喚《わめ》いても無駄だ。全ての弾丸があの一団には到達しなかった。どんな憎しみも彼らを打ち倒せず、凍りついて地面に落ちた。

力を信奉し、どんな相手でもひねり潰《つぶ》せると信じてきた権力の亡者たちが、軒並み顔色をなくして立ち竦《すく》むのは、愉快だった。ハインズ自身が権力者を守る側にいたくせにだ。人生をまるごと否定されたようなものだとしても、日が経《た》てば経つほど、ハインズは自らの幸運に感謝を覚えた。人類史上最も胸のすく奇蹟に立ち会えたと実感した。

全ての暴君があの男たちの前に傅《かしず》いた。ハインズは今からでも喜んで傅きたかった。出会ったときは突然すぎて、価値を充分理解していなかったことを悔やんだ。

それでも、米軍が地上から消滅する日は感慨深かった。〝世界の警察〟を自任し、軍産複合体とともに世界中に戦争を輸出するという暗黒面を持つアメリカ陸海空軍と海兵隊が、解体される。代わりに地上をしろしめすのは、ユニヴァーサル・ガードという公共の軍事力。強大ではあるものの、かつての大国の戦力とは比べるべくもない。専守防衛を原則とし、何より核を持たない。

かつての壮強な米軍に郷愁を感じないか？　悔恨はないのか？　そう問われても、格別な感情が一向に湧いてこないのは自分でも意外だった。

「この形でうまくいくのなら、悪くないと思う」

実際に記者に訊かれたとき、ハインズはそう答えた。いささか無責任に見えたのか、記者は心外な表情になった。だがハインズは、無責任に放言できる今の立場に感謝した。もはや軍人ではない。一民間人であり、どうやら〝世界市民〟という身分を得た。全ての階層の人々と同等なのだ。

記者に、重ねて訊かれた。やってきた新しい世界の秩序に対する期待と不安を教えてくれ、と。

「世界連邦が機能し、長く続くことを祈っている。ただし、必ず障害が立ちはだかる。苦難の時代がやってくるだろう。私はそれを恐れている」

We're only men and women doing what we can
Sometimes I think that God is working to a plan

Then other times I swear that he is improvising
Discordant and remote
Another orphan baby in failed uprising
Another real bum note

Once more the sound of crying
Is number one across the earth

"The Sound of Crying" Prefab Sprout

I　ウィメン・ストライク・バック

1

『サンゴール事務総長。報告が遅れてすみません』

ソフィア・サンゴールは、警視総監・立石《たていし》勇樹《ゆうき》からの律儀な詫《わ》びを受け止めた。

ユニヴァーサル・サンゴール・ガードの司令官が集結したオンライン会議が、無残な決裂を遂げた少し後のこと。南極で重大事が勃発《ぼっぱつ》している現状を、ソフィアが詳しく知れたのは、他の誰でもない。立石のおかげだった。

『南極に一人、刑事を送り込んでおりました。勝手なことをして申し訳ない』

「とんでもない。それどころか、お礼を言います。私は南極の危機状況を知らなかった。あってはならないことです。立石総監のおかげで、現地の状況が分かるのです」

『そうだとよいのですが……詳しく説明しますと』

警視庁が派遣した公安刑事が、ズヴェズダ——国際指名手配犯にして、フォードロフの実弟——が南極点にある極秘の貯蔵施設から核ミサイルを簒奪《さんだつ》する現場に遭遇した。公安刑事が連中に反撃するかもしれない。立石はそう述懐した。

「立石総監の決断を支持します」

東京にいる警視総監に、ニューヨークの国連事務総長は即答した。

「南極には人を常駐させていませんでした。代わりに配置したセキュリティシステムがきちんと働いたか、至急確認します」

『セキュリティですか』

立石がピンとこない様子なのも致し方ない。南極における、侵入者に対するセキュリティシステムの存在はトップシークレット。国連事務総長のみがアクセスできる情報の一つだった。

だが不備が生じてしまったらしい。これほど本格的な侵入を受けるのは、ソフィアにとっても初めての事態。大急ぎで専用端末を使い、南極に格納してある核ミサイルの状態を調べた。そしてわずかに安堵《あんど》する。

「まだ、量子暗号のロックは外れていない。核弾頭は使用不能の状態のままです」

だから、セキュリティシステムはアラートを送ってこなかったのか？　システムの管理者に詳しく訊くべきだろうが、状況はまだ流動的だ。ソフィアが迷っている間に、立石勇樹は南極入りしている刑事の概略を送ってくれた。

樋口《ひぐち》尊《たける》警視正。公安部のエースにして、シールドキーパー。単独で行動している。

「銃撃を許可します」

ソフィアは告げた。いま、賊から核兵器を守れるのは彼しかいない。ならば躊躇《ためら》うことはない。

「自分の身を守ってください。正当防衛と認めます。核兵器は世界市民の財産。手を出す者は加害者に他なりません」

　言ってしまってから、嫌な汗が吹き出した。

　ユニヴァーサル・ガードに攻撃許可を出す時とは一味違った手触りがある。個人が個人に対して殺人行為を許可する。それが未来にどんな禍根を残すかは、厳密な道義計算を経なければ分からない。そして、刻一刻と更新される個人の行動をリアルタイムで計算にかけることは不可能なのだ。全ては事後に判定が出る。その判定とて、絶対的なものでないことはわきまえておかなくてはならない。一生をかけて検証を続けるべきだ。

　行動の結果は、何人《なんびと》であれ、徳と不徳として数値を残す。

　そしていずれ、己の行動の結果として現れた〝罪と罰〟と向き合わなくてはならない。計測が可能であろうと不可能であろうと、人間存在が抱える宿命。万人に課せられた、人間という種が抱える摂理だ。この世に生まれ落ちた瞬間から始まっている。死ぬまでの毎秒が徳と不徳のせめぎ合いだ。目に見えづらいだけ。それを可視化しようとした天才がいた。彼が生涯をかけて、教えてくれた。

了解しました。また連絡します、と言って回線から去る立石を見送りながら、ソフィアはまだ指先や唇の震えを抑えられなかった。

コマンダー会議の劇的な幕切れがダメージとして残っている。いま、世界連邦を守る側のコマンダーたちは、目の前の任務に懸命に向き合っている。南極にはマヌエラ・デ・ソウザが部隊を送っている最中だ。間に合え。無事に賊を取り押さえ、核を安全に確保してほしい。樋口刑事のことも救ってほしい。

マヌエラと改めて回線を繋ごうとしたが、その前にクリスティン・ウォーカーのオセアニア《O》警備隊《G》からの短信が届いた。

フィリピン北部のルソン島上空で、散発的な交戦があったという報告だった。西《W》アジア《A》警備隊《G》の偵察ドローンと思われる機影が複数飛来した。レーダーで捕捉したオセアニア《O》警備隊《G》が迎撃した。死傷者は出ていない。だが、各地で小競り合いが始まっている。こうした前哨戦《ぜんしょうせん》が積み重なって、いつしか生身のガーディアン同士のぶつかり合いが起こる。戦争とは華々しい宣戦布告とともに始まるのでなく、偶発的な局地の衝突から地滑り的に拡大していくものだ。押し止《とど》める術《すべ》もなく泥沼に突入する。そこまで想像力を働かせなくてはならない。

事前のシミュレーションによれば、ユニヴァーサル・ガードの主力部隊同士の全面武力衝突は、第二次世界大戦時に類似する。互いの戦力の規模やあり方が当時に近いのだ。もしこのままフィリピン海で戦闘が始まれば、状況は太平洋戦争のガダルカナル島の攻防戦の再現になる。一九四四年のマリアナ沖海戦もオーバーラップする。当時ぶつかり合ったのは日本軍と米軍だが、今回はユニヴァーサル・ガードという、仲間同士のはずの軍事組織。本来は専守防衛が鉄則だ。警備隊員《ガーディアン》の同士討ちとなれば、世界連邦の根幹が崩れる。本当なら是が非でも阻止したい。

　だが、各地から似たような報告が入り始めている。ベルリンやワシントンDC、北京とモスクワでデモ隊と警察との衝突が起きているのは純粋に市民運動と捉えてよさそうだが、パナマやウクライナなど、各警備隊の管轄区域が接する場所での事件にはどうしても神経が尖《とが》る。

　まだ取るに足らない探り合いにも見えるが、聞くたびにソフィアの胸は少しずつ破れた。まるで聖痕《スティグマ》だ――身体が一刺しずつ刃物で傷つけられていく心持ち。国連事務総長は磔《たく》柱《ちゅう》の上の晒《さら》し者だ。世界市民一人ひとりの手に、刃が握られている。

　いや、こんな情けない連想もない。ソフィアは恥を覚えた。責任から逃げたいだけだ。かつての国連事務総長はみんな同じ経験をしているし、世界連邦革命を支えた各国のリーダーたちも同様。その旗手を務めた岩見沢耕太郎《いわみさわこうたろう》はもっと悲惨なバッシングに遭い続けた。何度も命を狙われた。

　何より、思想的リーダーの佐々木忠輔《ささきちゅうすけ》はどうだった。死後でさえ、彼の身体は心ない刺し傷に覆われている。理解されず、誹謗中傷《ひぼうちゅうしょう》を浴び、不当に憎まれている。

めげている暇《いとま》はない。いま何をなすべきか考えろ。

引き返すことのできない地点を、ついに今日、越えるかも知れない。本隊同士の交戦——剝《む》き出しの暴力がぶつかり合う。世界そのものが戦場になる。これは滅亡の序曲か。その上、もし核の封印が解かれれば、残るのは焦土《しょうど》のみだ。清浄な氷原《ひょうげん》でさえ無傷では済まない。

世界は今日、大きな岐路に立っている。

その転轍機《てんてつき》のレバーの一つを握っているのが、紛れもなく自分だとは。何という重みだ。それでも命令を下さねばならない。自らも籠の鳥となりながら、指示を送る。それが妨げられないうちは。

決意を新たにした矢先に、想像もしていなかった凶報が飛び込んできた。

最初は文字で届いた。送信してきたのはヨーロッパ《E》警備隊《G》の司令部。ただし送り主は、司令官ではない。クリックして内容を確かめる。

「ハリエットが……」

ソフィアはそこで、声の出し方を忘れた。

親友のアイリスが、今まさにヨーロッパ《E》警備隊《G》の司令部に向かっていることさえ思い出さなかった。

2

「ずいぶん遅かったですね」

　アイリス・ディキンソン・神村《かみむら》を出迎えたヨーロッパ警備隊《EG》の副司令官、サンドラ・ハマライネンの目は充血していた。

　剛毅《ごうき》な軍人だと聞いてはいたが、少し前まで涙を流していたことは間違いない。新任の司令官への忠誠心が表れている。信頼関係ができていたのだろう。副司令官として理想的な人物らしい。しかも、自分を責めた。

「私の失態です。司令部への警戒が足りなかった。前線にばかり頭が行って、司令官を守ることを疎《おろそ》かにしました」

「それでも、警護は堅かったはず」

　アイリスは、責めるような言い方をしないように気をつけた。

「どうして暗殺部隊が、司令室に侵入できたのか……」

「襲撃してきたのは、人間だけではありませんでした」

　それを聞いて一瞬で理解した。あれだ。フクシマにも現れた黒い異形《いぎょう》。

　アイリスは監視カメラの映像を見せてもらった。やはり……サキ率いる部隊は人型兵器を伴っていた。これが、警護に当たっていた数十人の兵士を一手に引き受けている間に、暗殺者自身は堂々と司令室に踏み入った。なんということだ。

　言葉を失うアイリスに向かって、副司令官は痛々しいほどへりくだった態度を見せた。

「カミムラさん、あなたは国連大使ですよね。私への処分を持ってきてくれたのなら、謹《つつし》んで受け入れます」

「ハマライネン副司令。私は、あなたの責任を問うために来たのではありません」

　アイリスの涙腺《るいせん》も緩んでいたが、職務を忘れてはならない。己に鞭《むち》打って喋った。

「私も責任を感じています。もっと早く着いていれば状況が変わっていた。私が直接、リヒター司令官を守ることもできたかもしれません」

　サンドラは俯《うつむ》いてしまう。

　アイリスは一歩近づいて声を落とした。

「つらいけれど、今は職務に徹しましょう。私たちは重責を負っている。死者を悼《いた》むことも大事ですけれど、後回しにするしかない。目の前の状況を乗り切るのです」

　するとサンドラは顔を上げた。その眼差しは強かった。

「危機的な状況は、変わっていませんものね……これ以上人命が失われないために、できることをしたいという気持ちは同じです。あなたがサンゴール事務総長の意志を汲《く》んでいるなら、私はあなたの命令を聞きます」

「命令なんてとんでもない。お互いに持っている材料を持ち寄って、最上の策を見つけましょう。前線の状況を教えてもらえますか？」

「了解しました。こちらを見てください」

作戦室の壁のプロジェクターに、偵察ドローンで撮影した相手方の部隊の写真が大写しになる。それに重なるように色つきの矢印や数字のデータが現れた。兵士の数、砲台の数と位置、性能分析などが細かく表示されている。ただし、種類や能力の判定が不能の兵器も多かった。予想通り、ウルが秘密裏《ひみつり》に製造した最新兵器が多く混じっているのだ。主力部隊がまだ集結しきれていないヨーロッパ《E》警備隊《G》には、やはり不利な状況だと素人《しろうと》でも分かる。

「現在、地中海に展開していた分隊にも大急ぎで召集をかけていますが、一昼夜かかっても全部は揃《そろ》わないでしょう。向こうが短期決戦を決断すれば、こちら側が壊滅してしまう恐れもあります」

正直な分析に感謝した。サンドラは最悪の事態もしっかり想定している。アイリスは明るい材料を提供したかった。

「アフリカ《A》警備隊《G》に対する交渉を続けています。必ず成功すると思う」

そう説明するとサンドラは頷いたが、顔色は優れない。

「信じます。ただし、タイミングが……もう猶予はありません」

「その通りですね。急がせます」

アイリスは端末で通信先を選んだ。迷わず冬馬《とうま》にコールを送る。これまでは直接の連絡を控えていたが、もはやそんな段階ではない。

ところが、繋《つな》がらない。

こんなことは滅多にない。激しい不安が襲ってくるが、アイリスは表情に出さない。気持ちを切り替え、前線の状況の把握に集中することにした。

「もっと詳しい状況を教えてください。こちら側の本隊は、六つに分けて別々のルートから進軍しているんですね。その意味は？」

サンドラがよどみなく説明してくれる。しっかり耳を傾けながら、アイリスは脳内のマルチタスクで全く新しい戦略を絞り出そうと努力する。東アジア警備隊《EAG》の一部をヨーロッパに飛ばして奇襲攻撃に使えないか？　いや、残念ながら現実的ではない。それでなくても、司令官を失ったばかりの東アジア警備隊《EAG》は統制に問題がある。使用できる戦力に限りがある。

同じく、オセアニア警備隊《OG》の方から戦力を回してもらうのも現実的ではない。相対《あいたい》する西アジア警備隊《WAG》——梁子墨《リャン・ズームォ》司令官——の強力さは、ロシア警備隊《RG》と同様。ウルの兵器が実力を底上げしていると考えるべきだ。つまりクリスティン・ウォーカーには、こちらに振り向ける戦力の余裕はない。

やはりアフリカなのだ。どっちつかずの態度を取り続けてきたイサ・オビク司令を味方にしなくては、敗北は必至。

冬馬はやってくれる。いま、何か理由があって繋がらないが、きっとベストのタイミングでアフリカの部隊を引き連れて現れてくれる。そう考えて作戦を立てるべきだ。

「サンドラ。そう呼んでいい？」

アイリスは言った。礼儀を守っている時間がもったいない。

「私自身を最前線に連れて行ってもらうかも知れない。いざとなれば。お願いできるかしら？」

「どういうことですか」

「説明が難しいんだけど……前線で使える楯《たて》を、供給できるかもしれない」

「それは、新兵器という意味ですか？」

「そうかな。そうかも知れない」

言ってしまってから強い不安に襲われた。義足の女刑事が、戦場でいったい何をするというのか。思い上がってはならない。

苦悩を見せるアイリスを、サンドラがじっと見つめている。

だがもうそれ以上、どこを探しても、相手を安心させられる言葉が見つからなかった。

3

『ソフィア、本当なの？　ハリエットが戦死？』

　クリスティン・ウォーカーからの問い合わせに、ソフィア・サンゴールはしばらく、まともに答えることができなかった。動揺が収まらない。

「……戦死ではない。ハリエットは、暗殺部隊の手にかかりました」

　こんなことは決して口にしたくなかった。ソフィアは罪の意識に震える。

　ハリエット・リヒターが狙われるとは予測できなかった。極秘に司令部を置いたハンブルクが急襲されることも全く想定していなかった。

　もっと早くアイリスを合流させていたら、ハリエットは命を失わなかっただろう。だが難しかった。その前にアイリスに依頼した任務は相当な難事業だったから、タイムラグが生じるのは致し方なかったのだ。

『ソフィア。気を強く持って』

　当のアイリスに励まされた。ついさっきのやりとりだ。

『ヨーロッパ《E》警備隊《G》はこんなことではぐらつかないと思う。不幸中の幸いは、ハリエットが新任の司令官だったこと』

アイリス・ディキンソンも、着いたと思ったら司令官の死に迎えられたのだ。堪《こた》えているはずなのに。

『副司令官のサンドラ・ハマライネンは、ガーディアンたちに慕われている。彼女を前面に押し出してガバナンスすれば、士気は下がらないと思う』

アイリスは根拠を打ち出してソフィアを励ました。ソフィアは精いっぱい頷く。

確かにサンドラ・ハマライネンは、叩《たた》き上げの軍人でありながら人望が厚く、指揮官としての能力も高い。国連事務総長としての務めは、アイリスとサンドラの間を取り持つこと。この新しいコンビをバックアップするために何でもしたい。

「難しい仕事ばかり続いてごめんね」

少し迷ってから、ソフィアはアイリスに告げた。幼馴染《おさななじみ》に話しかけるような口調になる。

「あなたは、警視庁の代表として、指揮官不在の東アジア警備隊《EAG》との連携をとるために、各所を調整してくれた……本当に煩雑で、気を遣う仕事だったと思う」

『ソフィア。あなただって』

親友は気遣いで上回ってくれる。

『東アジア警備隊を稼働させるための手続きをしてくれていた。国連事務総長の権限をフルに使って、司令官不在でも艦隊を動かせるようにしてくれた。しかも、立石警視総監を臨時の司令官に就任させる準備をした。勤め上げる覚悟はあります。茂木《もぎ》さんのクーデターは、同じ日本人の不祥事だし』

公表はしていない。かなり大胆なアイディアだからだ。急場に当たって最も効果的な手を打つのが国連事務総長の仕事。突飛に見えても、事後、正解だったと納得させられればいい。

「立石警視総監の知名度は世界的だから、ガバナンスもある程度は利くだろうし、反対派からの糾弾《きゅうだん》も、最小限に抑えられると思う。後は、事務総長権限で発令すれば動かせる。事後処理が面倒だけれど」

また新たに審判が下る要件が増えたことになる。だが、世界連邦の危機を救わずして何が事務総長か。座して暴君たちに勝たせるなど、それこそ末代までの恥というもの。使える人材は使う。急場しのぎゆえ、限界は多いが。

『ただし、動かす部隊は、クーデターの時の別働隊に限る。その判断は当然だと思う。全部隊の四分の一ほど』

茂木司令の乱心を恥じる、理性的な兵士たちが別働隊を構成している。逆に言えば、彼ら以外を動員すれば、リスクが高まるということだ。

『兵数は三万人ほど。ただし、艦船は多く持っている。別働隊は、外敵に備える役割を担わされていたから。五十艦近くあるので、かなりの戦力と言えるでしょう。陸戦部隊は正直、貧弱だけれど』

「いいえ。無視できない戦力だと思う。表向きは、私が臨時の司令官を務めるけれど、立石総監に舵《かじ》取りを任せる時が来る。後で立石総監としっかり話します」

『お願い。緊張しているけれど、あの人はしっかりやると思う』

まるで家族の面倒を見るようなアイリスの物言いに、ソフィアは思わず顔をほころばせる。

「立石総監のことは信頼しています。彼に注意を傾けてもらうのは、オセアニア《O》警備隊《G》と、西《W》アジア《A》警備隊《G》の衝突地点。想定されるのは……」

『フィリピン海』

明快な返答。両陣営の動きを見ても、それは疑う余地がなかった。

「そこに東《E》アジア《A》警備隊《G》を加勢させられると、クリスティンは相当心強いと思う。うまく挟撃できれば、優位に立てるものね」

『うん。西《W》アジア《A》警備隊《G》がウルの兵器によって増強しているとしても、こっちが連合部隊になれば上回れる。アジアは死守できる』

アイリスは声を晴れやかにした。

『だから私は、ヨーロッパに留まってフォードロフを止めるわ。冬馬がオビクを説得して、アフリカ《A》警備隊《G》を動かしてくれると信じて待つことにする』

「まだ、連絡がないわね……きっと、今まさに、交渉の真っ最中だと思うけれど」

『まもなく連絡が来る。そう信じる』

アイリスはそう言った。だが、ソフィアの想定よりも遅い。

アイリスとの会話はそこで終わった。いま繋いでいるのは、南半球の守護者たち。

不安を抑え、ソフィア・サンゴールは改まって女性指揮官たちに告げた。

「やはり将軍《ジェネラルズ》たちが、裏で連携して動いていた。世界中で起きた騒乱も、自分たちが動く理由にするための裏工作だった」

先の会談の決裂を受けての結論だ。

『予想通りだったね。核にまで手を伸ばすとは、してやられた感じだけど』

クリスティン・ウォーカーの表情は苦々しさの極みだった。

『ごめんなさい。予測が甘かった』

マヌエラ・デ・ソウザが謝った。ソフィアは首を振る。

「いいえ。南極の警備状況を決めたのは私。セキュリティシステムを信頼して、人を常駐させる方式は取らなかった」

『そうなの？　ということは、システムが働かなかった？』

南極防衛にはノータッチだったクリスティンが興味津々に訊いてくる。

「いま確認中。でもたぶん、働いてはいる」

『え。今も？』

「うん」

『……どういうこと？』

「詳しく分かったら、また二人に報告します。少なくともまだ、ミサイルの起動システムにロックがかかったままなのは確か」

『せめてそれなら、安心だけど』

　しばし沈黙がおりる。それからポツリ、と言葉が落ちた。

『いつのまにこんな粗暴な時代になっちゃったんだろう』

　あまり耳にしない、ブラジルのキャプテンの弱音《よわね》だった。

『言いたくはないけど、世界市民の慢心ね……また、間違ったリーダーを選ぶ時代になってしまった。世界市民同士の幸せを考えるよりも、対立を煽《あお》る喧嘩《けんか》っ早いリーダーの方を支持してしまう』

『歴史を忘れたのね。常に記憶を喚起していないと、過《あやま》ちを繰り返してしまう。歴史がこの繰り返しと言ってしまえば、それまでだけど』

　クリスティンもそんな表現で同意した。

「歴史教育は、かつてより厚くて、どの国でも公正な内容で行うようにしてきたはずだけれど……」

　国連事務総長の愚痴《ぐち》だ。ソフィアは自嘲《じちょう》的な思いに駆られる。国連が推奨する歴史見解がある一方で、教育の自主性は各国に完全に任せている。歪みが生じるのも致し方なかった。

『人類は、もっと進歩したと思ったんだけどね』

クリスティンはそんなふうに嘆いた。ソフィアの目の前が暗くなる。

「自国を愛することはよい。だが、自国が他国を憎ませようとしたら、自国を捨てよ」

国連はいくつものキャッチフレーズを発信し、古いナショナリズムからの脱却を促し続けてきた。全ての戦争は、国家という実体のないものが怪物と化し、国民を騙《だま》すことから始まる。そんな歴史の真理を伝えるものだが、遍《あまね》く行き渡っているとは言い難い。因数分解を苦手とする人間はいる。それと同じで、どんな学術的真理であろうと、全ての人間に伝わると思ってはならない。

『ハリエットも可哀想《かわいそう》に……理性の時代にコマンダーになったと思ったら、実は暗黒時代だったなんて』

マヌエラはヒヤリとするような毒を滲《にじ》ませつつ、同僚を悼んだ。それほど悔しいのだ。ウィメンズ・クラブに招いたばかりだった。

『貧乏くじって言ったら、私たちみんな同じじゃない』

クリスティンが苦しそうな笑みとともに応じる。

『自分の任期中に、他の警備隊《ガード》と戦火を交えるなんて夢にも思ってなかったんだから。正直、茂木が蜂起《ほうき》した時は震えたわ。一方で、男たちと戦わなきゃいけない女の歴史をまた繰り返すのかっていう怒りも湧いたけど』

『でも、茂木なんて前哨戦だったね。クリスティン。あなたが対峙するのは、地理的には梁子墨《リャン・ズームォ》になる。とりわけ厄介な奴』

いささか厳しい発破がかかった。クリスティンは引き攣《つ》った笑みで答える。

『本当よ。あの中華将軍、相当面の皮が厚そうだもの。みんな助けてね。チームワークで勝つしかない』

もちろん、とソフィアは強く頷き、

『ハリエットの穴は？　どう埋めるの？』

というマヌエラの憂慮に答えた。

「規定により、私が臨時の司令官になります」

『現場は？　だれが見るの？』

「副司令のサンドラ・ハマライネンに任せます。彼女は頼りになる」

『なるほど。アイリスは？　ブレインになるの』

やはりマヌエラは全体が見えている。ソフィアが考えている対策は、マヌエラの考えとも一致していた。声を大にするつもりはなかったが、彼女が知りたいなら答えよう。

「アイリスが果たす役割は大きい。今は本人が、ヨーロッパ《E》警備隊《G》を支えたいと言ってくれているから。当面は常駐する形になると思う」

『そうなんだ。よかった。ヨーロッパ警備隊がバラバラにならなくて済むなら』

大局を押さえているから、どの地域の展開も自分事として捉える。かつて常勝軍団を率いた名キャプテンそのものだ。

『私はとにかく、ロシア《R》警備隊《G》の戦力増強が気になってる。ウルのバックアップは相当なものなんでしょう』

『ソフィア。やっぱりそれは、間違いないの？』

当然クリスティンも気にしていた。ソフィアは不安を煽りたくないので、できる限り淡々と伝える。

「ええ。一番大きな工場はシベリアにあって、フョードロフが直接関わっている。彼は本当は、ユニヴァーサル・ガードのコマンダーになってはならない男だった」

『でも、ロシアや、その周辺の人々を騙して自分に投票させればコマンダーになれる。なってしまったら勝ちだものね。任期中に何かやらかすに違いないと思ってたわ』

『確かに。ジェンキンスも梁も厄介。だけど本当に怖いのは、フョードロフじゃないかと思う』

次々に意見の一致を見る。経験を重ねた女指揮官たちの慧眼《けいがん》に間違いはなかった。フョードロフは最も冷徹で、最も腹黒く、どんな将軍たちをも裏で操り、自分の欲する方向に事態を転がす力がある。それでなくともロシアは歴史的に、陰険な策謀家を多く生み出してきた。

「私たちは、彼に勝たなくてはならない」

『うん。ハリエットを失ったのは、やっぱり痛いね』

『私たちも気をつけて、自分の身はしっかり守りましょう。司令部の警戒度を上げる。絶対に死なないようにする』

　マヌエラに改めて言われると身が引き締まった。

『ヨーロッパ《E》警備隊《G》には、動揺を乗り越えて、なんとか持ちこたえてもらって、最後は私たち全員で対抗しないと』

『そうね。女たちの結束でしか世界を救えないんだったら、私たちが同じ時代にコマンダーになったのも、歴史の必然か』

『ソフィアが最高司令官だっていうのが、何より必然よ。神に感謝ね』

　クリスティンとマヌエラはどこまでも励ましてくれる。ソフィアの胸の奥が震えた。

「ありがとう。頑張りましょう。世界市民を代表できるのは私たちの方。子供たちの幸せを本気で考えられるのも、私たちの方だから。世界を、野蛮な男たちの無法な荒野にはさせない」

『ソフィア、お願い。私たちを導いて』

マヌエラはウェブカメラの前で、祈るように両手を合わせてみせた。

『必ず勝利する道を私たちは行きたい。人道から外れない限り、どんな手段でも取る。だから』

マヌエラが慎重に言葉を選んでいることが伝わってきた。

『ソフィアにも、できる全てをやってほしいの。もし、噂どおりに、南極に伝説の存在がいるのなら、召喚してほしい。どんなに確度が低い選択肢でも、可能性があるならトライしてほしい。それが勝利に繋がるのなら』

すると、クリスティンも期待を込めてソフィアを見つめている。

二人の心情は痛いほど分かる。国連事務総長だけが、伝説の存在に直接通じるパイプを持っているという真偽不明の話について、二人とも確かめたいと思っている。

ソフィアはあえて明言してこなかった。かつての世界連邦革命の主役だった存在が、再び表舞台に現れれば勝利は確実。将軍たちは恐れをなして黙る。そう期待するのも分かる。

「みんな、伝えておくわ。本当のことを」

ソフィアは一言一言に心を込める。

「トゥルバドールにコンタクトが取れるかどうかは、定かではありません。彼らがまだ生きてこの地上にいるかどうかも、確実ではない。つまり、期待するのは難しいの」

遠くからそれぞれに、溜め息が届くのは仕方のないことだった。

『でも初めから、彼らは国連の下請けじゃないものね』

マヌエラは冷静に受け止めてくれた。

『私も、トゥルバドールのことは調べられるだけ調べた。ソフィアに比べたら浅い知識でしかないとは思うけれど、もう何十年も現れていないという事実を踏まえれば、都合のいい時だけ頼るというのは、現実的じゃない。計画の中に入れるべきじゃないし、自力で打開する方法を考えるべき』

『そうね、マヌエラ。私たちのチームワーク。それに何と言っても、民意の後ろ盾がある。世界市民はさすがに、理性的な方が多数派だと思うから』

　クリスティンもそう言って鼓舞した。自分に言い聞かせてもいる。

『うん。私たちは支持される。大半が、野蛮な時代に戻りたくないと思っているはず。しっかりメッセージを発していくことが必要だけれど』

マヌエラ・デ・ソウザはやはり頼りになる。彼女なら、たとえ劣勢の中でも勝機をつかむことができる。自分に何かあれば、後を託したいという思いをソフィアは改めて持った。

「あなたは正しい。私たち、情報戦でも勝てると思っているの」

『でもソフィア、お抱えのチームを失ってしまったのね』

　クリスティンが心配してくれる通りだ。国連の情報インテリジェンスチーム〝サーヴェイス〟は壊滅状態となった。しかし。

「世界中の警察機関も協力してくれる。特にケーシチョウは、国連のことを最優先して支えてくれるから。ケーシチョウ独自の最新技術もあるし」

『アイリスって子。あなたから話には聞いてたけど、すごく頼りになりそうね』

クリスティンはコマンダー会議で、アイリス本人にもそう伝えていた。思わず、という感じで。

『あのチャールズ・ディキンソンの、孫か……』

『彼女がシールドをあなたに渡してくれてたのね。噂通り、すごい機能を持ってるみたいね』

マヌエラの顔も明るくなる。シールド技術に興味津々なのは当然だった。

『でも、シールドキーパーってまだ数が少ないんでしょ？』

『意味があって制限しているんだと思うけれど。そういうこと？』

女性リーダーたちは我先に訊いてきた。

『それに、シールドって攻撃に特化した技術じゃないから、戦場では使いづらいかな？残念だけど』

クリスティンが冗談めかして言うと、マヌエラが目を輝かせた。

『でもシールドって、着眼点がいいと思う。新世代には支持されるんじゃないかしら』

『でも、まだ開発の途中なんでしょう？』

『だからすごいのよ。これからどんな進化を遂げるか、期待してしまうじゃない。クリスティン、もしかすると、戦場にもイノベーションをもたらしてくれるかもしれないよ』

『本当に？　もちろん、単純にバリアとして使えるんなら有り難いけどね』

ソフィアは微笑んだままでいた。シールドについて、自分に語る資格があるとは思えなかった。自分だけが守られたという後ろめたさもある。

「そのシールドを持った刑事がいま、一人で核泥棒に対抗してるの」

最新の事実だけを差し挟む。すると、マヌエラもすぐコマンダーの口調に切り替わった。

『まもなく、私が派遣した部隊が南極に上陸します。賊を拘束し、刑事を救うよう厳命してある。きっとやってくれる』

全員の祈りが南の果てに向かう。いったいどんな決着を迎えるのか。女性リーダーたちは固唾《かたず》を呑《の》んだ。

「で——あんたは何を知ってるんだ。ジャックたちについて？」

ジュゼッペ・ダイネッリが問いかけてくる。

今度は私、黒《くろ》瀬《せ》理《り》沙《さ》が話す番だった。

「私も多くは知りません。何より、まだ彼に会ったこともないんですから」

それは私の、ごく正直な心情だった。

「ただ……私はずっと、彼の足跡を辿《たど》っています。私が知る限りでは、彼がここまで際だった力を発揮したのは、ここヴェネツィアが初めてだということです。ここが彼の転機だった。ここから先、彼はますます、持てる力を強めていったようです」

「そうか」

と、ダイネッリは小さく言った。

「ではやはり、あんたも、ジャックの力を疑ってはいないんだな」

「すみません。試すようなことを言ってしまって」

私は謝罪する。

「まだこの目で見たわけではないので、本来は、無条件に信じるというわけにはいかないのですが……これまでの取材が間違いないのなら、彼が常識を超える力を持っていることは疑いようがありません」

クラウディア・ダイネッリが口を尖らせて私を見ている。今更なにを言ってるの、という顔だった。クラウディアの真っ直ぐさが好ましい。彼女だから、彼らのそばにいられた。あんなに近くまで行って、全てを見ることができた。その資格があったのだろう。

彼女の知っている彼らに、私は、自分の知っている彼らを重ね合わせてゆく。

でもやっぱり――まだ知らないことだらけだ。

「分からないのは……彼の力が及ぶ範囲はどこまでなのか。確実にできるのは、あらゆる種類の火を消すこと。特に銃器に対しては、彼はどこでだって、積極的に力を発揮しています。彼が、銃器を特に憎んでいることは間違いない」

ダイネッリが頷いてくれる。

「儂《わし》も感じた。だから儂は、ジャックを喜んで助けたんだよ。銃の横暴は許せん。アメリカがジャックを欲しがるのも分かる気がするよ。彼は、アメリカがいちばん得意なものを台無しにしてしまうんだ。カード遊びで言うなら、いちばん強い役を持ってるはずなのに、相手にジョーカーを出されてぜんぶおじゃんになっちまうようなもんだろう。あの、灰色の髪の痩せっぽちの男は、切り札なんだ。アメリカはジャックの存在に泡を食ってる。逆上してる、と言ってもいい。いや、もしかしたら……ジャックを兵器として利用したいのかもしれんな」

「ある種の兵器。そうですね、その通りだと思います。彼がいるだけで敵の攻撃を無力化できるんですから。しかも、彼の能力は特定の銃器に、選択的に働くらしい。たとえば、敵だけ無力化して、味方の銃器だけは有効にしておけるかも知れません」

「ジャックが、儂たちの船の航路だけを確保したようにな。海を割ったモーゼさながらだ。どの船も氷で道を阻まれた。儂たちだけが好きなように運河を進めたんだ」

ダイネッリは誇らしげに言った。クラウディアが、父親を見ておかしそうにしている。身内の自慢話を聞いているような面映《おもは》ゆい顔だった。

「だがな、儂は思うんだが」

ダイネッリは言った。

ええ、と私は相槌《あいづち》を打つ。

「ジャックはアメリカの言うことなんか絶対に聞かないよ。弾丸を凍らせるなら、敵も味方もない。ぜんぶの銃を駄目にするに決まってる」

「そうよ。誰かが死ぬなんてこと、ジャックは絶対に許さないのよ」

クラウディアが声を上げた。

私は頷く。この親子の言うとおりだ。

「私が知る限り、彼が自分の目の前で、人が死ぬことを許したことは一度としてありません」

「ジャックは本当に優しい人。誰かが傷つくなんてこと許すわけないわ」

クラウディアが熱っぽく言う。この子は、正しく感じている。私はこの子を通じて感じることができる。まだ見ぬ男のことを。

黒瀬理沙著『氷のレガータ』第XVI章「インタビューの終わり」より

Ⅱ　ソング・オブ・ホワイト

1

樋口尊の身体は燃えるようだった。

かつてない感覚に包まれている。氷雪の化身が身体の中を荒れ狂っている。果てしない氷原の上を吹きすさぶブリザード。それが心の中の出来事なのか、世界を覆うリアルなのかもはや区別はできない。伝説と現実の区別もつかない。ただただ、会ったことのないジャック・フロストを何より身近に感じた。

自分の意志なのか、もっと大きな何者かによって動かされているのか。間違いなく言えるのは迷いがなかったということ。自分のすべきことが明白に意識の上に表出している。やり方も分かっている。

報告はもらっていた。アイリス・ディキンソンがモスクワで起きた現象をくまなく記録し、まるごと送信してくれていた。冷淡に見えてすこぶる親切な女だ。おかげで、シールドのポテンシャルが樋口の意識の中で高められていた矢先だった。

ジェネレーターと一体化した樋口の意志は氷の巨人へと変容し、その指先は全ての兵器と火器の起爆装置の中枢部分に触れた。ことごとくに氷の結晶を送り込むかのような、実験室の液体窒素《えきたいちっそ》に放り込むかのようなイメージ。浮かぶそばから現実化した。それらは全て、一瞬で起きた。

自分ひとりでそれができるとは露ほども思わなかった！　ディキンソンの報告では、吉岡《よしおか》冬馬と力を合わせた結果だと示唆《しさ》していた。それは間違いか。人数の問題ではなく、シールド使用者の自覚と決意の問題なのか。あるいは、これはただの神秘的な現象で、時空を超えてジャック・フロストの意志が舞い戻って放たれるだけか。

樋口はふいに、敬虔《けいけん》に頭《こうべ》を垂れる修道士のような自分を見つける。礼拝する神殿は永久氷壁で建てられ、磔刑《たっけい》の像は清浄な純氷で造られている。これがトゥルバドールの力——氷雪の化身ジャック・フロストがなしうる奇蹟の神髄《しんずい》か。なぜそれを自分が真似《まね》られたのかは神のみぞ知る。

ところが、抵抗を感じた。

今や無力に成り下がった盗賊たち。核簒奪を企《くわだ》てた連中の全てが伝説を知っているとは思わないし、信じている者はさらに少ない。それほど冒瀆《ぼうとく》的な連中だからこそ、この清浄な大陸にズカズカと入り込んできて盗賊行為を働くのだろうが、そんな連中にしていま、迷信深い中世の民に立ち戻っている。心底震え上がっている。霜男なのか雪女なのか、それぞれの民族の古い記憶を思い返している。頑是《がんぜ》ない子供のような頼りない表情が並び、抵抗する力などないように見えた。だが、氷の指先をもはねのける精神が氷原の上に存在している。樋口は一人の男に焦点を絞った。スマートゴーグルの中でその姿が大映しになる。

やはりこの男か――破壊の意志の結晶。恐れを知らない砂漠の獣のような、乾き切って一滴の潤いもないようなその魂。触れようにも実体がない。どんな変化も及ぼせない荒廃の果て。

いま、ズヴェズダ・フョードロフの手には核ミサイルの起爆装置が握られていた。周到に鍵が掛けられたその封印こそが聖なるもの。世界市民の意志が宿り、世界連邦の司令塔たる国連事務総長の堅い意志が込められた封印が、何万年かけようと解かれるはずのない桁違いに複雑な数字の重ね合わせによって被《かぶ》せられている。

ところが今、ズヴェズダの側近の男がそれに真っ向から挑み、深遠《しんえん》なる数字を明らかにしようとしている。数百桁にも及ぶ、二つとない数字を割り出すために知りうる全ての奸《かん》計《けい》をぶつけている。黒魔術と呼んでいいものに思えた。どす黒い意志が数字を引き出し、聖なる封印を破ろうとする瞬間を、樋口は見た。解かれてしまう。何人も触れられぬはずのただひとつの鍵に、闇の牙が触れた。

なぜそれを防げないか。樋口は、己の中にある染みに初めて気づいた。それは過去に犯した罪であり、自分の中に残る殺意であり、刺さって抜けない非人間性だった。樋口は絶望感を覚えた、そうだ、俺は他の刑事とは違う。破戒僧、罪人だった——

　ロックが外れる音が聞こえた。

　核反応のアイドリングが唸《うな》り声をあげた。中性子はもはや何時《いつ》でも、異様に重たい放射性物質の原子核に向かって放たれる。ミサイル発射部分の起爆装置も、通常の火力を推進力として放とうとしていた。主人たる激烈な火を運ぶ、従者の鈍重な低火力。荒野を走る駄馬のような。だが愚直に、確実に主人を送り届ける。主人の目的地はどこだ？

　樋口は直感した。南米警備隊《SAG》の本拠地、リオデジャネイロだ。南極から北半球を狙うのはさすがに荷が重いが、リオならこのミサイルは充分に射程距離内に収めている。至極正確な着弾を見込めた。ああ、なんと抜け目のない毒のような意志だ——

　発射台の上で着々と角度を鋭角に近づけてゆく弾頭が、樋口の目には、嬉々《きき》として身悶《みもだ》えしているように見えた。ミサイルの妖精がいるとするなら今まさに樋口の目の前で踊っている。飛んでいって弾けたい。無生物にも邪悪な意志が宿るのか、それとも、事態が文学的修辞に変換されて脳内に注ぎ込まれただけか。続けざまに無念が弾ける……俺はこの核テロを止められない。自分の欠落、樋口尊が本質的に抱える欠陥のせいで。それは人類の不幸を看過してきた罪そのものだ、目的のために犠牲にしてきた人々の悲嘆の叫びだった。自業自得。恵みのようなテクノロジーを授かりながら、使えない領域を宿命的に抱える俺はシールドキーパーにふさわしくない。この人類的危機を防げなかったとしたら警視庁の恥どころではない、百年後の後世にも語り継がれる全人類的犯罪者だ。樋口尊、その名は黒い墓碑銘にくっきりと刻まれる。

こうした思念が数秒のうちに駆け抜け、人生を生き直したかのような壮絶な疲労を覚えた。何もできない役立たずは氷床《ひょうしょう》の奥深くに封じるべきだった。このざまを、せめて仁《に》戸田《とだ》には届けたい。精神的な親には自分の行く末を見届けてほしい。親不孝の末路を、それが死だとしても、知って欲しかった。

今にも点火する。核の破壊力が空に放たれる。

いや――待て。

空の色が変わっている。

濃い雲。冷度を増す烈風を、樋口は認めた。氷の嵐が来る――と思った数秒後にはブリザードに変わった。それは生涯で経験したことがないのはもちろん、この地上にあり得ると思ったことのない壮絶さだった。常人であれば一分と経たず氷の柱に変わってしまうのではないか。それほどの冷気と暴風が襲い、樋口は恐怖に駆られながら喜んだ。核弾頭の鋭角をも襲ったからだ。行け！　包め！　あの凶暴な死の先端を覆えるなら自分など吹っ飛ばされても構わない。それにしても、俺はまだこの世にいるのか？　なぜ思考を続けていられる？　心の底から疑問に思った。生きて帰れるはずがない。どんなテクノロジーもちっぽけな個人の意思も超越する大自然の意志だ、南極大陸そのものが裁定を下そうとしている。自分がまだかろうじて立っていられるのはシールドが脅威をはねのけてくれるから。完全に他力。つまり俺はゆりかごの中の赤ん坊と同じだ。

目の前のズヴェズダの部隊がたちまち樹氷と化すのが見えた。大陸を汚染するろくでもない生き物たちはこのまま氷河《ひょうが》に封じられる。相応《ふさわ》しいことが起きて慶賀の至りだった！　大概の人間は害虫であり汚染の源だが、特にこのテロリストたちは核で大地を汚染しようとしていた。清浄な大陸に足を踏み入れ、粗相したのが運の尽きだ！　自分諸共、このまま圧倒的な絶対零度の中で眠りにつくべきだ。

ところが、樋口は目を瞠《みは》らされた。あの人殺しが無謀にも、踊りのような動きを続けている。北方将軍の弟はゴキブリよりもしつこい生命力で抵抗し続けている。自分が作り出す熱と憎しみで氷を溶かしたいのか。あの男もまた、別の巨大な意志の指先――タナトス。最後の審判をもたらす死の天使。いや、ゾンビのごとき妄執か。ハルマゲドンとは南極大陸の別名だ……黙示録に入り込む資格が自分にあるとは！　ただ圧倒され消し飛ばされそうだ。ジェネレーターが聞いたことのない音を奏でている。何かに共振している。

　氷嵐の向こう側に目を凝らした。

　誰かがいる。誰もいなかった場所に忽然《こつぜん》と。

　ありえない。樋口の魂が芯から震えた。それはどうやら、極地の奥から徒歩でやってきたようだった。痩せた身体と、灰色の髪。樋口は自分が死んだと信じた。いつのまにか死線を越えたのだ。

この世の光景ではありえない——トゥルバドール。

2

『アレクセイ。トゥルバドールは本当にいた』

弟から信じがたい報告が届いた。南極からの緊急コールだ。

『だめだ。とても敵《かな》わない……俺は、氷漬けにされそうだ』

「気をしっかり持て」

兄は信じなかった。なぜなら、ズヴェズダ率いる部隊のウェブカメラの映像にはブリザードどころか、雪片一つ映っていなかったからだ。南極の天気は変わっていない。変わっているのは、大陸の上にいる者たちの脳内だ。

弟は幻覚を見せられているだけ。南極は人工的な魔境であり、敵の術中に嵌《はま》っているだけだ。ギリリと奥歯を噛《か》み締めながら、兄は懸命に弟に説いた。

「幻覚を起こす仕掛けがあるんだ。国連の用意したセキュリティシステムに違いない。ズヴェズダ、目を閉じろ。感覚を遮断しろ」

『いや……無理だ。解けない』

弟に似合わない弱音が届く。相当に強力な幻覚が当地の者たちの脳を襲っているらしい。

「ならば、戦利品を使え」

兄は唆《そそのか》した。

「お前は最強の武器を手に入れたんだ。必要なら容赦なく使え。今そこで」

核をどこで炸裂させようが構わない。フョードロフは一人頷いた。世界を恐慌に陥れられた方が好都合だ。〝力〟が幅を利かせる時代の幕開けとなる。恐怖に駆られた人々を統治しやすくなる。

「ミサイルとして発射できなければ、その場で爆破させろ。南極にキノコ雲が上がれば、世界に対する威圧になる」

さしもの弟も沈黙した。兄がいかに桁違いな人間であるかを再認識した様子だ。この弟にしてこの兄あり。

「もちろん、自爆しろという意味ではないぞ？」

久しぶりに兄貴らしいことをしてやれた、とアレクセイ・フョードロフは悦《えつ》に入《い》る。

「タイマーを仕掛けて大陸を逃げ出せ。小規模爆発でも構わない。世界に号砲を響かせるのだ」

自分がサイトーのようなファナティックな物言いをしていることには気づいているが、

平和な時代が終わったという狼煙《のろし》を上げるためには最善の手だ。そもそも、世界が手に入る寸前だというのに、何を迷うことがあるのか？　恐怖でしか人々を支配できない。為政者の鉄則だ。

『……それは、面白いかもしれんな』

弟はすぐにアジャストしてきた。さすがだ。凶暴な選択肢ほど弟を賦活化《ふかつか》させる。自爆攻撃に近いリスクでも喜んで冒すだろう。

『南極が奴らの住処《すみか》なら、南極ごと吹っ飛ばして住めなくしてやりゃいいんだな！』

アレクセイ・フョードロフはほくそ笑んだ。異常な幻覚に襲われて捨て鉢になっていることもこの際、良い方に転がる。弟はやってのける男だ。

『俺はカミカゼをやる気はない。寸前に、船で逃げるけどな！』

「そうだ。やってくれ」

けしかける一方で、最悪の想定をした。南極からの放射線被害で南半球が汚染される。かえって都合がいい。女司令官たちの土地だ。ロシアが無事ならそれでいいのだ。

Legend Part 11

「リサ。あの男を追っかけて、あんたはどうするつもりだ？」

ダイネッリの目は真剣だった。私も真剣に答える。

「知りたいんです。彼のことを。それに……」

私は少し考えてから、続ける。

「伝えたい。世界に」

「伝える？」

「彼のような人は、他にいません」

ふふふ、とダイネッリは愉快そうに笑った。

「たしかにな。ぜんぶ夢だったんじゃないか、と思うことがいまだにあるよ」

お互いに少し、息をつく。

沈黙が落ちた。語り終え、心地よい疲れに包まれた沈黙だった。

その間に、クラウディアが新しいエスプレッソに、今度はなみなみとミルクを注いで持ってきてくれた。私は喜んで受け取り、一口飲んでから、また喋り出した。

「夢だとは思いたくない。私は、彼が今も地上に生きていて、私たちと同じ空気を吸う人間だと納得したいのです。あなた方と違って、私は彼に会ったことがないんですから」

「あんたが会えるように、祈ってるよ」

ダイネッリは片目をつぶった。そのチャーミングな仕草には、引退した男とは思えない色気があふれていた。

「でも彼が今どこにいるのか、分かりません。彼らは流浪し続けている……」

「ハリソンたちから逃げ続けてる、ってことか？」

「それも理由の一つでしょう。とにかく彼らは、一つところに留まることがない。動きに法則がない。どこへ向かっているか皆目分からないのです。足跡を辿るのは容易ではない」

「儂は思うんだが」

ダイネッリは、強い声で言った。

「ジャックのやりたいことを考えていけば、答えに辿り着けるんじゃないか。彼が憎むのは、殺し合いだ」

「その通りです」

私は膝《ひざ》を打った。

「彼は殺し合いだけは許さない。サラエボでも、ブカレストでも。彼は、目の前でそんな状況が起こることを許さなかったんです」

「そうか。連中は、東の方へ行ったんだな？　そこで元気にやっているということか？」

「直近の状況は、分かりません。ただ……目的がある。誰かから逃げる以外の目的が」

「っていうと？」

　そう訊いてきた少女の方を向いた。そして私は、確信を込めて言う。

「ジャックという人は、自分が持っている力を、いちばん正しい形で使おうとしている人じゃないかと思うの。彼は人が死ぬのを許さない。特に銃器が、人に向かって発射されるのを絶対許さない」

　クラウディアが懸命に頷く。ダイネッリが言った。

「ああ。銃ぐらい傲慢《ごうまん》なものはない。あんなもの呪われてしかるべきだ。儂は、たとえ頼まれたって触らない」

　もしかすると、彼が警察官ではなく消防隊員になったのは、それが理由なのかも知れない。私は言った。

「日本人のほとんどは、一生銃に触りません。実物さえほとんど目にしない」

「それがいい。あんなもの持って、どうするつもりなんだ？　誰かを撃つしかないだろう。結局、銃は人を撃つためにあるんだから。銃が好きだなんてヤツはどうかしてる。脳髄が腐《くさ》ってるんだろう」

ダイネッリが吐き捨てるように言って、私は思わず、顔がほころぶのを抑えられない。

「私の意見も同じです。銃や兵器ぐらい、醜いものはこの世にない。そして、あらゆる兵器は〝火〟を必要とする。火薬の爆発によって弾を発射する。燃料への点火によってミサイルを飛ばす……でも、ジャックの能力はその対極に位置しています。火を消す。彼ができるのは、いわばそれだけです。でも、それで……地上の火器は、彼の前では絶対的に無力になる。鉄屑《てつくず》になるんです。まるで」

私はそこで言葉を切る。

努めて冷静な口調で、先を続けた。

「近代以降、人を殺すことはあまりに容易になってしまった。銃器の発明によって……でも、いざ無効になったとき。銃器が全部、人間の手から取り上げられてしまったとき……人間はどうするか。それでも殺し続けるのか。相手が流す血を目の前に見ながら、それでも自分の手で深々と突き刺し、傷を抉《えぐ》り、命を奪うことを続けていくのか。まるで文明以前の暗黒時代のように。もしも彼が、こんな問いを人類に突きつけているとしたら——。彼はいったい何者で、これから、何をするというのでしょう」

「儂には分からん」

ダイネッリは言ったが、どこか満足げだった。

「僕はただの男だ。生まれたこの土地で、できることをやるだけの普通の男なんだ。だから、あの男に訊いてくれ！　僕もぜひ訊きたいよ」

「それが私の目標なんです。世界中を見渡しても、彼ほど興味深い人物がいるか？　私には思い当たりません。彼の噂を耳にしても、彼が実在するとは信じていない者も多い。都市伝説のようなもの、人間の願望が生み出した架空の存在だと思っているようです」

「まあ、無理もない。僕たちだって、実際に会ってなけりゃ信じないかも知れないよ」

「でも私は、もう知っている。彼が生身の人間で、今も世界のどこかで生きているということを。訊きたいんです、どうしても。彼がどこまでできるのか」

　クラウディアがじっと私を見つめている。また、遥《はる》か彼方《かなた》を見晴るかすような眼差しだ。私はちらっと彼女を見てから、なおも父親に問うた。

「どう思われます？　彼の力は、どこまで及ぶのか……いったいいくつの火器を止められるのか。どんな火器まで……たとえば、ロケット砲。戦車。戦闘機……」

　ダイネッリは微笑を浮かべたまま黙っていた。

「たとえば、彼は……核の火も止められるのか？」

　クラウディアが、ふいに顔を伏せた。眩暈でも感じているように。

黒瀬理沙著『氷のレガータ』第XVI章「インタビューの終わり」より

3

『樋口。それはセキュリティシステムだ。惑わされるな』

耳許に囁きかける理性の声は、日本からだ。

東京にいる上司たちが自分を救おうとしている。正気を維持させようと頑張っている。

樋口尊は聞き流した。ホログラムだろうが幻覚剤だろうが、いま目の前に見えるものが現実だ。俺は正気を失っていない。むしろ、見たかったものが見えている。どうして否定する必要があるのか。

灰色髪が風に靡《なび》いている。

その口は固く閉ざされている。樋口を見ているが、話しかけてくる様子はなかった。セキュリティシステムだとしたら威《い》嚇《かく》をしてきてもいいはず。だが敵意すら感じられない。むしろ、眼差しが何かを伝えてくる。樋口はその意図を汲み取りたかった。

ふいに甦《よみがえ》る記憶。望月《もちづき》友《ゆう》哉《や》が何か言っていた。南極にあるセキュリティシステムは恐ろしい、という警告。

「だけど、幻覚以上に素晴らしい何かに出逢えるかも知れない」

と彼は確かに言った。

彼があなたを選ぶなら。

望月友哉はそう言ったのではなかったか。

聞いたときは分からなかった意味が、今なら分かる。あの男の奇妙さや、道化者の外面《そとづら》に騙されてはならない。実はあの男こそが最もトゥルバドールに近い位置にいるのだから。それを認めることを心のどこかで拒んでしまうが、事実は事実だ。

いま、俺が目の前に見ているものが幻覚でなく、本物のジャック・フロストだとしたら。

身に覚えのない使命感が湧き出してきて樋口は戸惑った。ジャックの静謐《せいひつ》な、だが強い眼差しを浴びていると何かが変わってゆく。樋口は言葉を交わしたかった。生ける伝説から決定的な言葉を賜《たまわ》りたい。もしかすると、自分の中の染みを消せるかもしれない。神父に告解する懺悔者《ざんげしゃ》のように。そんな都合のいいことはあるはずがないのに、狂おしく願っている自分がいる。

自分勝手な願いを抱いたせいだろうか？　灰色髪の男が少し、自分から遠ざかった気がした。目を凝らすと空が明るくなっている。風も弱まった。何が起こっている？

『樋口刑事、応答せよ。聞こえるか？　こちらは南米警備隊《SAG》』

インカムにも声が届いた。それと同時に、クリアな画《え》が浮かんだ。スマートゴーグル内に実際に映し出されたのは武装した一団。樋口とズヴェズダの部隊が今いる、ロンネ棚《たな》氷《ごおり》と呼ばれる平原――ウェッデル海に面し、南米大陸のすぐ南に位置する――に続々と新たな部隊が上陸してくる。

『テロリストに告ぐ。武器を捨てろ。抵抗は無駄だ』

電波と音声とで届けられたその警告は、信憑性《しんぴょうせい》の塊だった。ゴーグルを遠望モードにして海の方を見れば、南極海に連なる少なくない艦隊が見える。何より、極地用に特化した装甲車の錚々《そうそう》たる車列が、棚氷の上を驚くほどのスピードで迫ってきていた。乗っている部隊員《ガーディアン》も多くがルーフから顔を出している。多勢に無勢とはこのことだった。デ・ソウザ司令の命を受けた精鋭部隊は人数も装備も充実している。肉眼で車影が見えたと思ったら、ものの十分でズヴェズダの部隊ごと取り囲んだ。もちろん樋口も囲まれた。

ホールドアップしながら、樋口は心の底から安堵した。時間を稼いだ甲斐《かい》はあったらしい。もしあのまま核が発射されていたらと思うと冷や汗が出るが、まさに弾頭に狙われていたリオデジャネイロに本部を置くデ・ソウザ司令官が自らを助ける形になった。いや地球を救うことになった。警視庁に塗られるはずだった恥辱も拭い去ってくれた。

さしものズヴェズダも両手を上げて降参した。死んでは元も子もない。どこに収監されようが脱走の機会をうかがい、自らの破壊衝動を解放するべく生き続けるだろう。世界連邦には死刑がない。これほどの破壊分子に与えられる最高刑も終身刑だが、果たして矯正は可能か。無理だとして、一生獄に閉じ込めることは可能か。これもまた世界連邦の試練であり負担だが、良き世界市民は罪人をも生かし続ける、と国連は明言している。

そんな世界市民に自分も加わった。今度こそ本格的に。苦々しい笑みが顔を覆う。シールドに頼る者の、軛《くびき》だ。だが意外にも不快ではない。

殺したくない。殺さないで済むなら。

氷雪の神の指先が自分の頰を撫《な》でた。マジックタッチ——そうとしか言いようのないもの。笑えて仕方ない。師匠たる仁戸田にどの面下げて報告するのか？　こんな感情を。こんな実感を。何かしら、今まで背負ったことのない責任が自分の肩に乗っかっている。おかげで自分が愛おしくなっている！　こんなことが起こるのか。自分らしくないどころか、生まれ変わったのでなければ説明がつかない。なんだこの感謝と愛情は。恥も外聞もなく、いま自分が生きていることが嬉しい。泣けそうで笑える。

コールが届き、樋口のゴーグルの内部に顔が映った。いま包囲している部隊を派遣した最高指揮官だった。

『あなたがケーシチョウのヒグチね』

マヌエラ・デ・ソウザは、まるでウインクでもしそうなほど親しげな表情をしてくれる。

『よくぞ一人で持ち堪《こた》えてくれました。無事ですか』

「無事です。助けていただき、ありがとうございます」

『安心するのは早い。敵の情報を教えて』

「首謀者はズヴェズダ・フォードロフです。武装集団——三十人ほどでしょうか？　を引き連れて、南極点から核弾頭を何発か強奪してきました。そのうちの一発を発射しようとしていましたが、良いタイミングであなた方が来てくれた。確認ですが、もしこれから発射されたとしても、容易に撃ち落とせますね？　あなた方なら」

『ええ。最新鋭の迎撃システムを艦艇に装備しています。数発なら、まず確実に捕捉できる』

「ああ、よかった。まあ、発射に手間取ったようなので、もう大丈夫かな？　あなた方が着いてくれたから」

『あなたは無事？』

「攻撃を受けましたが、無事です」

『シールドがよく機能しましたか。全くの無傷ですか』

「そうですね。なんだか、誰かが遠隔操作をしてくれて」

　説明が難しいので、微妙な作り話をした。

「ズヴェズダの部隊の連中の武器を、ぜんぶ使用不能にしてくれたようです」

『あなたがやったのではなくて？』

　さあ、と樋口はしらばっくれる。

「チャールズ・ディキンソンさんのおかげかな。よく分からないんです。私はただのデクノボーでして。命令を受けて来ただけです」

初めて聞く種類の冗談と受け止めたのか、デ・ソウザ司令官は穏やかに聞き流し、自分の部隊の中から一人、使者を寄越《よこ》した。使者は自分のモービルに公安刑事を招き入れてくれる。運転席のドアが閉じた。

それを、離れた場所でズヴェズダがじっと睨《にら》んでいた。

冷たい外気からも、憎しみの視線からも逃れた樋口は一息つくと、回線の向こうのキャプテンになおも訊いた。

「情勢を改めて教えてください。ユニヴァーサル・ガード同士の睨み合いは、抜き差しならないところまで来ていますよね」

『そう。私はいま、カリブ海に臨むある地点に向かっています』

デ・ソウザは決然たる表情をしていた。

『これから北米警備隊《NAG》のジェンキンス司令と対峙しなくてはなりません。まったく本意ではありませんが』

「ご苦労様です。では、これから、私は……どうしようかな」

漂泊の民のように茫洋《ぼうよう》たる目をする。この、生命の気配に乏しい厳冬の大陸に、妙な郷愁を覚え始めていた。なぜか離れがたい。

その時、別口からコールが届いた。警視庁の回線だったので仁戸田からだと思ったのだが、実際には意外な人間からだった。

4

「樋口さん、無事ですか？」

送ったコールが繋がるや否や、アイリスは訊いた。通信が拒絶されなかったことにホッとしながら。

画面に映った樋口は不審げな様子を隠さない。確かに、ふだんは捜査上必要な時にしか会話を交わさない。樋口から避けられているという自覚もあった。

『……ああ。どうにか無事だ』

「ズヴェズダはどうなりました？」

『奴はしぶとい。武器が使えなくなっても、そんなにあわてた様子もなくて、遠巻きにこっちを見てやがる。まあ、これから南米警備隊《SAG》に拘束される。さすがに観念するだろう』

口調には樋口らしさが溢《あふ》れていたが、とてつもない大仕事を成し遂げた後だ。世界を危機から救った。労《ねぎら》いたいが、うまい言葉が出てこない。

「それは……ご無事で、何よりでした」

『俺はこれから、どうしたらいいのかな？』

すると樋口は、妙に素直に問いかけてきた。

『困ってる。俺には、吉岡冬馬の真似事はできないぞ。狂ったテロリストを説得するなんてごめんだ』

「説得までは求めません」

我ながら優しい声がけだと思った。だが仲間同士なのだから、手を添えない理由がない。

「あなたは、シールドのポテンシャルを解放して、敵方の武器を使用不能に陥れた。私と冬馬さんのいたモスクワでも、同じ現象が起きました。データをお届けしていましたが」

『ああ。ありがとう。俺の専売特許じゃないのが分かってたから、落ち着いていられた』

樋口は言いながら首を傾《かし》げる。アイリスは、相手の心情を理解できた。

「モスクワでは、私と冬馬さんの二人でした。でも樋口さん、あなたは一人だった。それは……凄《すご》いことだと思います」

率直に賞賛する。樋口はたった一人でシールドを進化させたのかも知れない。

『おだてるな。こっちは必死だっただけだ』

口調には嫌味《いやみ》がない。

『それに……俺は、一人だったのかな？』

独り言めいていたので、アイリスは受け流した。そして提案する。

「デ・ソウザ司令の部隊に、あとは処理を任せられそうですね？　では、樋口さん。フィリピン海に向かってもらえますか」

『フィリピン海』

樋口の、痙攣《けいれん》のような瞬きが返ってきた。

『ガード同士の、決戦の地か』

察しがいい。アイリスは頷いた。

『俺に、行って何をしろと言うんだ？』

「樋口さん。私たちシールドキーパーは、同じ任務を果たすべきです。私はここ、ヨーロッパで。冬馬さんは冬馬さんで、今はアフリカにいますが、任務を果たせばまた別の場所に向かうでしょう。私たち全員が、それぞれ、決戦の地に降り立つわけです」

すると樋口は意外にも、愉快げに笑ったのだった。

『俺たち一人一人が特攻隊員ってわけか』

「はい」

『シールドひとつで突っ込めってわけだな』

「そうです」

アイリスも思わず笑みを返す。思えばこんな顔で会話を交わすのは、同僚になってから初めてのことかも知れない。

「本当にそうですね。武器を持たない、楯《たて》しかない特攻隊です」

『全く、酔狂な話だ……トゥルバドールの真似事をしたところで、半端者はやられるだけだぞ』

「でもそれが、シールドキーパーの宿命。私はそう思っています」

『分かったよ』

樋口の顔からいつしか険が消えている。口調も樋口らしいようでいて、かつての毒が抜けている。これは稀有《けう》なことだ。誰彼を傷つけずにはおかないような男だったのだから。

アイリスの抱く印象は、この短時間で一変した。

ずいぶん遠回りしたが、いま本当に仲間になれた。そんな気がする。

『お前らはどうか知らないが、俺は、役に立たない自信があるぞ』

樋口はあくまで自分を下に置く。

『南極で俺は、トゥルバドールに助けられた。だから立ち向かえた』

「それは、セキュリティです」

気の毒に思って告げた。

「おじいさまと、忠輔さんが、南極の核を守るために仕掛けておいた、接近者の脳に直接働きかけるＢＭＩ、ブレイン・マシン・インターフェースとホログラム発生装置が組み合わさったもの。究極のセキュリティシステムです」

『聞いたよ。さっき立石さんに。そういえばアフターケアがないな』

低い声でぼやくが、妙な陽気さは消えない。アイリスは警告した。

「脳に直接働きかけるので、ほとんど現実の経験として記憶に残ります。あまりに強力で、後遺症が出る可能性もあるので、こうした緊急時にしか発動を許されない。最新兵器という言い方もできるかも知れません」

『そうだ。ありゃ、兵器だ。ズヴェズダたちも泡を食ってた』

「樋口さん、帰国したら警察病院へ行ってください。念のために脳の検査をした方がいいです。滅多に害はないとは思いますが。シールドも働いていたでしょうし」

『ちくしょう。来る前はまったく知らなかった。仁戸田さんは、知ってたんじゃないのか。事前に言ってくれよな。俺には、本物に思えたぞ』

シャイな苦笑いが印象的だ。この男の笑みがこんなに魅力を放つとは。

『だが俺は、トゥルバドールに会えたことに感激したんだ。俺なんかに、会う資格があるとは思いもしなかったからな。なのに、姿を現してくれたんだなと思ってさ』

「記録は残っていますか?」

アイリスは訊いた。あくまで念のために。樋口の変化に興味を覚えたからだ。セキュリティシステムの構築者であるチャールズに報告すべきだ。ただの人工的なヴィジョンが、人に大きな転回をもたらす。ありえないことではないだろうが……背筋に冷たいものが走る。これこそが後遺症。それとも、それ以外の可能性があるというのか。

『ウェブカメラは回しっぱなしだったが、レンズのフレームに収まってるかどうか。焦点は、ズヴェズダたちに合わせてたから……まあ、音声は録れてるはずだが。ああ、そうか……ぜんぶ俺の独り言だな。俺がイカれたって証明になるだけか』

「後ほど詳しく分析させてもらいます。ともかく、樋口さんが無事に南極を離脱できることを祈っています。何か問題が起きたら連絡をください」

『俺はズヴェズダを殺した方がよかったか？』

ふいに、アイリスのよく知る公安の化身が現れた。建前抜きで、どんな禁忌も無視して語る男が。一瞬動揺したが、何も迷う必要はない。アイリスは毅然《きぜん》と言葉を返した。

「正当防衛でやむを得ない場合のみ反撃する。その結果、相手の生死に関わったとしても、職務上責任は問われない。この原則を忘れたんですか。あなたは警察官でしょう」

『てことは、暗殺はするなと。本気だな？』

樋口は警視庁の方針を訊いているのではない。アイリス個人の信念を訊いているのだと分かった。身が引き締まる。

「くどいですよ。いくら戦時下でも、非常時でも、殺人は避けるべきです」

『べき。べきは分かるが』

樋口は少し言いよどんでから、ゆっくりと訊いてきた。

『じゃあ、神村。お前の意見は、結局俺にも吉岡冬馬の真似をしろってことだ』

「そうではありません」

そう言ってから、アイリスは首を傾げた。正しい言葉を選びたい。

「我々警視庁の刑事は、人道を守る。世界市民の模範として振る舞う。それだけのことです」

『ふむ。了解した』

いきなり聞き分けがよくなった。まだ何も知らない幼子に教えたような気分だ。

シールドキーパーは短い期間で変貌を遂げてゆく。自分も同じだろうか、と考え、アイリスは微《かす》かに笑った。

たぶん同じだ。彼ほど急速に変わっているわけではないが。樋口は今日、南極で大きな仕事を成し遂げた。これからますます新しい翼を広げる。そんな期待を持ってしまう。

正しい資質を持ったシールドキーパーは楯そのものになる。世界に散り、自分の力をあらゆる難題に適用しようとする。パイオニアがなすべき開拓の道筋が見えてきた。まだまだ試行錯誤だ。それぞれのやり方があり、跳ね返ってくる結果も未知数。その先にどんな世界が待っているのか、アイリスにも今は想像がつかない。

日本各地の県警や、他の国にもわずかにいるというシールドキーパーたちも、連帯してくれるだろうか。いずれは可能かもしれないが、この急場では心を合わせている時間がない。

やはりアイリス、冬馬、樋口の三人が柱となってこの危機を乗り越えるしかない。改めて重責がのしかかってくるが、左脚はいつしか快く振動している。アイリスを奮い立たせ、力を充填《じゅうてん》するかのように。

Legend Part 12

「いったい彼がどこで生まれ、どうしてあんな力を持っているのか、分かりません。ただ、ジプシーの民話に〝霜男《フロスティ》〟の話があることをご存じですか？」

「いいや。初めて聞くが」

私の投げかけに、ダイネッリは興味深そうに目を輝かせた。

「ぜひ教えてくれ、リサ」

私は頷いて続ける。

「俗に言うジプシー、ロマ族は世界のあちこちに散らばっているので、地域によって民話にもだいぶ差があります。ただ、イギリスのウェールズを中心に、各地の霜男の話で共通しているのは――氷雪を自由に操れること。寒さを呼び寄せ、氷の嵐を引き起こす。少なくともロマにとっては、ジャックのような存在はまったく不可解なものではないのです。ロマたちはすぐに分かったのでしょう……彼が言い伝えられてきた存在だということを」

ダイネッリは首を傾げながら言った。

「だが、あの男自身はロマなのか？　そうではないように、儂には思えたが」

「おそらくロマではないでしょう。彼らはどこかで出会い、ロマたちが彼の庇護者《ひごしゃ》となった。そして一緒に旅を続けている」

　ダイネッリは頷いた。

「流浪の民が、自分たちより孤独な男を守ろうとしている。儂は、あいつらが不憫《ふびん》に思えて仕方なかったが……たぶんあいつらからしてみれば、儂の同情なんて見当違いでしかないんだと思うよ。あいつらは誇り高かった。そして、誰よりも自由だ」

　その通りだろう、と私は思う。

　追われる身かも知れない。彼らの味方は誰もいないかも知れない。だが、彼らの行く手を遮るのは至難の業だ。

「では……」

　私は一度、深く息を吐いてから言った。

「先日の、インドとパキスタンの国境で起きた怪事に、彼が関わっていると考えたことは？」

　ファイルから一枚の新聞記事のコピーを取り出しながら、私は言った。ダイネッリの前に差し出したが、彼は頷くだけで手を伸ばさない。内容を知っているのだ。

　代わりにクラウディアが手を差し出してきた。すぐに読み始める。

カシミール紛争終息へ【ニューデリー＝共同】

インドとパキスタンの国境地帯、カシミール地方に主力部隊を送り込み対峙していた両国軍が、二十七日、停戦合意し撤退していたことが両国の声明により明らかになった。当地の紛争は一触即発の状態が続いており、調停のための国連特使が現地入りする直前だった。パキスタンのシャリダ大統領は、「神の意志には逆らえない」と発言。強硬路線を取っていたインドのブティア首相も「撤退するより他の道はなかった」と態度を急変させた。第三者が介入した可能性があり、アメリカ、ロシア、アラブ連盟いずれかの特務機関の暗躍があったのではないかとの憶測が広がっている。国連特使は、予定通り現地入りし調査を続行する方針。

（The Guardian）

「ああ、あれは痛快な話だったな……」
ダイネッリは歯を見せて笑った。皮肉っぽい笑みだった。
「相手にしこたま爆弾撃ち込んでやろうって気まんまんだった奴らが、戦場に集まってなんにもできなかったって？　でも弾が出ないんだから仕方ないもんなあ。今更、刀や棍棒《こんぼう》振り回して闘えって言われてもなあ」

「奇蹟の九月、と呼ばれています」

私の声は、微かに震えた。

「初秋としては、観測史上例を見ない雪が降り……そして、すべての兵器が使用不能に陥ったのですから。迷信深い兵士たちの間に、戦うな、というのが神の意志だ、という風説が瞬く間に広がったのも無理はない。そして……その考えは、大きく間違ってはいないのではないか、と私は思います」

「僕もそう思うよ」

ダイネッリは静かに言った。

「やっぱり、見当はついていたんですね？ 彼の仕業だと」

私の問いに、ダイネッリは口の端を上げて笑うだけだった。

クラウディアは読んでいた記事から目を上げると、酔ったような目で父親と私を見比べている。やがて言った。

「ジャックは、戦争を止めたのね」

自分の台詞に臆したように、少女は少し瞬きした。

「みんな、元気かなあ……エスクドは、相変わらず口利いてないのかなあ……」

悲しげに目を細める。果てしなく遠くへ行ってしまった友達を懐かしむように。もう二度と会えないことを、予感しているかのように。

「こんな話は聞いたことがない。ジャックのような人間が他にいるわけがない……そう考えるのも無理はありません」

私はゆっくりと切り出した。

「でも私は調べました。彼のような存在が今までいなかったのか。歴史を遡《さかのぼ》って、注意深く」

ダイネッリが意表を突かれたように私を見た。

「調べれば調べるほど、興味深い事例が現れてくるんです」

ダイネッリ父娘《おやこ》が、今まで以上に身を乗り出してくる。私はメモを広げながら言った。

「冬将軍が戦争を終わらせたり、氷雪が一方に味方をしたことが何度もあります。例えば、十七世紀の北方戦争における〝氷上侵攻〟をご存じですか？」

「聞いたことはある。どんな話だったかな？」

ダイネッリの目は輝いている。私は調べ上げた歴史的資料を辿りながら語った。

「時のスウェーデン王カール十世が、デンマークのユトランド半島を制圧した後、海峡に隔てられた首都コペンハーゲンの攻略に悩んでいた時のことです。猛烈な寒波が襲ってきて、その海峡が氷結した。この機に乗じてカール十世はコペンハーゲンに侵攻したんです。兵士の大群が氷の海を渡ってくるという、無謀にして奇想天外な作戦に、デンマークは戦意を喪失してただちに降伏しました。おかげで無駄な血が流されることはなくなった。当時の戦記には、灰色の髪を持つ将軍が登場します……彼はカール十世の寵臣《ちょうしん》だったようですが、謎が多い。出生、来歴が全く謎なのです」

「ほほう」

ダイネッリは興奮を隠さない。瞬きも惜しむように私を見つめた。

「有名なナポレオンのロシア侵攻の際にも、灰色の髪の男は登場します。ロシア軍の下士官の日記が残っているのですが、そこに謎の兵士の記述があります。彼は司令本部から直接派遣されてきて、前線に出て行くたびに寒波が襲ったというのです」

クラウディアの瞳はまた、煙が燻《くすぶ》るような光を宿している。彼女はこの場にいるのだろうか?――もしやこの子は、かつての氷雪の歴史を今、目の前に見ているのではないか。そんな気がしてしまう。

「素人の私が調べても、これだけの事例がある。歴史家に訊けばもっと興味深いエピソードがたくさん出てくるはずです」

「そうか……ジャックみたいな男は、昔からいたってことか」

ダイネッリが呟《つぶや》き、私は頷く。

「ただ、銃器が発明されて、戦闘行為が近代化してからも、弾丸そのものを凍らせた霜男《フロスティ》はいない。寒波を呼び寄せたり、特定の場所の気温を下げることで目的を果たしてきたようです。そうやって、闘いを防ごうとした」

「まったく……驚いたな」

「私が思うに――ジャックは彼らの系譜を継ぐ者であり、進化形です。もしかすると、歴史上の霜男《フロスティ》の中で、最も並外れた力を持っているのかも知れない」

ダイネッリはもう何も言わなかった。感に堪えない、という顔で首を振るばかりだ。

「追いかけます」

私は宣言した。

「私は、彼に追いつきたいんです。どうしても」

クラウディアが、ふいに強い眼差しになって私を見る。

「捕まえて」

クラウディアは言った。

「絶対に」


黒瀬理沙著『氷のレガータ』第XVI章「インタビューの終わり」より

Ⅲ　オリジン

1

入院中の鴇《とき》田《た》隆《りゅう》児《じ》に、警視庁から呼び出しの連絡が来たのは、退院の日取りを担当医と話し合っている折も折だった。

呼び出されるのは当然だと思った。刑事たちとともに臨んだモスクワで何が起きたのか、詳しい説明をさせるつもりだろう。ところが、呼び出しの内容を聞いて耳を疑う。出頭を要請された場所は警視庁本部でも、最寄りの警察署でもない。

東京の湾岸地帯にある、端末のマップで見る限りかなり大きな敷地を占める建物だった。民家だとしたら豪邸。だがマップ上では詳細が分からないので、倉庫か工場。あるいは政府の施設かも知れない。

おっかなびっくりで現地に着いたが、首をひねるばかりだった。この一帯がそもそも、大造りで頑丈そうな建物が建ち並ぶ地域だが、指定された場所はひときわ厚そうな塀に取り囲まれていたのだ。

「なんだ、ここは……」

元テロリストとしての嗅覚《きゅうかく》が働いた。外周には間違いなく最新鋭の監視装置が備わっているし、インターフォンを押して内部に入ってみると、一般の住居とは異なる複雑な構造をしている。圧倒的に機械類が多いのも異様だ。角に、壁に、天井近くにも、何がしかの装置がある。

扉の前に立つたびに自分の顔をチェックされ、カメラに向かって何種類もの表情を要求され、発声までさせられながら、隆児はようやく中にいる人間に会えたのだった。

待ち構えていた人物に隆児は驚愕《きょうがく》した。天井を仰いでしばらく言葉も出ない。なんと、長く国賊として敵視していた人間だった。イザナギが抹殺すべき敵と認定した筆頭の一人。

かつての日本国首相、岩見沢耕太郎だった。その隣にはなんと、憎《に》っくき公安の元締め。鬼の老いぼれ、仁戸田正治《まさはる》がいるではないか！　その顔は邪悪にほころんでいて、結局自分はかつての罪を許されず、逮捕され収監されるのだと知った。容赦ない裁判を経て、二度とシャバには出られない。吉岡冬馬が自分を売った……いやそれは信じられない。たぶん公安がマークしていて、自分の身柄を横取りしたのだ。

「いよう、客人」

だが、そんな平凡な予想は全て覆された。

「吉岡冬馬からずいぶん可愛がられたようだな。まあ、ゆっくりしていけ」

仁戸田の癖のある言い回しが癇《かん》に障《さわ》った。不気味極まりなかったが、冬馬の名を出されたら無礼でいるわけにはいかない。示された一人掛けのソファにおとなしく座る。岩見沢も仁戸田も同じようなソファに収まった。壁の方に視線を向ける。

この広い、バスケットコートほどもある部屋の壁には大きなモニタがあり、途切れなく映像が流れていた。ふいに音量が上がる。

「佐々木博士は道徳と論理学と数学を完全に融合させた」

男が一人、何かを力説している。

「道徳律とは、物理法則と同じです。道徳の定義に、主観や相対性が入る余地はないと先生は喝破したのです。つまり道徳も科学である。〝人道〟とは論理的に正であり、だれにでも理解できる自明の理だ、と証明しました」

画面の中で、かつての日本国首相が活き活きと語っていた。

それを、老いた本人が見つめていた。懐かしそうに、面映ゆそうに目を細めて。

「彼が証明したことの一つに、『憎悪は妥当性を欠く』という原則があります。故に、憎悪から発する加害行為、つまり暴力には正当性がひとかけらもないことが証明された。ただし、ほんのわずかな例外がある。それが正当防衛です」

心ならずも隆児は聞き入った。折しも、病院で佐々木忠輔について調べようと思っていたところだ。忠輔と、岩見沢耕太郎が強い協力関係にあったことは常識。〝岩見沢が語る佐々木忠輔〟というものにも興味が湧いた。

「人間の罪業《ざいごう》の正体を科学的に明らかにしたことで、我々人類は、解毒剤を手にしました。これを使えば対立を克服できる。何よりまず、暴力から取り除くべき。最優先で、すべての罪悪の帰結である暴力を！　これぞ革命です。時代が変わりました。夜が明けたと言ってもいい。道徳の新次元が開け、人類は確実に進化の階梯《かいてい》を一段上った。そこから世界連邦が成立したのは、必然です」

　若き岩見沢の、朗々たる声が誇らしさを増してゆく。

　これは演説。首相時代の全盛期のようだ。画面に映り込みはしないが、少なくない聴衆が彼の話に耳を傾けている気配が伝わってくる。かつて彼は民に愛されていた。

「大国の武装解除が実現し、人類史上初めて、軍事力は国家から切り離された。新しい時代の担い手の一人となれたことを、私はすべての世界市民に感謝します」

　そこで隆児は、かすかに首をひねった。

　いったいこれは誰のために流している。俺か？　ならば、まるで教化プログラム。自分は洗脳されるためにここに呼ばれたのだろうか？

　ところが、映像が途切れ、そのタイミングで新たな人物が部屋に入ってきた。その顔を見て隆児の警戒心も疑問も吹っ飛んだ。まさか、岩見沢と仁戸田よりも大物が出てくるとは思いもしなかった。

チャールズ・ディキンソン。
説明は不要だった。隆児も強く憧れてきた人物だ。〝革命家〟を体現したレジェンド。ただしそれは彼が十代の頃の話で、その後は権力に飼い慣らされてしまったというのが、イザナギ内部の評価だったが。

　呼び出されて来てみれば、この大邸宅には国のレジェンドが顔を並べていた。どうして自分のようなチンピラが呼ばれたのか全く理解できない。吉岡冬馬の口添えだろうか？　たとえそうだったとしても、まだ危険視されてもおかしくないのに。隆児が思わず立ち上がってすくんでいると、

「隆児君。これをあげる。常に持っていて」

　チャールズに最初に言われたのはそんな台詞だった。カードを一枚差し出してくる。

「この家では、それを、ドアのカードリーダーに翳《かざ》さないと入室できないんだ。面倒で申し訳ないが、あっちこっちに国家機密が転がっている家なんでね。ご理解いただきたい」

　それはそうだろう。チャールズ・ディキンソンの住居なのだから。

　確かにどの部屋にもカードリーダーがついていて、厳重に扉が閉まっている。そんな場所に自分が入ることを許され、ＩＤカードまで与えられ、自分の足で動けるということが信じられなかった。自分はいったい、冬馬のおかげでどれほど社会的信用を得られているか。

世界連邦とはこんなにも罪人に寛容だったのか。感謝の念は湧くが、呆気《あっけ》にもとられる。

その後、次から次へといろんな映像を見せられてなおさら呆然《ぼうぜん》とした。その全てが濃密なドキュメンタリーであり、しかも岩見沢や仁戸田でさえ初見のものらしい映像を、予備知識もなく見せられて隆児はたちまちパンクしそうになる。

だが、百歳にならんとする、かつて日本を転覆させたテロリスト——今や日本のブレーン、国連の密かな後ろ盾とも言われる男——が時折、過不足ない解説をつけながら映像の意味を理解させようとするので、知りたかったトゥルバドールや佐々木忠輔のこともぼんやりとつかめてくる。

特に次の映像には惹《ひ》きつけられた。ひどく絵になる人物が画面の中に現れたのだ。

2

「ジャックは、俺たちの間では、自然な存在だった」

映像の中でそう語るのは、民族衣装風の黒い長衣を纏《まと》った男。被っているフードにも、首に巻いている布にも、どこの国のものか全く不明の装飾品が無数にくっついている。決して綺麗《きれい》な身なりとは言えない。だが、年季の入った顔つきと落ち着いた眼差しに風格を感じる。年の頃は五十歳ぐらいだろうか？　実際より老けて見えるだけかも知れないが。

「ロマだよ。かつてジプシーと呼ばれた民だ」

チャールズが、隆児にも分かるように一言添えてくれる。

すると画面の中で、ロマはギターを手にとった。軽くつま弾きながら語り始める。

自分こそが吟遊詩人《トゥルバドール》だとでも言うように。

「霜男《フロスティ》の言い伝えは、子供の頃から聞かされていた。いまさら驚く者はいない」

口から出るのは、訛《なま》りの強い英語。画面には日本語の字幕がつけられている。

「ゼロ。あなたたちはなぜ、彼を守って旅をしたのですか」

画面の外から女性の声が質問を発した。つまりこれはインタビュー映像。

「ジャックが好きだからだよ。他に理由があるかい？」

インタビュアーは黒瀬理沙だ、とチャールズから注釈が入った。隆児は驚いてから、そうかと納得した。今世紀を代表するジャーナリストだ。灰色髪の男の伝説にいち早く注目し、その足跡を追いかけて世界中を飛び回ったという人物。本が何冊も出ている。

「あなた方に追いつくまで、予想外に時間がかかってしまいました。本当に、ただの都市伝説、蜃気楼《しんきろう》を追っているのではないかと、何度思ったことか」

するとゼロは屈託のない笑みを浮かべた。

「それは気の毒だったな。でも、俺たちも、危ない連中に捕まるわけにはいかないからね。だいぶ気を遣って移動してたんだ。行動を読まれないようにね」

「当然です。あなた方は完璧でした」

「ありがとよ」

ゼロの笑顔は魅力的だった。そうか、この男が……隆児はこの映像の価値を理解し始めた。インタビューに答えている彼こそが、一人の男を守りながら旅を続け、ついには世界中すべての大陸を制覇したのか。

「あなたがどこまで話してくださるのか。そして、あの人に引き合わせてくださるのか。私はとても期待しています」

「まあ焦るなって。悪いようにはしない。あんたは『氷のレガータ』を書いたんだろ。俺は、中身も評判も知ってる」

「それは光栄です。出版した甲斐がありました」

「だから、焦るな。物事には時機というものがあるだろう」

すると黒瀬は、困ったように言ったのだった。

「しかし、私よりも焦っている人がいるのです」

「ほう?」

ゼロは興味を示した。画面外で、黒瀬理沙がいったん席を外す気配がし、すぐ戻ってきた。新たな人物が画面に入ってくる。ゼロという旅芸人より少し年上に見える男だった。互いが斜に向き合う格好になる。単独インタビューから二人の男の対談に変わった。

「あなたが、ゼロか」

素っ頓狂な印象の両目が大きく見開かれ、少年のように輝いている。

「実在した――となると、ジャック・フロストも、本当に？　まさか」

自問自答は止まりそうにない。英語と日本語が混在し、この男にして混乱が抑えられないことが分かる。

ゼロは面白そうに首を傾げた。

「あんたは誰だ」

「佐々木忠輔と申します」

名前のみ。肩書きをどう説明すべきか、本人も含め誰も知らない。そんな風情だった。

「僕はまだ、ジャックという人間の実在を疑っている」

誰はばかることなく忠輔は言い切った。隆児はぐっと引き込まれる。まさに今の隆児の心境を代弁してくれた。

「実在するとなると、現代の物理学に大いなる変更を加えねばならないからだ。ミスターゼロ、あなたの証言はとても重要だ。決して虚偽を交えず、誠実に語ることを約束してほしい」

「分かったよ、博士」

ゼロの中で呼び名が決まったようだった。忠輔の物言いに腹は立てない。むしろ面白がっている。

「新しいアインシュタインが来たか。まあ、米軍やＣＩＡよりはよほどマシだ」

ゼロのユーモアを隆児は気に入った。

『氷のレガータ』の内容については、この映像を見せられる前に、別の映像を使って簡単なレクチャーを受けた。作中のクラウディア・ダイネッリの表現には、少しの誇張もなかったのだと分かる。ヴェネツィアで灰色髪の男、ジャックを守るために奮闘した当時はまだ若かったこのゼロも、年月を経て貫禄を増した頃の映像だろう、と隆児は見当をつけた。だが魂はいささかも老いていない。そういう種類の人間なのだ。

「あんたたちの手に負えるか？　ジャックは、神かもしれないぜ」

面白がることをやめないゼロに、黒瀬理沙も同じテンションで応じた。

「ゼロ。彼は優れた科学者です。先進的な理論をいくつも発表している」

その紹介に、忠輔は全く謙遜しなかった。

「科学で説明できないことは存在しない」

まじまじとゼロを見つめながら言う。相貌失認症《そうぼうしつにんしょう》。人間の顔を見分けられない者とは思えない強い眼力で。

「説明できないとしたら、科学の方に不備がある。だから彼が奇蹟を起こしたという伝説が、伝説に過ぎないという結論に導きたい。その前に、彼が実在するのか。本当は何をやったのか。正確に事実関係を明らかにしなくては始まらないけれど」

「疑うなんて時間の無駄だぜ。伝説はぜんぶ本当なんだから」

「いや。信じられない。申し訳ないが」

忠輔は譲らない。すると黒瀬理沙が、控えめな口調で言い出した。

「先生。それでも、あなたは信じる。いえ、信じてもらう以外にないのです」

黒瀬理沙が控えめなのは口調だけだった。だんだんと、彼女の張り詰め方が尋常でないことが伝わってくる。理沙本人が画面の中にまで現れた。忠輔に顔を寄せ、声を潜めて人気ジャーナリストは告げた。

「私は、先生に取材を始めるずっと前から、トゥルバドールを追っています」

「霜男《フロスティ》の伝説なら知っているよ」

すると忠輔はウインクと思しき仕草を見せ、冗談めかした。

「ジプシー民話では、定番だね。だが、霜男が実在するなどとは考えたこともない。ディズニー映画の話だろう？」

「私が、噂に踊らされるタイプの人間でないことは、先生にもご理解いただけていると思いますが」

黒瀬理沙は決意を胸に燃やしながら喋っている。そのことは隆児にも感じ取れた。

「もちろんだ」

いささか気圧《けお》された様子で忠輔は言った。

「しかし、こればかりは受け入れがたい。おとぎ話なら分かるが、二十一世紀のこのご時世に、一人の人間が、気候に影響を及ぼせるという世迷《よま》い言《ごと》を、真剣に聞けるだろうか」

「気候……本質はそこではありません」

理沙の口調は、無理解を嘆いていた。史上最高の頭脳とも称される佐々木忠輔に失望してみせたのだ。すると忠輔は、椅子の上で居住まいを正したように見えた。

「会っていただきたいのです。ジャックその人に」

黒瀬理沙は告げた。並ならぬ決意は疑いようもなかった。そのすぐ後ろに、悦に入ったようなゼロの表情が映っている。

「何だって？　あなたは……」

退路を失ったように感じただろう。さしもの忠輔も、臆しているように見えた。

「そうだ。本人に確かめればいい」

ゼロが何でもないことのように言い、忠輔はギョッとしたように目を見開いた。

「……会わせてくれるのか？」

「予言するが、あんたはタマから震え上がることになる」

そう言って指を突きつける。

「そうか――楽しみだ」

忠輔も開き直ったようだ。満面の笑みが返ってきて、ゼロもまた笑った。

「変わった奴だな」

すっかり気に入った、という様子でゼロは相好《そうごう》を崩す。

「ええ。この人はもしかすると、ジャックと同レベルの希少種」

理沙がそんな注釈を入れると、

「本当か？　この男が？」

ゼロは疑わしそうに見たが、やがてニヤリとした。

「ふん。全く別種に見えるが、根っこは一緒か。ますます面白い」

「あなたたちの言うことが本当なら、人類種の革新に立ち会えるかもしれない」

忠輔は忠輔で、今や誰よりも興奮している。相手が自分をどう評価しているかには興味がないらしい。

「チャールズ！　僕らには、寝る暇もなくなりそうだぞ！」

忠輔が画面外にいる人間に話しかけた。それで隆児は、この場にチャールズも同席していたことを知った。この映像の撮影担当だったのかも知れない。カメラの後ろ側にいたわけか。

どうして自分はここに呼ばれたのだろう？　隆児は改めて不思議だった。世界情勢が急激に暗雲に呑み込まれている今、なぜ小物の罪人に用があるのか。情報提供者としてもあまりに弱い。だが今は——何度も死にかけた甲斐がある。素直にそう思う。

ずっと知りたいと願っていたことを、この場にいれば存分に知れる。なんという贅沢《ぜいたく》だ。自分が憎んできた世界連邦とは？　世界市民とは何だった？　自分はなんと幼く、愚かだったことだろう。

隆児は静かに決意した。この老人たちが身を削って作り上げた世界を、守らなくては。遅ればせながら。

だが、自分にできることといえば——作るよりも壊すこと。具体的には、サキを殺すこと。それぐらいが関の山か。情けない、と頭を抱える。

いいや、そもそも殺すのが難しい。誤魔化すな、と自分を戒めた。

サキ以上に凶悪な女には会ったことがないのだ。実際、隆児は一度撃たれて殺されかけている。フクシマで狙撃され、大量出血で本当に死ぬ間際まで行った。警視庁によって最新医療の恩恵を受けなかったら間違いなく死んでいた。だが。

なぜ即死しなかったのか。高性能スコープを備え、それほど距離のなかったあの首相官邸の中庭の上部からなら、サキは隆児の頭部でも心臓でも狙い放題だったはずだ。だがライフルの弾は鎖骨を破壊するに留まった。その事実がどうしても引っかかっている。

サキはわざと外したのでは？　そう考えると平静ではいられない。その後に出くわす機会があっても徹底的に無視されている。少なくとも、積極的には殺そうとしない。その不可解さがなおさら隆児を揺さぶっている。

もう一度話せないか。昔のように、男と女として。そう願っている自分を見つけてしまう。

いや！　鴇田隆児よ目を覚ませ。あれほど極悪な、血塗《ちまみ》れの女に何を期待するというのか。時間の無駄だ、まともに話ができる相手ではない。次に会った時こそ殺すか殺されるかだ。頭を激しく振って自分に言い聞かせる。

3

良き聴衆を得た。

血色のよい若者の顔を横目で見ながら、チャールズは一人頷いた。

胸に湧くのは満足感。そして、同じ量の淋《さび》しさだった。

チャールズは秘蔵していたアーカイヴを解放した。二十代から七十代まで——とはいえ、自分から見れば全員がヒヨッ子——が目を瞠って映像を追う。その内容に驚き、声を漏らし、明かされる真実に魅入られている。

一緒に見ている自分も泣き笑いの気分になる。全ては戻れない時代の記録。もう世を去った者たちが、輝いていた頃の映像。かけがえがない。

現代ではトゥルバドール、と呼ばれるようになった一団を率いていたリーダーを、まずは見せた。ゼロ。孤高のロマ族。そこに、まだ気力が横溢《おういつ》していた頃の佐々木忠輔も現れた。元テロリストの鴇田隆児は食い入るように見ている。ちょうど知りたがっていたタイミングに、必要なものを与えられたようで嬉しい限りだ。吉岡冬馬がよい基礎教育を施したらしい。わざわざ自分に、教育的指導を直訴してきた意味が分かる。

この若者を頼む、というメールが届いたのだ。チャールズはなぜかは訊かずに受け入れた。冬馬が、自らの〝説教〟によって転ばせた若者を大事にしていることは見当がついた。ならば英才教育を施してやろう。

仁戸田正治はさっきまで渋っていた。余計な異分子をここに入れるべきではないと。だが顔は諦めていた。チャールズ翁《おう》のなんたるかをよく知っているからだ。酔狂を好み、常識外れの行動をこそ愛する。確かにその通りであり、そこは諦めてもらうしかない。

隆児は浴びるように映像を見続けている。予想以上に行儀が良いことに感心した。冬馬の教育の成果だ。では次のレッスンに進む。チャールズはコンソールを操作し、映像を選んで再生を開始した。ついに主役が登場する。

大画面に厳冬のイスタンブールの街並みが映し出された。

ボスポラス海峡を進む定期船から、トルコの古都の旧市街側を撮影した映像だった。屋根屋根が白い雪をかぶったこの風景だけで、チャールズの記憶も鮮やかに甦る。

忘れられない出会いがあった日だ。

ついにやって来る。ここに彼が。この日、チャールズも胸の高まりを抑えられなかった。

なぜ対面の地に、アジアとヨーロッパの境にある美しい古都が選ばれたのか。

そして、なぜよりによってこの日に、滅多にない雪嵐が襲ったのか。

思えばお膳立ては整っていた。信じがたい日々の始まりを飾る天の計らいのようだった。

寒風の中で定期船のデッキに立ち、美しい景色を眺めていた忠輔も、若き日の自分に思いを巡らせたに違いない。この地で、一人の女性の姿を追い求めた数日間のことを。

チャールズはそのエピソードを、忠輔の妹の安珠《あんじゅ》から教わった。親の仇《かたき》を討つために、日本からイスタンブールに渡った一人の女性を止めるために、当時二十三歳、まだ大学院生だった忠輔は日本からやってきて、たった一人で町中を探し回ったという。人の顔を認識できない忠輔にとって、初めて訪れる街での人捜しは最悪の難事業だ。ところが、全く不可解なことに、その女性の顔だけは認識できたという。忠輔にとって、その女性の声や佇《たたず》まいは、他のなによりも美しく感じられた。特例中の特例だったという。

それは恋と呼ぶべきではないのか？

チャールズが思わずそう訊いた時の、安珠の悲しそうで嬉しそうな顔を覚えている。安珠は明言しなかったし、忠輔本人に訊いたとて満足な答えが返ってくるとも思えない。

だが、あえて通俗文学になぞらえるなら、紛れもなくあれが彼の青春だったとチャールズは思う。もしかすると初恋であり、同時に、生涯最後の恋だったかも知れない。そのエピソードについて、今ここにいる三人に披露できないことが残念だ。

忠輔の核には、この都市を駆けずり回った数日間の経験が深く刻まれていた。ずっと消え去らずに残り、彼の行動を規定した。老いて再びこの都市に呼び寄せられたのは必然。チャールズはそう感じずにいられなかった。

殺し合いを止める。突き詰めれば、忠輔がやってきたのはそれだけだ。あらゆる理論の構築も科学的探究も、全ては人の命を損なわない方法に結実した。佐々木忠輔はあまりにも首尾一貫していた。本人の死後になおさら、その事実を痛感するばかりだった。

チャールズの邸宅に集まったこの観衆にどこまで伝わるかは分からない。見せるべき順番も正しく選べているか心許ない。ただし、物語こそが大事なことは疑いがない。歴史的な出会いを果たす前の、心の戦《おのの》きから伝えたい。どうしても。

映像当時のチャールズは、いろんな理由で震えながら、忠輔と同じ船に乗りカメラを回していた。雪片がちらつく中を、船はボスポラス海峡を渡り終えようとしている。アップに映した忠輔の顔にはわずかな緊張が見える。当時の心境は痛いほど理解できた。

実際に対面するまでは信じまい。霜男《フロスティ》はおとぎ話であり、トゥルバドールは共同幻想だ。チャールズはもちろん、忠輔も繰り返し自分に言い聞かせていた。失望しないためだ。

信頼できる仲介者、黒瀬理沙は必ず会わせると請け合った。ゼロは実在したのだから信憑性は増している。だが本当に会えたとして、きつく問い詰めてしまう。その挙げ句、絶対に納得できずに物別れに終わる。そんな確信さえあった。物理法則に反する振る舞いをする存在を、科学者として認めるわけにはいかないからだ。紛い物ならただちにヴェールを剝《は》ぐ覚悟だった。それが自分たちに課せられた使命。

　そして今――二十一世紀末。十一月。

　チャールズ邸に集められた男たちが見つめる映像の中で、出会いの瞬間はふいに訪れた。

　黒瀬理沙はイスタンブールの波止場で待っていた。海から到着する忠輔から見間違われることのないよう、胸に虹色のコサージュをつけていた。だから忠輔は彼女をすぐに見分けられたようだが、彼女のそばに、虹色よりも目立つ灰色を見つけて戸惑った。忠輔は後に、自らチャールズにそう語ったのだった。それは流れ落ちる滝のように激しい美しさを放ち、近づくにつれて髪だと分かった、と。

　相貌失認症である忠輔にとって、初めて会った人間の顔はのっぺらぼうのように特徴が皆無に見える。再会しても以前に会ったことが分からず、挨拶《あいさつ》さえできない。それが常だが、その男に限っては違った。

　それは、長い灰色の髪のおかげだけではないと忠輔は言った。

　強い両目。削げたような頰。全てに意志が漲《みなぎ》り、悲壮で、忘れようもないフォルムをしていた。通常の目を持つチャールズにしてそんな印象を持ったが、忠輔も同じことを感じたという。忠輔の人生の中では明らかに例外。それまでもごくわずかにいた、顔を認識できる人間だったのだ。忠輔に言わせれば、生涯に於《お》いて三人目だった。

「人間か？」

思わず呟いた忠輔の声を今も覚えている。それは純正の畏怖だった。

相手が人間でなければ、相貌失認の則《のり》を超える現象が起きても不思議ではない。忠輔は後に、こうも語った。相手のフォルムに、人格よりも、自然物の静謐さを感じたと。筋の通った話ではある。卑小な存在ではないからこそありのままが見えた。急峻な霊峰がイメージとして浮かんだそうだ。迷信とは無縁の忠輔に「信仰心」という言葉を思い出させた。聖人、とも違う。神秘の根源そのままが人の形をとったように見えた。

新しい宗教がここから発生するのは自明の理だ。忠輔は、自分の中に湧き上がる非科学的な思惟に興味を抱いたという。

そして、自分の妹を連れてくる意味もあった。

「凄い。こんな人、見たことがない」

佐々木安珠。通常人が持たない錐体《すいたい》細胞を備え、幅広いスペクトルをとらえる能力を持つ安珠の目から見ても、やはりジャック・フロストという冗談のような名前で呼ばれるこの男は、あまりに特異だった。

チャールズはこの日の夜、黒瀬理沙に謝罪する忠輔を見た。理沙に何年も前から取材を受け、ジャーナリストとしての公正な姿勢に大いに感銘を受けてはいたが、トゥルバドールに関わる話題だけは別。忠輔は笑って受け流してきた。だが黒瀬理沙は諦めなかった。

「二人を巡り会わせることこそ、私の生涯で最も大事な仕事の一つでした」

とのちに言わしめる邂逅《かいこう》が、ようやくこの日、成就したのだった。

4

同時刻。アフリカ大陸にいる吉岡冬馬は、リアルタイムで伝説の存在に出会っていた。

トゥルバドール――いや、違う。冬馬は激しく頭を振った。

アフリカ警備隊《AG》本部の資料室で異常な低温に震え、押し寄せてくる濃い気配に腹の底から畏怖しながら、自分に確認する。目の前にいるのは望月友哉。知っていたつもりだが全く別人に見える、謎の男だった。

その謎を、いままさに友哉自身が説明しようとしている。

冬馬は心構えをしようとした。だがどんな心構えも片端から突き崩されていった。

「冬馬さん。フクシマであなたを狙撃したのは私です。理由は順を追って話します」

こめかみが痺れた。そんなバカな、というのが最初の感想だった。その時点でまだ二人は顔見知りではない。まだ会ったこともない時点で、この男は自分の命を狙った。その後、ニューヨークの国連本部でしれっと挨拶をした。親しげに自分の家族のことを訊いてきた。

　この男は不可解すぎる。

「立て続けに申し訳ないんですが、カミングアウトがいっぱいありまして。まず私は、忠輔さんの妹の孫です」

「な、なんですって？」

「だから忠輔さんは、私の大伯父《おおおじ》です」

　目の前がハレーションを起こしながら、しまったという悔恨も過ぎった。冬馬の記憶に引っかかっていたのだ。望月という苗字が。

　ただの偶然だと思っていたが……安珠さんの旦那さんの名字も、望月だった。結婚などという形式に縛られない人だったから、戸籍上は同じ姓にもなっていなかったはずだ。いわゆる籍を入れるなどという、日本独自のガラパゴス的な制度は取らなかった。だから記憶から薄れていたが、思えば、夫である男性は「望月謙矢《けんや》」という名前だったはず。なるほど、名前も似ている。吉岡家が「馬」という漢字をずっと受け継いでいるのと同種か。

　ここにも血族がいる。なんということだ。どうして隠していた？　ニューヨークで伝えてくれればよかったのに。

「なおかつ、私はトゥルバドールと面識があります」

　さらなる衝撃を畳みかける。冬馬は、憎らしげな声を放つことで対抗した。

「もう、あなたに振り回されるのはたくさんだ」

正気を保つには致し方なかった。文句を言いたいのは望月に対してだけではない。チャールズもこの男の存在をよく知っているはずだ。チャールズが佐々木忠輔の血族を知らないわけがない。きっとソフィア・サンゴールも、この男の経歴をよく知った上で国連のスタッフとして雇ったのだろう。もしかすると、アイリスもそうか？　ショックの連鎖が冬馬を襲う。まるで、申し合わせて自分を引っ掛けたかのようだ。

アフリカの司令官も同じように引っ掛けられた。冬馬は目の前のナイジェリア人を気の毒に思う。見よ、この怯《おび》えようを。この部屋で起きた異変は明らかに伝説の存在を想起させる。そのせいだ。

だが自分には通用しない。

「ぜんぶ話してもらいますよ」

冬馬は決意を込めて言った。この場から逃がさない。こっちが納得できるまで説明させてやる。

「了解です」

望月友哉はいやに真面目くさった表情になった。

「いささか込み入った話になりますが、聞いてほしい」

5 —— Confession

　これから僕が言うことを、信じろ、というのは申し訳ないな、と思います。信じるにはあまりに突拍子もない話ですからね。しかも、オビクさん。アフリカ人であるあなたには、ピンとこない事柄も多いでしょう。退屈な時は、そこの椅子にかけて休んでもらっていてもいいんですよ。どうか遠慮なく。

　祖父母の話から、させてください。私の祖母、佐々木安珠は——生業はアーティストでしたが、人とは違う特徴を持っていました。

　視神経が人より敏感で、広い帯域の光の波長を見分けられる人だった。おまけに、写真記憶《カメラ・アイ》の能力も持っていた。そういう異能者は、良くてすごい芸術家。悪ければ社会不適合者になるもんですが、祖母は違いました。優れたアーティストであると同時に社交家だった。性格はいささかひねくれていましたが、友達はとても多いし、長生きしました。孫の自分が見ても、そりゃあ魅力的な人でした。僕はそばにいるのが好きでね。いろんな話をしてくれた。唄ってくれたり、作品も見せてくれた。忠輔さんのことも、たくさんエピソードを語ってくれました。兄妹一緒にいろんな冒険をしてますからね。祖母に言わせ

れば、

「いつも兄貴に巻き込まれて大迷惑だった」

　ということになるんですが、それにしては楽しそうに思い出話を語っていましたよ。

　忠輔さんのことは、そりゃ私も大好きでしたね。とびきり変わってるけど、とびきり素敵な人でした。ああオビクさん、あなたも興味を持ってくれるんですね。ええ、小さい頃は私、何度もあの人に抱っこしてもらったものです。時々ね、私の顔を忘れてしまうことには困ったものでしたが。

　さて、祖父の望月謙矢というのが、まあお人好しを絵に描いたような人で。意志はすごく強い人なんですけどね。辛抱強いことが裏目に出たというか、変わり者揃いの佐々木家の人々に、ずっと振り回された人生といってもいいんですよ。

　忠輔と安珠の父親、佐々木光重《みつしげ》。つまり私の曽《ひい》お祖父《じい》さんですが、その研究室の学生だったんですね。光重は理論物理学の教授でした。忠輔さんが数学と物理に強いのは、理系一家に生まれたから。ところが、忠輔さんは幼い頃から天才ぶりを示し、すぐに父親の光重さんを追い越してしまった。次々に新しい観点でいろんな発見をする忠輔さんの話に、周りがついていくのは大変だったようですよ。私の祖父も、忠輔さんのことは何百年に一度の天才だと分かっていたようで、振り回されても気にしなかった。いつでも健気についていった。慕っていたようですね。

でも祖父は、忠輔さんがやがてトゥルバドールと出会い、彼らの研究に没頭するのを見てどう思ったことか。相当、複雑な思いだったに違いないから、同情するんです。本当に振り回されたんだろうな、と思うと……さてさて、本題に入りますね。冬馬さん。オビクさん。今いちばん、お二人が疑問に思っていることへの答えになるといいのですが。そのトゥルバドールのことです。

今から三年前。私は決意した。南極に行くしかない、と。

虎穴《こけつ》に入らずんばなんとやら、です。目的は一つ。噂を確かめるためです。そこに住むというトゥルバドールに会いたい、と思ったんです。

それはしんどい旅でしたよ。むろん会えるかどうかなんて確証はない。実際問題として、南極大陸に上陸するのだけでも大変なのに、そこから奥地を目指すなんざ、一般人にはしょせん無理な話です。南極に詳しい専門家を雇って、移動するための手段を確保するのにどれだけのお金を使ったことか！　それでも、ジャーナリスト魂が燃え盛っておったんです。何より、私の祖母や大伯父が絡んでる因縁ですからね。尊敬する父祖の辿った道を歩いてみたいというのも、もちろん大きなモチベーションでした。

とはいえ、いくら孫でも、確信してたわけじゃありません。聞けば聞くほど、ありえないフィクション。とんでもない捏造《ねつぞう》話に聞こえましたからね。トゥルバドールの伝説というのは、一から十まで。半信半疑と言うか、それ以下。出会えなくても仕方ない。いや、出会いたくない、ぐらいの気持ちで上陸したんです。

ところが驚いた。南極というのは本当に、この星の最果てですな。生命に対して厳しい。どんなに元気いっぱいに上陸したとしても、たとえそのとき陽がさんさんと照っていたとしても、ほんの一瞬で人外魔境に変わる。死神が何十人と住んでいる土地です。その中の一人が、さっそく私をお迎えに来たのかと思った。棚氷の上を歩いていると、すみやかに雪嵐が襲ってきたのです。

しかも、その嵐を纏うようにして、ある一団が姿を現した。果てしない氷原の上に、突如として。何度も目をこすりましたが、それは旅芸人でした……黒くて長い民族衣装を着てギターやヴァイオリンを抱えてるんだから、そりゃ旅芸人だ。だがなんという酔狂。なんという不条理でしょう。見せる客もいないのに、この不毛の大陸で芸を売って歩いているのか。いつから、どうやってここに暮らしているのか。

都市伝説は本当だった。ジャック・フロストと呼ばれる、灰色髪の男もそこにいました。

彼を守るように、旅芸人たちが大した装備もせずに、風雪の中で過ごしていた。トゥルバドールのキャラバンはどんな気候も苦にしていなかった。彼らにとって、地上のどんな場所も、漂泊のための通過点に過ぎないようでした。

いやはや、私もキャラバンに入れてもらえました。すんなりと、前からの知り合いみたいにね。それからどれくらい、一緒に旅をしたんでしょうね？　馬鹿を言うなと言われるのは分かっています。あんな氷しかない大地に何日もいられるわけがないのですから。しかも、旅は楽しかったんです。信じられないくらいに。歌ったり踊ったりしながら我々は広い氷原を渡り続けた。その間ジャックは、ほとんど喋りませんでした。ただ、たまに笑顔をくれた。キャラバンにいる時も、いない時もありました。一人だけいなくなっていて、いつのまにか戻ってくるんです。どんな乗り物を使った気配もない。

ジャックは間違いなく、生きた人間で、手を伸ばせば触れられました。彼の腕に触れて実在を確認したこともあった。あなた方にも、見せたいくらいです。そんな時、ジャックがいかに人間らしい表情をしていたかを。照れたような、繊細で、だがあくまでも強くて揺るぎない。その上、優しい思いやりに満ちていました。

僕は、南極にいるあいだ凍傷にさえならず、空腹や睡眠不足に襲われることもなく、まとまった時間を彼らと過ごしました。全くもって不思議な話なのですがね。で、彼らの人となりを、すっかり分かった気になった。ゼロと名乗る男がキャラバンのリーダーでした。常にジャックに寄り添い、身を守っている。そのくせ、常に共に行動するわけではないようで、互いのプライバシーを大切にしていた。

とはいえジャックには、プライバシーなんて概念があるのかどうか？　いつしか彼は、懐かしそうに私の顔を見つめるようになったのです。私の祖先が誰かという話は何度もしていましたが、ようやく思い当たったのか。それとも、私の背後にいる祖先と実際に話をしたのか。そんな迷信さえ信じそうになるほど、彼の目は透徹していた。悠久の氷河が何重もの層となって瞳の中に沈潜していた。文学的表現のしすぎだとお思いですか？　しかし、あんなに穏やかで深い眼差しが、人間にできるものじゃない。やっぱりこの人は、人間でありながら人間を超越している。そう思わされました。

いまも私は判別しかねています。半人半神の存在なのか。いくら一緒に過ごしても、直に触ってさえ、実感することができなかった。同じ日常に生きる人間だということが。

ところが――ふいに気づいたのです。私の周りには誰もいないと。

南極には私一人だった。

初めから誰もいなかったのだと知り、呆然としました。ああ、夢を見ていた。いや、夢を見ていただけならまだいい。

気づかぬうちに自分は死んでいた。それが事実だと納得してしまうのが最も恐ろしいことでした。確かめたくない。

誰か言ってくれ。望月友哉は死んでいないし、正気を失ってもいないと。

すると、まもなく私の耳に、呼びかけるような声が聞こえたのです。

Ⅳ　オールスターゲーム

1

アイリスは自分なりの戦況分析を終え、椅子の背もたれに身体を預けて一息ついた。目の前のモニタには、西と東の部隊の配置が克明に映し出されている。偵察ドローンや監視衛星による最新の画像を組み合わせて限りなくリアルに近い表示になっており、迫り来る脅威が実感できる。

東からの大軍勢――そこには、生身の兵士ではない、機械の兵士も含まれていることが確認できている――にヨーロッパは耐えることができるだろうか。アフリカからの朗報は、いまだ来たらず。

では――私個人は、戦力になり得るのか？

ひどく馬鹿げた考えに思えるが、モスクワで起きたことは色褪《いろあ》せない。アイリスは冬馬とともに暴虐の武装集団に立ち向かった。彼らを無力にしたあの場面が脳裏に鮮やかに刻まれている。

だが今、このヨーロッパ前線で、シールドキーパーは自分一人だ。

同じことの再現は難しい。あれは冬馬と力を合わせたからできた例外的な現象だ。

本当だろうか？　私は、自分の限界を、果たして理解しているか？

かつてチャールズに見せられた映像記録を思い出さずにいられない。自らの人工の左脚にシールドが備わる。今日からシールドキーパーだ、というその日に見せられた門外不出の映像だった。

「いつか見せようと思っていた。これがトゥルバドール。これが、ジャック・フロストだ」

そして、灰色の髪を持つ、伝説の男が画面に映った。この人が――。

アイリスは、瞬きする暇さえ惜しかった。この動画は歴史的なものだ。すべての噂を事実に変える。何十年も前の記録なのにアイリスの血を逆流させる。いま目の前にいるかのように鮮明だった。

同じ画角の中にチャールズもいる。まだ老境に達する前。

「あなたの力を、他の人々にも分け与えたい」

祖父は英語でそう呼びかけた。

灰色髪の男は黙っている。

「信じられないかも知れないが、あなたの力を方程式に書き起こした男がいた。あの奇天《きて》烈《れつ》な、僕の盟友だ」

男はなおも沈黙している。だがそこに拒絶はない。眼差しは優しい。

アイリスの肌がざわついた。自分が見られているかのように感じた。

これが、シールド前夜。開発秘話の一ページ目か。

「で、あなたの力を、テクノロジーを使って実用化したいと思っている。人類の進歩のために。世界の変革のために。かなりイカれたアイディアだが、忠輔が言い出し、僕も渋々同意した」

そう、諧謔《かいぎゃく》を取り混ぜてチャールズは笑った。

「正しい意志のもとに働ける者たちに、それを与えたい。あなたの持つ力を応用して無敵の楯を造れば、この世にある武器は全て無効になる。我々人間は、〝言葉〟だけを武器にできるようになるんだ」

当時のチャールズが、どこか神経をすり減らして喋っているのを、現在の孫は感じ取った。怪童と恐れられた彼にして、目の前の存在はあまりに大きいようだった。想像を超える存在に出会うと人は平常ではいられない。今のアイリスと同じだ。

「時間はかかるが、必ず成し遂げるつもりだ。……許してもらえるだろうか？」

あくまで筋を通すために、祖父が申し入れたことが分かる。アイリスの胸は熱くなった。

その誠実さを知れてよかった。

そして予感通り、伝説の男は頷いた。

チャールズの顔が一気にほころぶ。

「許可してくれるのか？」

「俺の力は、だれのものでもない」

それが男の答えだった。

人間を超越した何者かが、人間の言葉を使って答えてくれた。雲か氷原が答えてくれたようなものだとアイリスは思った。このアーカイヴは奇蹟を刻印している。

目眩《めくるめ》くフッテージは、だが長くは続かなかった。チャールズがそこで映像を止め、自らの声で解説したからだ。

「そして彼は、自らの振るえる力を実地に示し、データを取らせてくれた。毎日が驚きだった。そこから忠輔が打ち立てた式を元に、僕はジェネレーターの開発に心血を注いだんだ。いったい何十年かかったと思ってる？」

まもなく百歳になろうとするかつてのハッカー少年は、悪戯《いたずら》っ子のように笑った。

佐々木忠輔はジャックの引き起こす現象の定式化を成し遂げた。忠輔の元々の専門である理論物理学の能力が十全に生きた。アインシュタインが定式化した相対性理論が、精密時計、天体観測、宇宙開発、ＧＰＳその他、あらゆる技術に必要不可欠であるように、新たな物理法則の確立は必然的に新技術を保証する。

ただし、技術の活用には工学という地道な過程が必須だ。たとえ設計図ができたとして、それを製品化するまでには長いスパンを要する。チャールズ・ディキンソンとそのチームが工業的な実現化に取り組み、実用の域まで辿り着くまでに数十年を費やした。

「コンパクト化にどれだけ苦労したか！　僕は、後半生のほとんどを使ってしまったぞ。それにしても忠輔には、製品化ばかりさせられる。僕は家電メーカーじゃないってんだ」

祖父のぼやきに、孫の自分は慈しみの笑みを返すしかできなかった。

天才理論家と頭抜けた技術を持つエンジニア。そのコンビネーションは、忠輔とチャールズの生涯のパートナーシップそのものだった。人類が百年かけてようやく出せる成果を、大幅に縮める夢のチームワークを発揮した。アイリスに言わせればそれは、偉業以外の何ものでもない。

「でも、おかげで、私は命を救われます」

アイリスは心底から言った。うむ、と祖父が頷く。

「冬馬の命もな。日本では他にも、地方の県警にいくつか。公安にも少し、ジェネレーターを配る。だれがどれほど有効活用できるかは、心許《こころもと》ない。アイリス。お前と冬馬は危険な任務に飛び込む傾向があるから、しょっちゅう命を失いかける。僕としては生きた心地がしないが、その分データを取れる。それがシールドのヴァージョンアップには役立つだろうな。皮肉だよ」

「おじいさまの命を縮めることで、技術の進歩を実現できるなら、本望です」

アイリスも祖父を笑わせたい。笑みは生まれたが、チャールズの顔から蔭《かげ》は消えなかった。

「人類の利益に資する。それは確かだが……いや。プロトタイプの実験から、明らかだ。お前たちは、死ぬ危険がなくなる。これはめでたい」

どこまでも滋味に溢れた眼差しで、チャールズは孫の世代に愛情を注ぐ。プロトタイプとは、望月友哉のことだ。友哉は真っ先に被験者となってシールドのポテンシャルを確かめてくれたと、その時点で話にだけは聞いていた。感謝しなくてはならないと分かってもいる。頭では。

「それにしても」

アイリスは改めて問わずにいられなかった。感嘆とともに。

「トゥルバドールの力を技術で再現できるなんて、当のトゥルバドールが想像していなかったのでは？」

「そうだと思う。だからこそ、忠輔と、彼らとの出会いが歴史の奇蹟なんだ」

「そこにおじいさまがいたことも、奇蹟でしょう」

ふふん、と老人は拗《す》ねたような表情を作る。

「いや。僕は忠輔の下請け人生だ。あいつの置き土産をこの世に実現する役割。なんて貧乏くじだ」

「でもおかげで、究極の専守防衛が実現した」

チャールズの表情が一気に晴れる。

「そういうことだな」

満足げな頷きが出る。隠し切れない。

「だがやはり、忠輔の天才が何より必要だった。あいつがいなくては、ジャックの力の正体を見極めることは不可能だった」

アイリスは目を閉じる。

今にも戦争が始まる、という現実から逃れるように。

いや違う、とアイリスは思った。過去の記憶から今の自分を再定義する必要がある。これは最優先事項だ。アイリス・ディキンソン・神村という名のシールドキーパーの存在意義とは何だ？　祖父はあの日、どんなふうに説明してくれた？

アイリスは迫り来る軍靴の響きを意識から締め出した。目を閉じたまま追憶に集中する。

2

「ジャックの選んだ空間領域で急激な温度低下が起こる」

あの日のチャールズの顔は充実していた。全てを説明できる日が来たことを喜んでいた。

「ジャック個人の特殊能力なんだから、一般に敷衍《ふえん》するのは難しい。ところが、ジャックは実験室に入ってくれた。トラウマがあったのに。幼い頃に特務機関に捕らわれて人体実験された。そんな目に遭うのは、二度とごめんだったはずなのに」

「おじいさまと忠輔さんだったから信頼してもらえた。そういうことですね」

アイリスがそう合いの手を入れると、複雑な悲哀を含んだ笑みが老人の顔を覆った。

「現象の観察を許し、あらゆるセンサーを用いて、彼の力がどう働いているかデータを取らせてくれた。最高度の量子コンピュータを総動員しても十二年かかった演算を元にして、ついに、ジェネレーターの産業的実現のための設計図に辿り着けたわけだ。さらにそれをできるだけ実用的に——携帯できるほどのサイズのジェネレーターにするまでに七年。気が遠くなるな。僕はためらいなく自分を褒《ほ》める」

アイリスは頷くばかりだった。偉業中の偉業だ。

「つまり、このジェネレーターそれ自体が、極秘情報の宝庫というわけですね」

アイリスは自らを戒める意味で言った。警察官の思考だった。

「その通り。だからジェネレーターは自己を守る」

チャールズが満足げに頷く。

「たとえ使用者が死んだとしてもシールドは解除されない。簒奪者の存在を感知する限り、半永久的に余人を寄せつけないのだ。管理者のみが、使用者の資格を左右できる」

「おじいさまのほうで、一元管理を？」

「いいや」

この問答はあまりに印象的だ。アイリスは、思い出すだけで背筋が伸びる。

「ジャックにもダイレクトに繋がっている。彼はいわば、著作権者だからな」

「彼も、シールドキーパーたちをモニタリングしている。ということですか？」

「そうかもしれない。そうじゃないかもしれない」

チャールズは謎めかした。あえてなのか、本当に分からないのか。

アイリスは祖父の瞳を見つめた。それは煙っていた。

「彼の意志は感じる。シールドの働きにも影響を与えていると思う。お前もこれから、感じることになるかもしれない」

アイリスは小首を傾げる。新米のシールドキーパーにとってはあまりに難解すぎた。チャールズに言われたその時点では、アイリスにそれほど多くのシールド発動の機会がなかったのだ。人工の左脚はすでに身体に馴染んでいたが、警視総監付きとなり、現場の捜査に出る機会が減っていた時期だった。

「いずれはお前にも管理者権限を持ってもらう。いいな？」

世代交代を考えてのことか。深謀遠慮は理解できたが、すんなり受け入れられるはずもない。本当は引き継ぎたくなどない。祖父が生きていれば済むことだ。だが、そんなことは望んではならないのだろう。誰にでも寿命はある。

やがて少しずつ重責を分け与えられるたびに、アイリスは戦きながらも、見習いの管理者として祖父に教えを乞いながら、今日まで来た。

「もう、会うのは無理なんでしょうね」

アイリスは何度か確かめた。

「ジャックたちが今どこにいるのか、おじいさまも分からないとしたら……」

「そうだな。面目ない」

「いいえ！　意味があって姿を隠しているのでしょう」

「お前の言う通りだ」

チャールズは自分を納得させるように何度も頷いたのだった。

「ジャックは今どこにいる。シールドキーパーについてどう評価してる。知りたいが、それは僕らの権限を超えてる。彼らは恩人だ。そして、誰より自由な漂泊の民だ」

「ただ、もう相当高齢のはずですよね。あまり考えたくありませんが、生存しているという保証もない」

老人は俯く。

「ジャックと、彼を守る種族が、絶えないで欲しい。ずっと我々と共にあってくれるといい。そう願っているが」

「絶えている可能性が……」

「ない、とは言えない。ジャックは希少種だ。生き延びてきたこと自体、あり得ないことなんだ」

アイリスも言葉を無くした。自分の左脚をぎゅっと握る。シールドは確かにここにある。

その仕草を見ていたチャールズが破顔一笑した。

「忠輔に、訊いてみるか」

「例のＡＩですか？」

アイリスの反応を見て、チャールズは眉を下げた。

「もうやめた方がいいのかな」

萎《しお》れた花のようになった。アイリスは祖父が愛おしくてたまらなくなる。

「それらしいアルゴリズムを作ってアクションを再現しても、忠輔が生き返るわけじゃない。何よりソウルがない。虚《むな》しくなるよ」

アイリスは慈悲深い微笑みを返したかった。いなくなった人間を、まるでいるかのようにする。それは確かに間違っているのかもしれない。

「やめられないうちは、やめなくていいと思います」

だがアイリスはそう言った。

「おじいさまが再現したいのは、忠輔さんの人格ではない。彼の理知。彼が導き出した法則、黄金律です。そうでしょう？」

「まったく、お前にはかなわん」

チャールズは生き返ったように表情を明るくした。

「方程式だけが残る。あいつが残した論文も散文も残っている。あいつの声も表情もぜんぶが映像に残っている。だが、あいつの考え方そのものを残さなければ意味がない。できるだけ確かなあいつを。僕なんかより、あいつを残したいんだ。この世に」

「再構築の作業の中で、おじいさまのソウルが入っている」

アイリスは何気なしに言った。

「……なに？」

「あなたがソウルの代わりをしている。つまりこのAIは、忠輔さんとおじいさまのキメラです。最強かも知れない」

アイリスはウインクした。ふだんはしたこともないが、うまくできた。

「嬉しいことを言ってくれるな」

チャールズの顔に浮かんだ皺《しわ》だらけの笑みは、悲しげだった。冗談と真理のあわいに漂う少年のように初々しかった。

そこからアイリスの記憶は唐突に、最も最近交わした会話に繋がる。

『それにしても、やっとプロポーズか。冬馬め。遅すぎる』

　そう言われてアイリスは俯いてしまった。チャールズは、嬉々としていた。

　ロシアにいる間も、独自の衛星回線で繋がっているアイリスとチャールズはリアルタイムで情報を共有できた。アイリスのスマートゴーグルについたカメラとマイクから、全ての光景がチャールズに届けられていた。囚《とら》われたアイリスの危機。その後、冬馬が駆けつけ、力を合わせてサキたちを追い払う顛末を見届けた。冬馬が世にも奇妙なプロポーズをしたその瞬間も見逃してはくれなかった。

「結婚の意味は、いまだに私にはよく分かりません」

　アイリスは早口で返す。

『意味なんか気にしなくていいじゃないか。僕は歓迎する』

「結婚したとして、今までと何も変わらない気もしますが。お互い忙しく飛び回るのではないかと」

『いいや。お前たちは良い夫婦になる。僕が保証する』

　根拠が分からない。だが祖父は本当に幸せそうだった。

『忠輔に聞かせてやりたいよ。僕の孫と、ミューと雄馬《ゆうま》の孫が結婚するなんてな！　あいつも喜んだに違いない』

　愛情が噴き出している。実の家族と、これから家族になる人間に対する。

それ以上に、佐々木忠輔に向かって。

祖父の中で、佐々木忠輔は死ぬことがないのだ。アイリスは改めて強く感じた。

「忠輔は三百年生きるに値した。やり尽くさないまま、八十年足らずでこの世を去るなんて、人類にとっての不幸だ。なにより、僕にとって不幸だ。余計な手間を増やしてくれたからな。医学の進歩が追いつかなかった……あいつだけでも生かすべきだった」

そして、思いは繋がる。アイリスは実感した。相手のことを考えていれば本人と繋がれる。特に祖父相手に何度もあったことが今また、起こった。

コールが届き、繋いでみると、声ではなく映像が流れ出したのだ。届けられた光景は、東京のチャールズの部屋の様子だと分かる。リアルタイムだ。人が集まっている。一緒に過去の映像を見ている。

アイリスもしばし、彼らとともに、その部屋で流れている映像に見入った。

3

「さあ、これも、歴史に刻まれたメモリアルイベントだ」

そう言ってチャールズが再生を開始した映像に映るのは、乾いた土色の景色だった。

「僕らも現場で立ち会っていた。真実を、みんなとこの場で共有したい」

強い熱意を隆児は感じた。

中東か？　という勘は当たった。テロップに〝パレスチナ〟と出る。きな臭い土地だ。長きにわたる紛争。この地にはそうしたイメージが抜き難く纏わりついている。

「孫たちにも送るか……この、歴史を振り返るミーティングを。それでこそ、伝説の魂のそばに行けるというものだ」

チャールズの独り言のような呟きを心の片隅に留めつつ、鴇田隆児の心はたちまち、力のある映像の中に取り込まれていった。以前から関心のあったこの地域の歴史を想起する。アラブとユダヤ、それぞれの民族の憎しみは世代を重ねるごとに増幅するばかりだった。史上最もこじれた紛争と呼べるかもしれない。解きほぐすことなど不可能。誰もがそう思っていた。融和がもたらされたとしたら、それこそ驚天動地の奇蹟だと。

二十一世紀半ば。まだ、世界連邦革命が起きる前のこと。

パレスチナで、それまでの歴史の中でも最悪の武力衝突が起きた。

この事件を学校で習った覚えがある。それにまつわるエピソードも、ぼんやり浮かんでくる。その記憶をはっきりさせるように、映像は順を追って当時の出来事を説明してくれた。新興のイスラム系テロ組織が、パレスチナのガザ地区に大量の武器を持ち込んでイスラエル領内に砲撃したのだ。ガザの住民の同意を得ずに。

イスラエルの報復は苛烈《かれつ》だった。総面積が三百六十五平方キロメートルしかないガザに、数百発の砲撃、加えて空爆が行われ、夥しい数の人命が失われた。

だがテロ組織は狡猾《こうかつ》に身を隠し、イスラエルへの散発的な攻撃を続けた。イスラエルはますます報復を強めるという負の連鎖が続く。このままエスカレートすればガザ地区は焦土と化す——しかし国際社会は相変わらず無力だった。アメリカは何があってもイスラエルを非難しない。アラブ諸国も、イスラエルを非難こそすれど表立って手は差し伸べない。そして、革命前の国連はイメージ通りの無力さをさらけ出すだけだった。いくつかの国連決議も、当時の国連事務総長の和解要請も全く事態を好転させられなかった。

もう百年も同じことを繰り返している。今回、それが極まっただけという虚無的な見方が大勢を占めた。年中行事の一つ。パレスチナ問題とは、永遠に解決しない問題の象徴。思考停止と、底なしの諦めがあるばかりだった。

そこに記者会見の映像が差し込まれる。映った人間には圧倒的な華があった。当時も今も世界的に有名な人物。だが俳優や歌手ではない。アスリートだ。

「ガザでチャリティマッチを開催したい」

会見でそんな声を高らかに上げたのは、当時のフットボール界最大のスター、ジュスタン・メシエだった。

モロッコ系フランス人のメシエは複雑なルーツを持ち、古き良き時代のファンタジスタを想起させる優雅なプレースタイルは世代を超え、世界中に愛されていた。隆児も、子供の頃からメシエの華麗なプレー集を何度も目にしてきた。物心ついた時にはとうに現役を引退していたが、いまだに新しいファンを獲得している。それほど際立った才能を持ったフットボール・レジェンドだった。

　このチャリティマッチのエピソードについてはうろ覚えな部分も多い。知りたい、という欲求がぐっと高まる。

　メシエの提唱に応じ、現役とOBとを問わず多くの選手が出場を表明した。これは、尋常なことではなかった。いわば、現在進行形の戦場にスター選手が集まるのだ。しかも、一試合ではない。何試合も予定しているという。主催のメシエ本人に至っては、停戦するまでガザ地区を出ないと宣言した。

〝メシエが人間の楯宣言?!　波紋広がる〟

〝スター選手の無謀な冒険。事態悪化の懸念も〟

　硬から軟まで、世界中のあらゆるメディアがジュスタン・メシエと賛同者たちの行動に注目した。隆児は興奮する。これは——新たな形の抵抗運動だ。そうか、メシエが不世出のスターとして今も名高いのは、こうした社会的活動も影響している。彼はピッチ上だけのヒーローではなかった。実生活でも尊敬を集める、アスリートを超えた存在だったのだ。

　ドキュメント映像はさらに詳しく掘り下げてゆく。試合の開催が決まったあと、とりわけ動向が注目されたのは、紛争の当事者双方だ。イスラエル政府はどうする。そしてテロ組織は。イスラエルはまだ、国際社会に対し体面を保つという意識がある。だが新興テロ組織の方は前例がないほど凶悪で、「イスラエル憎し」以外の行動原理がないならず者だ。フットボールのスターを死なせて世界からバッシングを浴びることなどまったく恐れていない。隆児が所属していたイザナギ以上に理屈の通じない相手。危険すぎる。

開催日が近づくにつれ、称賛よりも、メシエへの非難が大きくなっていった。あまりにも無謀で命知らず。自分だけならまだしも、他のスターやアスリートを巻き込むとはどういうつもりだと。

メシエは、だれに強制することも要請することもない、賛同するなら来てくれ、というスタンスで呼びかけを続けた。そして、応じるアスリートは少なくなかった。フットボールにとどまらず、バスケットボールやテニス、バレーボールの選手たちやＦ１レーサー。そして俳優に至るまで。あらゆる分野のスターが名乗りを上げてくれた。

最初のチャリティマッチは無事開催された。この試合は全世界に生中継され、世界中からの祝福と称賛を集めた。何より、試合の開催によって戦火が止まった。久々に砲撃音がしない日が訪れたのだ。

メシエと、彼に賛同してゲームに出場した者たちへの拍手は止まなかった。自らの知名度を平和のために役立てた、まさに英雄だ。

だが、アスリートがそれぞれのチームに所属する現役選手である限り、メシエとともにずっとパレスチナに留まることはできない。人気者ほどスケジュールが詰まっている。ずっとガザに滞在できるスターはいない。

　現役選手としては、メシエだけがガザを去らなかった。ずっと留まると表明してくれた数人のＯＢとともに、公衆の面前でボールを蹴ることをやめなかった。所属しているロンドンのチームから帰ってきてくれと頼まれても、メシエは戦いが終わるまでは帰れないと繰り返すばかりだった。このままだと契約解除の憂き目に遭うと知っていながら、パレスチナの危険地帯から去る素振りを見せなかった。

　画面の中にメシエのインタビュー場面が映った。どうしてそこまでするのか？　とメディアに訊かれている。

「ヒーローになってみたくなった」

　メシエは、悪びれない笑顔でそう答えた。

　隆児は目を細める。本当に眩《まぶ》しい男だ。

「ヒーローってのは、自分の命を懸けるもんだろ。安全地帯でちやほやされてる自分が格好悪く思えてね。それに……」

　メシエは冗談めいた表情から、真剣な目つきに変わった。

「男を待っているんだ。伝説の男を」

　メディアのだれもが首を傾げた。

フットボール界のリヴィングレジェンドが〝伝説〟と呼ぶ男。それはいったいだれだ？

「リサに聞いた。奇蹟を起こせる男の話だ。俺は、彼をここに呼び寄せたいんだ」

隆児の興奮は一気に高まった。ここに繋がるのか！

4

チャールズは思い出す。往年のジュスタン・メシエの勇姿を。優雅なプレーの数々を。それは常に鳥類を彷彿《ほうふつ》とさせたものだった。時には隼《はやぶさ》のように鋭利に。時には極楽鳥《ごくらくちょう》のように華美に映る。ゲームを支配し、ピッチを覆い尽くす大鷲《おおわし》に見えることもある。紛れもなく不世出のアスリートだった。

そのジュスタン・メシエの人生を余すところなく描いた伝記、『最後の皇帝《ル・デルニエ・アンプレール》』は黒瀬理沙の代表作として、世界中でベストセラーになった。チャールズはこの一冊こそが、メシエを歴史的なレジェンドにまで押し上げる決定的な役割を果たしたと思っている。それほどに感動的で、圧倒的な完成度なのだ。

そして後年、ある意味で『最後の皇帝』よりも注目を浴びたのが『氷のレガータ』だった。ノンフィクションと銘打って出されたが、本当に事実かどうかが議論になった。あまりに信じがたい内容だったからだ。ある冬にヴェネツィアで起きた事件の詳細を、関係者に取材して綿密に描いた内容だが、小説だろう、黒瀬氏の創作に過ぎないと断じる声が多い一方で、当地の出来事を「聞いたことがある」あるいは「実際に目にした」と擁護《ようご》する声も多くあった。

　堅実なルポライターというイメージの黒瀬理沙が、この本以降、いったい何を世に問うか分からない不穏な表現者というイメージも纏うようになった。妄想狂、詐欺師《さぎし》と罵る声まで出た。黒瀬理沙自身は表立って発言することを好まず、媒体にも現れない。顔写真も出回っていないので、黒瀬理沙の実在自体を疑う声まで湧いたほどだ。

　不毛。黒瀬理沙の誠実さをよく知っているチャールズからすれば、当時の空騒ぎには苛《いら》立《だ》たされるばかりだった。

『最後の皇帝』の後日談を著すため、理沙はガザのチャリティマッチも取材していた。自分でカメラも持ち、逐一記録しようとしていた。チャールズはチャールズでカメラを回していた。ジュスタン・メシエの身を挺《てい》したメッセージにはとてつもない価値がある。名声というものの正しい使い方を実践していた。その上、非公式ながら、「伝説の男を呼び寄せるためだ」とも明言したのだ。

　黒瀬理沙がコネクションの要にいることは明らかだった。

　これほど歴史的なイベントになることが確実なものもない。期待を胸に、チャールズはガザで最も大きなフットボール場――と言っても、日本のありふれた公立学校の校庭ほどの大きさしかない――に入った。客席には観客が溢れていた。大部分はガザの住人だが、世界中からやってきた人々も目を引いた。試合に出場するスターたちのファン。そして、この試合の意義に賛同する者たち。各国のメディアの記者たち。

あのチャリティマッチの日、自分とともに来場した佐々木忠輔は何を感じただろう。二人並んで客席に着いた。スポーツには取り立てて造詣の深くない忠輔に比べ、チャールズはフットボールの母国出身だ。キックオフの笛が吹かれて以後は、スターたちの競演を純粋に楽しんだ。

そして、悲劇を目の前で見た。

5 ――Confession

『すまんな、友哉。悪く思うな』

私のインカムから聞こえてきたのはチャールズ・ディキンソンさんの声です。

南極で、突然たった一人で放り出されたようになって我を失っていた私に、正気を注入してくれたのがその、東京からの冷静な声でした。

『セキュリティシステムのチェックが必要だった。格納された核ミサイルに近づく不届き者は、執拗《しつよう》な幻に取り憑かれて目的を達成することができない。視覚と聴覚から精神に入り込み、あたかも現実と思わせる。神経組織に直接働きかける波動を発する最新式のブレイン《B》・マシン《M》・インターフェース《I》だ。南極を守るために開発したこの装置が、氷原の要所に埋められている』

私は愕然《がくぜん》としました。そんなものを想像もしていなかったからです。

『セキュリティにかかった人間にとっては、トゥルバドールは現実そのものだ。場合によっては、現れた灰色髪の人物に触れられただけで実際に凍傷になる。そこまで精神的な影響が強いんだ。強力な催眠装置と思ってもらっていい』

説明されている意味は分かりました。頭では理解できるのだが、心は拒否している。ただ幻影を見ただけだ、という事実を押しつけられることに反発していました。

『南極点付近に、常に人を配置するのは現実的ではないからな。もちろん衛星でも監視するが、南極は天候の変化が激しい。ブリザードに覆われていたら侵入者が発見できないこともある。だからこのセキュリティシステムを作った。お前は、良い被験者だった。これで核を盗める者はいないと分かった』

頭を抱えたくなりました。必要な実験だということは分かるし、実態を伏せていたことの意味も分かる。でも、釈然としないものは残ってしまう。

『お前には、シールドのゼロ号を持たせた。それがあれば、脳への悪影響は中和される。

シールドを持たない人間にとっては、見せられるヴィジョンが強烈すぎて、しばらく後遺症が残る可能性があるが、お前は守られている。安心しろ』

悪影響が残らないように保護してくれたことには感謝したい。だが、やはり事前に教えておいて欲しかった。失望が大きすぎる。伝説の存在に会えた幸福感もぜんぶ幻か？　本当に？

いや、と心は答える。頑なに。

『友哉。無事に帰れ。そして、ジャーナリストとして、新たな記事や著作に活かせ。南極への侵入者を遠ざける意味で、ホワイト・プロパガンダと呼べるものをお前は書けるだろう。警告を発するんだ。南極点を禁断の地とせよ。人間が立ち入るべきではないのだ』

意義のある仕事を与えられた。でも、私はやはり、複雑な思いでした。気持ちを切り替えようとは思うのです。南極の核は安全だ。誰であっても、こんなに長く不思議な幻覚に苛《さいな》まれたら尻尾を巻いて逃げるに違いない。それを喜ぼう。この大陸と、トゥルバドールを諦めるために私は踵《きびす》を返しました。果てしない氷原の中に、一筋延びた自分の足跡を見つめる。それは儚《はかな》く、健気でした。その歩みを否定したくない。そんな強い思いが湧いてきました。レジェンドに出会いたいという思いの強さは、もとより誰にも負けないつもりでした。

大伯父の佐々木忠輔が生きている間に、しっかり話ができなかったという悔しさもそこに重なっています。まだ自分が幼すぎたせいだが、忠輔さんの偉大さや本当の価値を知らないうちに失ってしまった。その分、祖母の安珠が、実の妹でしか分からない様々な真実を伝えてくれましたが、忠輔さんにもう会えないという事実に変わりはない。

だからせめてトゥルバドールに会いたい。その願いも叶《かな》わない、と知ってしまった。種明かしをされた以上、潔くこの大陸を去るべきだ。人間には立ち入ってはならない領域があると大勢に伝えるのが、ジャーナリストとしての役割だ。そう自分に言い聞かせ、今度こそ帰ろうと足を踏み出しました。

ところが、灰色髪の男がいつしか、自分を見つめていることに気づいた。まだ、セキュリティシステムが自分の脳に影響を与えているようだ。私はインカムに訴えました。

「チャールズさん。システムを切ってくれませんか？　もう充分だ。これ以上の幻は見たくない」

ところが、通信が通じない。天候の変化があったわけでもないのに急にどうしたのだろう。それにしても……目の前の姿は幻影とは思えない。

「君が誰か知っている」

灰色髪の男は私にそう話しかけてきました。それは英語だったはずだが、口の形もそう動いたはずだが、私の記憶の中では混濁しています。後から思い返すと、誰よりも親しげな日本語の記憶として定着している。もしかすると、特殊な声であり、特殊な思念の交感であったかも知れません。何語だということは重要ではない。目の前にいるのは生きた人間だ。そう信じている自分がいました。

ジャック・フロストはやはり南極に住み着いていた。私にだけ秘蹟《ひせき》が明かされた。セキュリティなどそもそも嘘だ。いや……チャールズさんを疑うこともできない。何かしら言語を絶したことが起きているのだ。相反する真実に挟まれて私のアイデンティティは悲鳴を上げました。

灰色髪の男がおもむろに手を伸ばしてきた。その手は、私が持たされていた、シールドのプロトタイプが収められている懐のポケットに真っ直ぐに伸び、触れました。

私は、されるがままでいた。言葉は必要としなかった。ジャック・フロストは望月友哉に会うために現れた。素直にそう感じるだけでした。

私はジャック・フロスト本人に会った。今もそれが、私の中の真実です。何人《なんびと》も変えられない。

冬馬さん、そんなに口を開けないでください。理解しがたい話であることは百も承知です。どうかもう少し、聞いてください。オビクさんも。

6

爆発によって使えなくなった三十八階から退去し、ソフィア・サンゴールは国連本部ビルの別フロアに急ごしらえのオフィスを作って、全世界と中継を繋いだ。

儚く死んでいったスタッフたちを悼む暇もない。今は努めて、意識の外へ追い出して任務に集中するしかなかった。現状を、できる限り最新の情報に更新する。世界地図を背景にしたディスプレイも秘書官のクララ・マッケンジーが用意してくれた。これで世界中の戦況が一目で把握できる。

ヨーロッパ《E》警備隊《G》とロシア《R》警備隊《G》、その主力部隊がぶつかると見込まれているポーランドに目を向ければ、頭に過ぎるのは何度となく繰り返されてきたかの地の悲惨な歴史だ。ロシアとドイツという大国に挟まれ、常に侵略と簒奪の憂き目に遭ってきた。世界連邦が成立し、ポーランドも他国と等しく恒久の平和を手に入れたと思ったのも束の間、また強大な軍事力の蹂躙《じゅうりん》に遭う。この地に生まれ育った人々は繰り返す祖国の悲運を嘆いているだろう。小国ほど悲惨な目に遭う。そんなアンフェアを覆すために世界連邦が樹立されたはずなのに。ソフィアの罪障感はとめどない。

ヨーロッパ警備隊だけではロシア警備隊に勝てない。ウルを庇護し、拡充に手を貸してきたロシア警備隊は他のどのユニヴァーサル・ガードよりも強力な兵器を備えている。その野望は南極の核兵器にまで及んだのだ。

どうやら警視庁が最悪の事態は防いでくれた。マヌエラ・デ・ソウザも素早く部隊を送り込んでテロリストを拘束してくれた。だが、アレクセイ・フョードロフ。かのロシア人の腹黒さは底知れない。マヌエラが南極で拘束したのはフョードロフの実の弟だった。反応が気になる。ロシアの権力者は激昂《げきこう》すると何をするか分からない。

ソフィアは通信画面に映し出された顔を見る。長くヨーロッパ警備隊を率いているフィンランド人女性と、ソフィアの親友の英国系日本人が並んでいる。この二人は、会ったばかりとは思えないほど馴染んでいる。同じ目的のために結束しているからだろう。

『ソフィア。リヒター司令官の死去について、発表の準備をしているけれど……どういう内容にするか、迷っているところ』

アイリスが率直な思いを届けてくる。

『世界市民に動揺を与えたくないけれど、虚偽の説明をすることはできない。暗殺される形になってしまったことは、伝えざるを得ない』

「そうね。虚偽発表はしません」

ソフィアは首肯した。

『不安を煽ることになったとしても、真実を伝えましょう。まもなく世界に打電します。

ヨーロッパ警備隊のリーダーは、一時的に失われたと。それでも救いは、ハマライネン副司令。あなたへの信頼度が高いことです』

叩き上げの軍官は画面の中で敬礼した。

『サンゴール事務総長。痛み入ります。しかし私は所詮、軍人でしかありません。私が前に出すぎると、シビリアン・コントロールの観点から、市民は不安に思うでしょう』

サンドラ・ハマライネンは自らの立場をよくわきまえている。世界連邦時代にふさわしいリーダーだった。ソフィアは改めて、彼女に対する敬意を深くした。

「新しいリーダーを選ぶにはどうしても時間がかかります。当面、あなたに踏ん張ってもらう他ありません。規定により、臨時のリーダーは私が務めますが、現場での判断は全面的にあなたに任せることになる。あなたの判断や采配が正しいことを、私は疑っていません」

『ベストは尽くしますが、しかし……』

「アイリスも全力でサポートしてくれる。そうよね？」

『もちろん、私にできることはすべてやります』

アイリスは力強く答えた。ソフィアはできる限り柔和な表情をする。

「サンドラ・ハマライネン副司令。そこにいるアイリスを、私が責任を持って推します。彼女は最高の参謀。私のこともずっと支えてきてくれました。戦闘のプロではありませんが、それ以外の分野すべてのバックアップをしてくれます」

アイリスは頷くが、厳しい表情のまま言った。

『ただし、ヨーロッパ《E》警備隊《G》だけだと劣勢。やっぱり鍵は……』

『アフリカ《A》警備隊《G》の加勢を、リヒター司令も心待ちにしていました』

息を合わせて、サンドラが打ち明ける。

ソフィアも頷いた。希望はそこに託すしかない。

「トーマはまもなく成果を摑《つか》むはず。アイリス、あなたもそれを疑っていないでしょう」

『疑ってはいないけれど』

苦しそうな笑みが返ってきた。

『間に合うかどうかが問題。連絡が不通になっているのが、ちょっと不測の事態ね』

「確かに心配。でも信じて待ちましょう。実は、バックアップでもう一人を送り込んであるし」

『分かってる』

アイリスは頷きを返したが、表情が複雑だった。

『望月友哉。彼がやることも、不確定要素が大きいから』

「アイリス」

ソフィアは意外に思って訊いた。

「彼とそりが合わないの？　ちょっと意外」

『あなたが特殊なのよ』

アイリスはなおさら難しい顔をして見せて、ソフィアは微笑んでしまう。

『そりが合わないわけじゃなくて。もちろん根本には、信頼があるつもりだけれど。どうも、動きに無駄が多いように見えてハラハラする。動きというより、言葉の無駄かな……百パーセント自分の意志で動けていないところがあるんだとしたら、仕方ないのかもしれないけど。でも、おじいさまにさえ黙って勝手に動くの、やめて欲しいんだよなぁ』

横から興味津々の視線を感じたのだろう。アイリスは謝った。

『ごめんなさい、サンドラ。意味の分からない話をして』

「アイリス。大丈夫よ。いま一番戸惑っているのは、トーマに違いないから」

ソフィアは、自分なりの対処法を冬馬に伝えられなかったことをわずかに後悔した。だが、友哉本人から頼まれたのだ。自己紹介は自分でするのでお任せください、と。余計なことは言わないで欲しいという意味だった。

「友哉に慣れていないと、敵か味方かも分からなくなる。自分のアイデンティティを保つので精いっぱいかもしれないね」

『本当に』

アイリスは大いに頷いた。

『でもおじいさまも忠輔さんも、トゥルバドールと出会った頃は同じ気持ちだったのかもしれないな、なんて思うの。存在していることが理解できないような、とんでもないアノマリーに出会うと、ただただ振り回されてしまうから。思考回路が常識外れすぎて』

「でも、常識外れな力こそトゥルバドールの代名詞。世界を変革する力だから」

『私はやっぱり、信じられない』

　改めて、という感じでアイリスが溜め息をつく。

『あの人が南極で、トゥルバドールに会ったなんて……それはセキュリティシステムが作り出した幻に違いないのに、本物のジャック・フロストだったと彼は言い張ってる。彼が持っていたジェネレーターのプロトタイプが、説明がつかないほど変異を起こしていたのは確かだけど、それにしても……』

「そのエピソードは、私の理解も絶している」

　ソフィアは正直に告げた。

「でも、友哉を疑うことも難しい」

『……そうなのね。ソフィアは優しいな。時々、行方不明になるのも心配でしょう』

「必要な時に連絡が取れなかったりするのは、前からだけど、もう慣れたわ。彼は常識では捉えられない。トゥルバドールを、誰も捉えることができなかったように」

　するとアイリスは泣き笑いの表情になった。

『ソフィア。あなたって本当に、寛大すぎる。最高のリーダーよ』

「褒められたの？　けなされたの？」

親友同士の親しい会話を、傍らのサンドラが少し眩しそうに見つめていた。

ソフィアは顔を引き締める。

「最前線の準備はどうなっていますか。迎撃態勢に、問題はない？」

『最善は尽くしています』

サンドラが軍人らしく背筋を伸ばして報告した。

『本隊の陸戦部隊は、ほぼ全てが展開を終え、布陣を完成させています。後方支援のミサイル部隊、北海に展開中の艦隊が砲台を全て東方、ポーランド付近に照準を合わせています。カルパティア山脈の東側にミサイル部隊を並べているロシア警備隊《RG》も、同様ですが』

「そう……ついに、一触即発ね。いつ戦闘が始まってもおかしくはない」

『残念ながら』

副司令は沈鬱に言う。そして付け加えた。

『偵察部隊が搔《か》き集めてきた情報を総合すると、敵方の布陣、戦力、ともに、予想を上回る壮強さが見て取れます。ミサイルの性能などが、ウルによって底上げされているという予測を含めて判断すると、やはり戦況は、有利ではありません』

サンドラ・ハマライネンはさらに詳しく報告してくれた。東ヨーロッパ平原にいたロシア《R》警備隊《G》の主力部隊の大移動を許してしまったのが痛かったと。ハリエット・リヒター暗殺のショックと混乱を突かれた形だった。フョードロフは、虎視眈々《こしたんたん》と西進する準備を進めていた二十万人に迫る部隊を、北ヨーロッパ平野に一気呵成《いっきかせい》になだれ込ませた。ポーランドからドイツ北部に広がる広大な地域のどこかの都市を狙って拠点を構えるはずだという。

『偵察部隊が、いま、懸命に探っているところです。やはり首都のワルシャワが有力かと思いますが、もっと西を狙い、ポズナンやシュチェチンまで達する可能性もあります』

対するヨーロッパ《E》警備隊《G》は必然的に、東ドイツに主力部隊を配置して迎え撃つことになる。ベルリンに精鋭部隊を集め、陥落せぬよう死守するのは必須。司令部自体は、そもそもの本部であるベルリンから後退して、ドイツ北部の港湾都市ハンブルクに拠点を置いた。同時に海上部隊に目端を利かせられるというメリットはある。

北海に展開するヨーロッパ警備隊の艦船からのミサイルは、地上部隊に加勢する意味でも大きな戦力になる。ただし、バルト海に展開するロシア《R》警備隊《G》の艦船も強力であることは疑いない。かつてのバルチック艦隊のイメージを引き継ぐロシア警備隊の海上部隊は世界中から恐れられている。

『北欧全体が、地理的に入り組んでいるので、バルト海から北海に侵入するのが難しいことは幸いです。監視衛星からチェックしても、フョードロフの艦隊はバルト海に留まっている。こちらと同様、主にミサイル基地として活用するつもりだと思う』

すでに参謀然としているアイリスの戦況分析だった。ソフィアは頷く。いずれにしても、主戦場は陸上になる。ただし艦隊の存在は気になる。決して意識から外してはならないと思った。

海上からミサイルが発射されれば即座に感知し、対応することは可能だ。原子力潜水艦の保持はどの警備隊も禁じられているので、海中からの不意打ちは警戒しなくて済む。ただし、秘密裏に原子力潜水艦を持っていたとしたら話は別。原潜からの巡航ミサイルは探知が難しい。

亡くなったばかりのジョシュ・ソローキンが、ロシア《R》警備隊《G》の分析報告書に於いて、原潜の秘密保持の可能性に言及していたことをソフィアは思い出した。三十年前の大国の武装解除の期間に、あるはずのロシアの原潜の多くが見つからず、未報告のままになっていることはソフィアも知っていた。それらを今、フョードロフがグリップしている可能性をほのめかす報告書だった。

ソフィアのこめかみを汗が伝う。ここで警告すべきか迷い、ソフィアは思い留まった。不安を煽るよりも希望を届けたい。

今どうしても、別の大きな力が要る。信じたい。あの男の選択が理性的であることを。蹂躙する側ではない。踏みにじられる者たちの側に立ってくれることを。同じアフリカ人だ。

「分かった。劣勢を覆すには、援軍がいちばんだから。オビクの隊が間に合ってくれるよう、私も力を尽くす。トーマに邪魔を入れたくなくて、連絡は控えていたけど、こっちから連絡してみます」

『それがいいかもしれない。繋がるといいけど』

アイリスが同意してくれた。ソフィアは大きく頷いてみせる。

『トーマとは、あなた方の仲間の刑事ですね。どんな人かは知らないけれど』

つい、という感じでサンドラが言った。気にするのは当然だ。最も気を揉《も》んできたのはこの現場の責任者なのだから。

「言葉という武器と、無敵の楯を持っている。ケーシチョウのエースです」

ソフィアはそんな表現をした。アイリスが笑う。

『分かった。信じて待ちます』

サンドラは他に答えの選択肢を持たない。気の毒だ。ヨーロッパとの回線をいったん切りながら、ソフィアは、どうしても期待に応えねばならないと思った。

だが、ヨーロッパのことを案じているばかりでは済まない。ディスプレイを見つめ、ソフィアはアメリカ大陸に目を転じた。

自分自身が属する地域。決戦の地と目されるのは、メキシコ湾からカリブ海に至る楕円《だえん》形《けい》の海だ。数千万年前、ここに巨大隕石《いんせき》が落ち、地球から恐竜たちを一掃した。滅亡の歴史を司る因縁の海に、いま大艦隊が集結しつつある。人類史上、この海で実際の戦闘が行われるのは十九世紀以来。二十世紀には、キューバを挟んで冷戦時代の大国が睨み合ったことがあったが、当時はリーダーたちの理性が働き、実際の戦闘は回避された。

当時より人類ははるかに進歩したと思われていたが、二十一世紀末、今までで最悪の事態が引き起こされようとしている。アメリカの妄念が一人の人物に凝縮したような無骨な将軍が、今も馬に跨《またが》って野卑な叫びを上げている。

北と南のアメリカの戦力は拮抗《きっこう》している。世界のどの地域よりも、結果の読めない戦力の対峙だった。人類史のキャスティングボートを握るのは――アメリカの海だ。

ソフィアは、自分でも思いがけない敬虔さで、ニューヨークから祈りを捧げた。他力本願は国連事務総長のモットーに背く。それでも祈らずにいられない。できることはするが、いかんせん、マンハッタン島は無法な部隊に占拠されている。それでも南米のリーダー、マヌエラと共に闘う気持ちで臨む。ソフィアが敵側の人質として利用されぬよう、いざという時は見捨てろとマヌエラには伝えてある。

ソフィアは自分の身辺を警戒しながらフィリピン海とポーランド、他の二つの戦況にも気を配りつつ、メキシコ湾――カリブ海の戦いを注視しなくてはならない。

人類の歴史を変える一日が始まろうとしていた。

7

鴇田隆児は口を開けて映像に見入っている。

このテロリスト崩れの若僧の生まれる前の話だ。何も知らなかっただろう。だが俺はよく覚えている――。仁戸田正治はそう思った。

だが当時は、衝撃が大きすぎて信じられなかった。今でも実感がない。心のどこかでまだフィクションだと思っている。

一発の凶弾がジュスタン・メシエを襲った。

全世界に生中継されているチャリティマッチの最中だった。その中継映像を若き日の仁戸田も、リアルタイムで見ていた。リスクは充分予想されていた。大勢が、無謀な試合の開催を中止せよと警告していた。まさに恐れていた事態が現実になった。メシエを応援する者たちがそれをライヴで目撃させられたのだ。

加害者までが画面に映った。武装組織の若者が一般の観客を装い、最前列で観戦していたのだ。急ごしらえのイベントとはいえ、世界のスター揃い。会場でのセキュリティチェックもしっかり行っていたはずだが、のちの調査によれば、スタッフとして雇ったボランティアの中にテロリストの一味が紛れ込んでおり、武器を隠し持った仲間をまんまと会場に引き入れたのだ。そしてテロリストは、悠々と銃を取り出し撃った。そのシーンは今世紀でも指折りのショッキングな場面としてサイバースペースに出回り、世界中で視聴されている。

ピッチに倒れ込んで動かないメシエは死んだ、と誰もが絶望した。凶漢を取り押さえる手は山ほど湧いて出た。会場に詰めかけていたファンたちは撃たれるのも構わずテロリストに殺到した。怒りのあまり我が身も構わない。愛するメシエを救うためにピッチに雪崩《なだ》れ込み、銃弾の楯になろうとする者もいた。だがテロリストはタフだった。さらに乱射した。何人もが倒れた。地獄絵図——。

いきなり銃声が止んだ。

ドキュメンタリー映像にもその瞬間は捉えられている。映像の音声が途切れたかのような唐突さだったが、現場の人々の阿鼻叫喚《あびきょうかん》はそのままだ。

テロリストが愕然と自分の銃を見た。いきなり弾が出なくなったようだ。その驚きぶりは、弾切れなどの単純な理由でないことを表していた。では故障か？

テロリストは凶器を放り出した。そのシーンに反応して、鴇田隆児がああ、と声を漏らした。仁戸田も口元を歪める。

映像の中の異変は続く。無力になったテロリストを囲む群衆たちにフォーカスした。一人、また一人と、空を見上げる者たちが映る。自分の身体を抱きしめる者たちも多い。

画面全体に白いものが舞うようになり、たちまち冬の様相になる。中東の一区画で。しかもそれは間違いなく、五月の出来事なのだ。テロリストはのちに語っている。

「死神が俺から銃を取り上げた。あんな冷たい手に、触られたことはない」

映像に魅入られている鴇田隆児の顔に、仁戸田はかつての自分を見た。あの頃、ありえない、と唾を吐いた覚えもある。

だが、このドキュメンタリーは引き続いて、圧倒的な量の証言を畳み掛けた。ピッチ上とその周りで起きたことを、現場にいた観客たちが我先に証言する。微妙な相違はあるものの、共通するのは急激な気温の低下だ。メシエが倒れたのが合図になったかのように、ガザに冬が訪れた。

ただし、全員の証言を組み合わせても充分とは感じられない。起きたことの全貌《ぜんぼう》を把握している者はいなかった。起きたことの意味を理解している者はなおさらいなかった。奇蹟とはそういうものか。すんなり説明がつくなら苦労はしない、と仁戸田は皮肉に顔を歪める。

だから黒瀬理沙に頼るしかない。このドキュメンタリー映像が先立って世に発表され、さらなる取材を重ねて重厚な著作に纏められた。この日一日に起きた出来事を検証するだけで厚い一冊になった。タイトルは『ガザに降りたる星と雪』。

そこに詳しく記述されている通り、メシエは命に関わる傷を負った。

弾丸が左の大腿部《だいたいぶ》を直撃し、出血が激しく生死の境を彷徨《さまよ》った。輸血志願者が相次いだおかげで一命を取り留めたメシエは、しかし、復帰まで何ヶ月も要した。復帰しても、トップレベルではプレーできない身体になった。

まだ二十九歳。プレイヤーとしてのピークの時期に、フットボーラーとして最も大切なものを奪われた。利き足の最も重要な部分を破壊された。それでもメシエはまたガザを訪れ、チャリティマッチを主催し、自らもプレーした。

その姿を見て大勢が涙した。プレーからはかつての華麗さが失われていた。だが、メシエ自身は笑顔だった。

世界はどれほどのものを失ったのか。傷ついた者ばかりではないか。残されたのは嘆きの海で、世界中の人間がそれに沈むだけだ。仁戸田は当時そう思った。

ところが、予想を超えることが起きた。メシエが起こした波は、確実に世界に広がっていったのだ。

命を懸け、実際に死の淵まで行き、どうにか戻ってきた英雄。彼がガザのピッチに戻った日を境に、チャリティマッチにはパレスチナ人はもちろん、イスラエル人も加わるようになった。笑顔が増え、暴力が減った。一時的なことだ、という仁戸田の観測は間違っていた。やがて戦闘が停止した。

仁戸田はそのありえなさに全身の痺れを感じたことを覚えている。新興テロ組織のメンバーが、国際捜査機関に軒並み拘束された。すると、イスラエル側もすんなり戦闘終結を宣言した。その事実が映像内で語られるに到って、元イザナギの鴇田隆児は口をあんぐり開けている。信じられないのだろう。仁戸田もいまだに信じられない。だが、奇蹟のような出来事は確かに起きた。かつての泥沼の時代を知る者にとっては信じられない変化だ。

　その後の選挙でイスラエルの新首相となった女性は、

「今後、パレスチナに、イスラエルのミサイルも、弾丸も、一発も落ちることがないと約束する」

　と宣言してのけた。これまでの姿勢を完全撤回したのだ。

　ところが、宣言した首相の顔が晴れ晴れとしているわけではないことに仁戸田は注目した。こっぴどく叱られた後のような生彩のない顔は、むしろ仁戸田の琴線に触れた。本心から望んでの宣言ではない。どこかから強い力がかかっている。だれからだ？　各国要人、国連事務総長、表敬訪問したメシエらスターたち。歴史上、だれの説得にも心を動かさなかったイスラエルのリーダーが、ついに膝を屈した相手とは？

　女性首相の引退後の発言が、黒瀬理沙の後の著書には記されている。それが、彼女のジャーナリスト魂の真骨頂とも呼べるものだと仁戸田は認めていた。

「奇蹟だ。トゥルバドールは、エデンの園から直接歩いてきたのだ」

　この、オフレコとされる声はネット上に流布《るふ》し、今も実際に聞くことができる。まったく論理的な台詞ではない。女性元首相は、どうやら家族に向かって、ごく個人的な表現を使って喋ったものらしい。

「彼らの顔に、あらゆる人の顔が重なって見えた。十氏族全ての血を引いていた。私には見えた……とてつもなく遠大な道筋が。何十万年もかけて、共に歩んだような錯覚をさえ、覚えた。我がユダヤ民族も、かつてはともに歩いたのだ。彼らと。間違いない！　我らよりも、遥かに前から、彼らはこの大地を踏みしめ、旅を続けてきた」

　理解を絶している。この女性は詩人を志していたのか？　あるいは、ユダヤの密教の話でもしているのか。だが伝わってくるものはある、と仁戸田は感じた。

　想像を絶するものに出会ったとき、人は自分を成立させているものの根本から掘り起こして問い直される。自分の全てを使って立ち向かう必要に駆られる。この女性はゲシュタルト崩壊に見舞われた。そこから立ち直るために、自らの民族の伝統や信仰に頼るしかなかったのではないか。

「霜男は、見た目は青年でも、とてつもなく年老いていた……魂が。終わらない殺し合いに心を痛めていた。罪だ、人の罪だ……人殺しは、兄弟殺し。殺す者全てが、我が子で、我が親だ。自分殺しだ」

　それは譫言《うわごと》のようにも、懺悔か、信仰告白のようにも響いた。

　それも事後、何年か経った後に明らかになったこと。当時何が起こっていたかを正確に知る者はごくわずかだった。調査能力を持つ仁戸田でも、全貌を摑むのに時間を要した。知れば知るほど唖然《あぜん》とした。間違いないのは、武器が置かれたことが、パレスチナの地に止まらなかったこと。静かな革命のように、だんだんと世界に広がったことだ。

終わらないと信じられていた戦いが終わる。それは、ありうる。

このパレスチナでの出来事は、人類がそう信じ始めた理由の一つに、確実になった。

進行中だった国連改革の流れと合わさり、世界は急速に非戦に向かう。それが歴史の事実だ。パレスチナは象徴として語り継がれ、モデルケースとして真似る国が増えていった。その果てが、世界連邦の成立だ。

兵器は国家から召し上げられ、「私」の兵器使用はおしなべて違法となった。個であろうと国家であろうと同じ。武力行使の正当化は不可能になった。

警察組織をのぞけば、ユニヴァーサル・ガードだけが暴力装置を占有する。頂点には国連事務総長が座る。それが現在の世界秩序だ。

画面は切り替わり、現役選手を引退し、少しだけ肥えたジュスタン・メシエの顔が映る。

「リサの言う通りだった。あの男は実在した」

メシエはその後の人生でも、ことあるごとにそう繰り返したという。

「脚を失った甲斐があった。あの男を、パレスチナに呼び寄せられたんだから。俺の生涯ベストプレーだ」

そう誇った。このドキュメンタリーのクライマックスだ。

「人が死ななくなった。それよりいいことがあるか？　俺の脚一本ぐらい、安いものだ」

そしてエンドロールが流れ始める。食い入るように見ていた鴇田隆児の目は、本物のヒーローを見つけたという煌《きら》めきに溢れている。

だめだ。この映像は力がありすぎる。仁戸田は正視できず、時折目を逸《そ》らした。世界を変えた者たちのことを称賛し、受け入れることに、心のどこかがどうしても抵抗する。

「学んだな？　青年よ」

映像を止めると、チャールズ・ディキンソンはいやに畏《かしこ》まって告げた。

「君は脇道に逸れていたらしいが、分かったか。今ある世界を作ったのはこうした者たちだ。ここにいる耕太郎も世界を駆け回った。どれほど心身をすり減らしたことか」

するとと鴇田隆児は、一緒に映像を見ていた岩見沢に向かって、深く頭を垂れた。

他愛ないものだと仁戸田は思う。テロリスト時代の怨念《おんねん》は消えた。この若僧は心底改宗したらしい。この教育的指導の後を受けたのはこのチャールズだが、そもそも始めたのは吉岡冬馬。

するとあの男はナイジェリアで、また大仕事をやってのけるのだろうか？

早くしろ、吉岡家の末裔《まつえい》よ。ヨーロッパ警備隊《EG》司令官、ハリエット・リヒターの訃報はさっきこの部屋にも大きな衝撃をもたらした。過去を振り返っている場合か、とチャールズに苦言を呈しそうになったが、最長老が上映を止める素振りはまったくない。執念のように、見る者たちにひたすら真実をねじ込んでくる。

仁戸田は下から炙《あぶ》られているような気分だった。このままでは世界連邦はじり貧。放っておけば瓦解《がかい》してしまう。やはりどうしても、アフリカが立ち、世界連邦の側で参戦することが必要だ。でなければ世界は三人の将軍に簒奪される。
吉岡冬馬よ、自らの任務の重大さを分かっているか？　早く結果を出せ！

V　リメンブランス

1 ──Confession

オビクさん。冬馬さん。私は、南極の棚氷の上に、望月友哉としてそこにいた。同時に、何百年もの寿命を持ち、時代を超えて生きる存在になった。そんな感覚を持ったのです。

ジャック・フロストが現れるのに伴って、とてつもない力が渦巻いているのを感じました。どう扱っていいのかも、どう共存したらいいのかも分からなかった。ただただ、とてつもない異物としてそこにあって、溶け合うことなど絶対に無理だった。たぶん僕はそれに呑まれて命が消し飛んでしまい、氷の大地に眠る運命なのだと思った。

ところが、いつのまにか私は無事に、南極大陸を後にしていました。

身体は燃えたままでした。巡る血潮に何かが混ざっていた。取り憑かれたかのように、すべきことを分かっているかのように、私を突き動かす強い力に伴って行動する。それが当たり前になりました。

灰色髪のジャックから自分が受け継いだものがどれほど強く、とてつもないものであるかを、細胞が理解し始めた気がしたのです。それはおそらく、誰もが受け取れるものではない。かつてジャックと友情を結んだ、佐々木忠輔という男の血族、というだけで、私は巨大な財産を受け取る運命だったのだろうか……確かなことは、何も分かりません。

日本に戻った私は、チャールズさんに話しました。南極で見て、感じたことを全て。筋の通った説明はできなかった。何が起きているか私自身が分からないのだから、チャールズさんにも分からなかった。ただ、心理学上の検証をした結果、ジャックが私に乗り移ったかのような精神状態でした。ジャックの意識の一部が、自分に常駐しているかのような。

これを「セキュリティが機能した」と喜んでいいのか？ チャールズさんは慎重に検討していました。どうも想定していた効果と違ったようです。ただ、チャールズさんを最も驚かせたのは何より、物理的な変化でした。

私が持たされていたシールドのジェネレーターです。それはあくまでプロトタイプであり、出力も強いとは言えませんでした。ところが帰国した後は、チャールズさんに言わせれば「完成していた」。変質し、クオリティが上がっていたのです。これには呆然としていました。

「セキュリティシステムが働いたことを、大いに喜ぶつもりだったが……どうやら期待を超えて、とんでもないことが起きたようだな」

　分析が追いつかない。彼は奇蹟、という言葉を避けていましたが、そう言いたくなるほど不可解で、並外れたことが起きたのは確かだった。少なくとも私にとっては、ジャックは本当に姿を現してくれた。たとえチャールズさんが認めてくれなくとも。

「もともとなあ。ジャックっていうのはまったく、とんでもないやつだった」

　するとチャールズさんはいきなり、くだけた言い方をしたのです。悪友のことでも暴露するかのように。

「忠輔との実験中、ジャックは度々姿を消した。まるで神隠しみたいにな。信じられないだろ？」

　懐旧の情からか、眼差しはとても優しかった。あらゆる計測をしてデータを蓄積していた頃のことのようでした。

「あれにはほとほと困ったが、忠輔はすぐ、それも必然の現象だと言い出した。彼がいま必要だと思うところに飛んでいるんだろう、とかなんとかな。イカレた話だよ、まったく」

　それからチャールズさんは、迷ったように目を何度も左右に泳がせました。こんなにも、言おうか言うまいか迷っているチャールズさんは珍しい。私は動悸《どうき》を速めながら、これから何を言われるのだろう、と待っていました。

　するとチャールズさんは、腹を決めたようにこう言ったのです。

「よかろう。僕も認める。お前は選ばれたのだ。ならば覚悟を決めろ」

本気か冗談か全く分かりませんでした。

「お前はジャックの代理人になった。前から僕も代理人のつもりだが、僕が自称みたいなものだってことに比べて、お前の場合は、まるで意味合いが違う。任命されたんだからな」

「任命？　まさか、そんな」

「だがお前は、現れたのが本物のジャックだと主張する！　ならば、拝謁《はいえつ》に浴した人間が何十年もいないんだから、やっぱり特別に嘉《よみ》されたんだ。凄いぞ、おい！」

チャールズさんはおどけたように肩を叩いてきました。超高齢者とは信じられないほどの強い力で。それからいきなり真顔になりました。

「いずれにしても、僕らがしっかり働かないと、ジャックの気配はこの世界から消えてしまう」

チャールズさんはおそらく正しい。だとしたら、何という重責だろう。南極に行ってしまったことを後悔しました。そんな私の表情から察したのでしょう。

「友哉。逃げてもいいが、逃げる必要があるか？　お前は死なない」

そうでした。私は強い楯に守られている。

「お前が持って帰ってきたこのプロトタイプのおかげで、シールドは完成した」

「えっ……」

「本格的な運用に移るぞ」

チャールズさんはそう宣言したのです。私は唖然としました。

「限られた数をこれから配布する。正しい心を持った刑事だけに渡そうと思う。そして、社会にもたらす影響を観察する。静かなる変革の、最初の一歩だ」

自分だけではない。これからはシールドが、刑事たちに引き継がれる。ついに始まるのだ。暴力をこの地上から無きものにする、究極の実験が。

偉大な計画に関われたことは、本当に幸せです。忠輔さん自身には子孫がいない。血族である自分が少しでも、重荷を肩代わりできたとしたら最高の喜びです。私のお祖母《ばあ》さんからも頭を下げられました。私たちのせいで、つらいことに巻き込んでごめんね、と。天下の佐々木安珠さまですよ！　つらいなんてとんでもない！　喜んでできることをやります、と答えましたが……彼女は、老いてなお美しく雄々しい人でした。淋しいですね。二人とも、もうこの世にいないというのは。この重みを分かち合える人はいなくなった。

残されたのはチャールズ翁だけですが、あの人はあの人だけの、独自の十字架を背負っている。だから、私ごときが弱音は吐けません。自分にできる最大限のことは何か？　真剣にそれを考え始めました。

え？　その後ですか？　いいえ、オビクさん。南極で出会って以来、私はジャックには一度も会っていない。

というより、南極でしか出会えないと言うべきかもしれません。

さっきこの部屋に起きた現象は、トゥルバドールの再臨ではありません。どうか許してください。南極のセキュリティシステムの再現でしかない。一気にあなた方に、本質を知らせるがための演出でした。

ただし、ただのフェイクではないかもしれない。もしお二人がさっき、トゥルバドールとの心的な繋がりを感じられたのだとしたら……彼と私たちは、本当に繋がれている。そんな気がしてならないのです。

ジェネレーターは、お互い同士で影響を及ぼし合えるように造られている。しかもチャールズさんは、ジャックが姿を消す直前に、ジェネレーターの初期型を本人に渡していると聞いて、夢想が止まらなくなりました。

ジャックは、シールドキーパーたちの活躍をきっと見てくれている。どこにいようとも。

世界の危機が迫り、私はどうしてもジャックに伝えたいと望んだ。できるなら、また現れてくれないか。世界を救ってくれないか。そう訴えるために、私は何度も自分を撃ちました。シールドに刺激を与えることが何よりのジャックへの通信だと考えたから。異変が起きている、危機的状況だ、と伝わるはずだと思ったのです。

でもリアクションがない。ジャックが現れる気配は全くありませんでした。会いたいのならまた南極へ行かなくてはならないのか？　いや、そんなに都合よく会えるという気もしない。そこで私は一計を案じました。自分で駄目だったなら、冬馬さんならどうだ。私は、チャールズさんにだけ許可を得てフクシマに行き、あなたを撃ったのです。絶対に死ぬことはないという確信のもとに。

最近、身に直接的な危機が訪れていない冬馬さんのシールドに刺激が加われば、この世界に異変が起こっているという知らせになるのではないか。そう考えてのことでしたが、変化はありませんでした。ジャックの気配が再び、世界のどこかに現れることは、ついぞなかった。

失望している暇もありませんでした。他力本願ではいけない。もし自分がジャックだったら？　そう考えて行動しろ。そう言われているような気がしてきたのです。トゥルバドールの代理人になど到底なれないが、できる限り、なったかのように行動する。

ありがたいことに、ジェネレーターがあることで殺される恐怖から解放された。ならば思い切ったことをしてでも、世界を危機から救うべきだ。私はまず、チャールズさんの後ろ盾を得て国連機関の一職員となりました。当然、知り得た全てをソフィア・サンゴール事務総長に伝えた。その上で、国連の情報の一部をウルに手渡すことにした。そうやってウルの信用を得て、内部から得た情報をサンゴールさんに返す。ギリギリの二重スパイ生活に入ることを決断したわけです。もちろん、正体や真意を暴かれることのないよう、心理学的訓練の末に作り上げた人格をしっかり使い分けながら。

世界連邦の脅威たる将軍たちの野望を挫《くじ》くためにどうすればいい？

ウルを内部崩壊させる。これは、私が達成すべき一番の目標に思えました。ウルが将軍たちの戦力増強に与《くみ》していることは明らかだったからです。カリスマ経営者のサイトーは、ウルの構成員たちの忠誠心をガッチリ捉えていて、なかなかに盤石な体制だった。しかも将軍たちに仕える思い、世界中に争いを起こしたいというサイコパスな野望は揺るぎなかった。どうしても排除する必要がありました。

実は私、それには成功したばかりなのですが、まだ充分ではありません。サイトーのカルト帝国を完全に破壊したかったのですが、間に合いませんでした……ウルはまだ、将軍たちを下支えしています。ただ、内部に爆弾を仕込みましたから、これからの逆襲も可能です。私が今日ここへ来たのも、なりふり構わず最善の手を打たなくては。オビクさんをどうしても味方につけなくては、という一心からでした。

冬馬さん、あなたがモスクワで発見したように、シールドキーパー同士が起こせることには無限の可能性がある。やはり大切なのは連帯です。オビクさん、これは幻想ではない。とてつもなく正しい力が、一度は、世界中から武器を取り上げたではないですか。トゥルバドールその人がいなくても、受け継がれた技術によって。正しい心の持ち主たちによって、それは再び可能なのだ、と私は知っています。

どうか信じて一緒に来てください。

共に歩んでください。世界を救うために。

2

長い告白だったが、冬馬は一瞬に感じた。

おまけに、話されたこと全てを、あらかじめ知っていたような既視感。自分が二重になっている。驚きながら安心している。納得しながら感動している。

「友哉さん。信じがたい話だが、信じるしかなさそうだな」

冬馬は迷いなく言った。

「俺はいま、ソフィア・サンゴールにびっくりしてるんです。全てを秘密にしていたなんて……しかもあなたに、ウルへの潜入まで許可したなんて。なんてギリギリの戦略だ！　国連も、だいぶ手の内を晒さなければならなかったでしょう。そうしなければウルが信用するはずがない」

「はい。そうですね」

友哉のにこやかさに、冬馬は目が覚めたような思いだった。告白の前と後では見え方がまったく違う。この男はただ、どこまでも謙虚で、自分というものを誰より知っているだけだ。

「私は、シールドだけではない。ソフィアさんにも、チャールズさんにも守られていたからこそ、今もこうして生きていられます」

「友哉さん、あなたの精神が心配だ」

冬馬が思わず言うと、望月友哉は意外そうに眉を顰《ひそ》めた。

「恐ろしい、地獄の住人みたいな連中の間で、仲間のような顔をするのは大変だ。正気ではいられないでしょう？　あなたはウルで、残酷な場面も目にしたはずだ。醜い行為、醜い思想のそばにいるだけで心の健康は失われる。悪い考えの人間と親しくすると、精神病に似た状態になる。俺も、いろんな犯罪者と一対一で話し合いをしたから、分かります」

聞いているうちに、友哉の愁眉《しゅうび》は開かれていった。

「ありがとうございます。ご心配いただいて。まあ、自己暗示も含めて、心理学的な防御策を講じたおかげで、どうにか乗り切れました」

穏やかな様子を崩さない友哉の様子に、冬馬はますます頭の下がる思いだった。

「相手を理解するのは難しい。相手を変えるのはもっと難しい。本当に、命を削るような仕事だ。友哉さん、あなたを尊敬します。申し訳なかった。俺はずっとあなたを疑っていた」

友哉は鷹揚《おうよう》に首を振る。

「仲間と分かれれば、全てチャラです。今はやるべきことに集中しましょう。我々には時間がない。でも、世界中の人々を救えるかもしれない。これぐらい幸せなことはないんじゃないですか？」

そしてもう一人に向き直る。

「オビクさん。あなたは英雄になれる。アフリカの恩人に留まらない。世界市民全員に感謝されるのです。我々と共に歩んでください」

オビクは誰よりも縮こまっているように見えた。友哉に圧倒され、この男が伴ってきた奇蹟の気配に戦いている。友哉はその目を覗《のぞ》き込んだ。

「オビク司令。腹は据わりましたか？」

長い沈黙が生じた。

冬馬は驚いてオビクに向き直った。友哉の告白は、どんな心の壁も突き崩してくれるものと思ったのに、ナイジェリア人指揮官の表情は晴れやかさとは程遠い。むしろ険しいものに変わっている。

「いや」

やがてこぼれ落ちたその答えに目の前が暗くなる。望月友哉の語る言葉は、オビクの強《こわ》張《ば》った心を溶かせなかった。どこかで間違えたようだ。

「はっきり答えをくれ。トゥルバドールの再臨はないのだな？」

イサ・オビクは心の底から知りたがっていた。ずっと再臨を夢見てきたのだ。ゆえに、期待を持たせた友哉に怒っている。騙されたと感じている。

望月友哉は言葉に詰まった。想像以上に頑なアフリカ人の前で、途方に暮れるかのように。

「トゥルバドールにしか世界は救えない。そう思うのですか？」

冬馬は真っ直ぐに問いをぶつけた。

「そんなに都合よく使っていいものでしょうか。俺たちはもう、充分な恩恵にあずかったと思いませんか？」

「だが、また大勢が死ぬ時代になる。アフリカは常に犠牲者だ……もう二度と、踏みにじられるわけにはいかん」

恐怖。トラウマ。それは民族的なものだ。冬馬は強い同情を感じる。だがここは心を強く保たなければ。オビクの屈折を正さねばならない。

「どうすれば、信じてもらえるのですか。世界連邦を。我々の信念を」

それは怒りであり、慈しみであり、身を投げ出すほどの願いだった。

「オビク司令、俺の命をあなたに預けます。信じてもらえるなら、俺はあなたのために何だってする」

言い切ると、オビクのみならず、望月友哉までが冬馬をじっと見つめた。

「俺は誰かに命令されたからここに来たんじゃない。仕事だからあなたを説得してるんでもない。あなたに真実を知らせたいだけなんです。同胞として。世界市民を守る同僚として。信じてもらえないなら、俺に帰る場所などない。ここで死んだ方がマシだ」

「そこまで言うなら、諸君の命を預かる」

オビクは厳しい眼差しで告げた。

「シールドのジェネレーターを渡せ。二人ともだ」

冬馬は迷いなく頷いた。望月友哉も同じようにする。

「渡してもいいですが、オビク司令。あなたが使うことはできません。使用者権限がない。管理者が認めない限り、あなたのシールドとして機能することはありません」

「構わない。君たちの武装解除が目的だ」

「なるほど。了解しました」

「君は、ＢＭＩとホログラム発生装置も出せ」

望月友哉に向かってぴしりと告げる。オビクは優秀な警察官でもあった。

「これ以上、詐術《さじゅつ》を弄することはまかりならん」

「一切合切お渡ししますよ」

望月友哉は潔さを見せた。冬馬と視線を交わし合いながら、互いの装備を解除する。速やかにシールドや装置の譲渡は済んだ。冬馬は躊躇いを感じなかった。一度命を預けると言ったのだ。あとはオビクを信じ抜くのみだった。

「どんな試練にも耐えます。シールドに頼ることもできなくなった。オビク司令、俺の命はあなたのものだ」

　はっきり言葉にする必要があった。自分の中にいる、自分とは思えない大きな誰かが〝説教〟を紡ぎ始める瞬間だった。

「あなたが望めば、チャールズさんにも会わせます。トゥルバドールではないが、トゥルバドールに最も近かった人物です。本当は佐々木忠輔先生にも会わせたい。それがもう無理なのは、残念ですが」

　オビクの望むものを与えられたら。誰よりもトゥルバドールの再臨を待ち望んできたこの男の心の欠落を埋めることができれば。確実な希望さえあれば、この男は動く。

　望月友哉が目を輝かせて冬馬を見守っている。全ての装備を奪われた今、アフリカ最強の司令官の前で、ただ喋る以外に術はなかった。

「あなたはアフリカの化身となろうとしている。だが、アフリカだけを守るなら、アフリカ以外の犠牲を見過ごすのと同じです。それが自業自得だと思うあなたの気持ちも分かる。世界はアフリカの苦しみを放置し続けてきた。たしかに、当然の報いかも知れない。でもあなたはいずれ後悔する。オビクさん、あなたも分かっているんじゃないですか？」

　オビクは冬馬を遮らない。しっかり聞いているかどうかは分からないが、言葉が届くなら喋り続けるだけだった。

「世界を見捨ててアフリカだけを守っても、結局、因果の矢はアフリカに戻ってくる。決して無傷ではいられない。そんなこと、道義計算にかけるまでもない。そもそも、あなたが契約しようとしている連中は、約束を守るような輩《やから》じゃない。知っているでしょう？」

　オビクが苦い表情をした気がした。本質を突けているか。真実を口にできるなら、常に希望はある。冬馬は懸命に続けた。

「復讐心《ふくしゅうしん》を抑えないなら、いずれ誰かがあなたに復讐しようとする。それは最も基礎的な道義の法則です。オビクさん、確かに人類は、アフリカに借りがある！　それでも、憎しみを返すのはやめるんです。親の愛を思い出してください。子供に引っかかれても、親は子供を抱きしめるものでしょう。あなたはもう正解を知っている」

　通じている。魂同士で向き合えている。

　そう感じたのは幻想だったらしい。オビクは部下を呼びつけて何か指示した。速やかに兵士たちが入室してきて、冬馬と友哉に移動を促した。逆らう術も、抗弁する余地もなく、二人は連行され留置場に閉じ込められた。

　以後は捕虜が正式な身分になる。そんな実感が後から追いかけてきた。

「見通しが甘かったようです。すみません、冬馬さん」

　望月友哉がぴょこりと頭を下げた。さすがに顔色が悪い。

「いいえ。とんでもない」

　冬馬は心から言った。

「あなたが明らかにしてくれた真実は、オビク司令を説得するに充分だと俺も思った。でもあの人もさすがです。簡単には心の城壁を打ち壊せない。力不足です。俺一人だけでも、説得してしまっておくべきだったのに」

「だが、彼には決意がある」

友哉は顎《あご》に手を当て、悩み深い様子で言った。

「絶対に勝てるという保証がないと動かない。そう自分に誓っているのでしょう」

「そうですね」

冬馬は頷いた。もう少しだったという感触がある。希望は失わない。それでも。

「みんなが心配している。ソフィアもアイリスも。こうしている間にも、将軍たちは無法な侵略を進めているでしょう。さすがに焦ります」

懊悩《おうのう》をそのまま口に出した。ううん、と友哉も分かりやすく頭を掻き毟《むし》る。苦々しい笑みで顔を覆いながら言った。

「いやあ、久しぶりですね。この、裸に剝かれた感じ。これが本来の人間ですね」

ジェネレーターを奪われたことは、確かに首の辺りに薄寒《うすらさむ》い感覚を呼び起こしている。

冬馬は苦く笑うしかない。

「便利な楯に、頼りすぎてた報いかな」

「そうですね。自分の本当の力を思い知らされる」

どこか死線を越えたような、突き抜けた眼差しで友哉は言う。

冬馬は鉄格子の冷酷な直線の交差を眺め、さっきまで楯に守られていた身分との違いに眩暈を覚えた。頭の中で終わらない反省が始まる。オビクに投げかけた言葉のうち、どれが不正解だったのか。届かなかった。おかげで死に直結する。もっと悪いのは、世界が戦火に投げ入れられることだ。

言葉を間違えたというより、根本的に、人間としての力が足りないのだろう。小手先の問題ではない。妙にせいせいした気分になった。オビクの魂を震わせられなかったら牢獄に囚われて当然だ。自分にふさわしい身分に落ちた。相手を信頼してシールドを返納した。それが連れてくるのが死であろうと、受け入れるしかない。

アイリスのことが胸を過ぎる。もう会えないと思うと心底悲しいが、彼女とて死地に飛び込んでいる最中。再び巡り会い、結婚できるとしたら贅沢だ。冬馬は目を閉じる。潤んだ瞳から涙が滲んだ。ただ謝りたかった。自分に期待してくれた全ての人に。

気配が近づいてくる。硬い靴音が留置場の床を叩いている。

「来ましたよ。銃殺隊ですかね」

他人事《ひとごと》のように友哉が言った。

冬馬も自分事として考えられなかった。死ぬ瞬間まで自分の死を実感できない。それもそうだ。まだ死んだことがないのだから、と思うと笑えた。

常に腰にあったジェネレーターの震動がない。改めて、自分を守る楯はもうどこにもない。その事実が極地の風のように冬馬の魂を冷やした。逃げ場がない。時間がない。

鉄格子の向こうに兵士たちが並び出した。

「友哉さん。ありがとうございました」

ふいに口を突いて出て、隣の友哉が目をまるくした。礼を言えるうちに言っておこうと思ったのだが、面食らうのも当然だった。冬馬は申し訳なくなったが、どうしても言わずにいられなかった。

「わざわざナイジェリアまで来てくれて、俺を助けようとしてくれて。感謝しています。力不足でこんなことになってしまった。あなたのジェネレーターまで取られて……」

「いいんですよ。冬馬さん」

死に瀕したこの場面でさえ、友哉の顔から穏やかさが消えないことに冬馬は感動した。

「あなたのやり方は正しかった。結果が出なくても、それはそれでしょうがない」

ただ黙って頭を下げる。冬馬は相手の目を確かめた。少しも死んでいない。

「最後の瞬間まで、諦めないことです」

佐々木安珠の孫はそう言った。冬馬は強い頷きを返す。

兵士の整列が終わった。奇妙な静寂が場を支配する。

3

仁戸田は呆れた。チャールズが全く手加減しないからだ。パレスチナのチャリティマッチのドキュメントを終えると、すぐ次の映像をスタートした。この場で圧倒的に最高齢であるとは思えない手際のよさ。全てを伝え切ろう、という執念を感じた。だが鴇田隆児の頭がパンクしないか心配だ。

「トゥルバドール。中心人物の名はジャックとされているが、周りの人間が名づけた通り名のようなものと考えられる」

画面の中の佐々木忠輔が喋り出す。

「いわゆる雪だるま、ジャック・フロストが由来かもしれない。本名はいまだに不明だ。〝霜男〟、フロスティとも呼ばれる。ロマの民話にちなんでいるようだ」

まだ老いの見えない佐々木忠輔は、今は画面に映っていない聞き手たちに懇切丁寧に説明している。

「間接的な証言者たちのインタビューは、すでに見ただろう。黒瀬理沙氏のルポルタージュも。グレイヘアの男が起こした奇蹟の数々は、世界各地で大勢が証言している。ヴェネツィアの〝氷のレガータ〟事件。カシミール地方での〝奇蹟の九月〟事件。そして僕らも立ち会ったばかりの、パレスチナでのジュスタン・メシエのオールスターゲーム」

おかげで時系列が分かった。まさに忠輔とトゥルバドールが急速に理解を深め合っていた頃の映像だ。蜜月とでも呼ぶべきか。

そればかりではない、と仁戸田は思う。後世の人々はもっと多くのエピソードを知っている。特にアメリカで起きた〝ホワイト・サンズの冬〟、〝エドワーズ空軍基地の怪異〟などを。武装解除に抵抗する勢力が現れるたびに、怪事や奇蹟が起き、抵抗は止んだ。

「僕らはイスタンブールで初めて、ジャック本人と会うことができた。そこからすぐパレスチナに向かった僕らと違い、しばしイスタンブールに残る理由があったジャックは、ガザへの到着が遅れたことを悔やんでいた。もっと早く着いていれば、メシエが被弾することを防げたと……実際、テロリストの銃撃が起きた少し後に、気候が変わった。彼の真の力を、疑いなく実感させられたのがあの日だ。彼の怒りが急激な気温低下を引き起こした」

佐々木はさらりと、とんでもないことを言っている。奇蹟の存在を否定していた自分を忘れたのか？　だが、当時もし、仁戸田も当地にいれば同じことを感じたというのか。圧倒的な奇蹟の前にひれ伏し、佐々木と同じことを口にしていたのか。

「さて、ジャックとはだれか。彼の持つ能力の正体は。マジックでも、超能力でもない。だとしたらいったい何だ？」

鮮明な映像に残る佐々木忠輔は、当時すでに七十代だったにもかかわらず青年のように見える。若々しいのは容貌のせいだけではない。生き生きした語りに起因するのだろう。

「僕は科学者だ。あくまで科学の言葉で話す。彼を説明する、現在最も有力な仮説を、これから話す」

別角度のカメラに切り替わり、一瞬、聴衆の側が映った。仁戸田には判別できた。吉岡雄馬、そして一柳《いちやなぎ》美結《みゆ》が映ったのを。佐々木忠輔と同年代の彼らは、やはり当時七十代。仁戸田にとっては大先輩の刑事たちだ。

そしておそらく、カメラを操作しているのはチャールズ。何台も据え置き、巧みに切り替えて編集している。熟練のテレビマンのように。

「彼の究極的な能力は、指向的にものを冷却させることだ。彼の意志の働きにより、ある区域や物体を恣意《しい》的に選んで凍結させられる。それによってどんな電子機器も使用不能になる。これを非常識、あり得ないと切り捨てるのは簡単だが、それでは実際に起きた現象を解明できない。ここで引き返しては、科学ではない」

忠輔節とも言うべき、厳正なサイエンティストの解析が滔々《とうとう》と続く。どんな結論に導かれるのか、興味を感じないではなかったが、それより気になるのは先輩刑事たちの反応だ。仁戸田は彼らの生身の反応や表情を見たかった。

「どんな不可思議な現象も、初めは魔法か奇蹟、あるいはまやかしに見えるものだ。電磁気力も重力も、相対性理論も量子論も初めは絵空事だった」

聴衆の反応が映った。全員が頷いてはいるが、不承不承だったり、狐《きつね》につままれたような顔をしている者もいる。当然だ、と仁戸田は先輩刑事たちに肩入れする。

この館の主の顔も映った。当時すでに六十代だが、百歳近い今に比べれば、まだ充分に若い。そして疑わしさの塊のような表情をしていた。

その彼を選んで佐々木忠輔は話しかけた。

「さてチャールズ。凍結というのは、どういう現象だ？」

「温度が下がることによって起こる現象さ、もちろん」

チャールズは不当な目に遭ったような表情で答えた。

「では、温度が下がるというのは？」

「エネルギーを失うことだ」

「うん。熱力学の第二法則、『熱は温度の低いものから高いものに決して伝わらない』だね。時間に関して、反転対称性の破れを表現しているのも第二法則だ。二つの異なる温度を接触させておくと、熱は高い方から低い方へ流れる。その逆は起こらない。ところがジャックは、この法則に真っ向から反抗しているように見える」

淀《よど》みない解説に、チャールズの表情はますます警戒心を高めてゆく。痒《かゆ》いところに手が届いているのに、掻き方が違う。そう不満を漏らしている猫のようだ。チャールズは健全。決して容易には騙されない。仁戸田は内心で拍手した。

「なぜ彼にはこんなことができるのか。あるいは、できるように見えるのか。今一度、物理の基本に立ち返って考えてみよう。チャールズ。温度が下がれば下がるほど、分子の運動は鈍くなるよな。エネルギーを発さなくなり、やがては運動を止めてしまう。下限は？」

「そりゃ、摂氏マイナス二七三度。絶対零度だ」

「その通り。絶対零度では分子の運動が止まってしまう。それ以上は温度を下げることができない。さて、分子の運動が止まる、という点に着目しよう」

　ところが、画面に映るチャールズの顔が興奮し始めていることに仁戸田は気づいた。佐々木忠輔が示唆していることを、理解しかけている。天才同士のコミュニケーションは常にアンフェアだ、と仁戸田は苦虫を嚙み潰す。凡人を無理解の荒野に取り残すな。

「分子の運動が止まる。それは、温度が絶対零度に達する以外にも起こりうる現象だ。それはなにか？」

「忠輔。まさか」

　我を失ったような様子でかつてのチャールズは言った。

　それを現在のチャールズが見つめている。なんだこの二重構造は、と仁戸田は眩暈を覚える。

「時間……」

「そこだ」

忠輔は人差し指を立てた。

「時間が減速すれば、分子の運動も停止する。よって温度が下がる」

「おい……」

「温度が下がるのは、凍結の原因じゃない。結果だと考えればいい」

「ジャックが――時間を操れるってことか?!」

4

留置場の真ん中に立ち、冬馬は瞑目する。

鉄格子の向こうに並ぶ兵士たちを前にして、あれこれ考えても仕方がない。いま自分にできることはないのだ。鳥取でイザナギに囚われた時とどちらがマシだろうか、とふと思う。あの時はシールドごと、電磁ロープにがんじがらめにされていた。いまはシールドがない代わりに、檻《おり》の中の狭い空間を動き回れる。今の方がマシだ、と思うと口の端が上がった。自分を捕らえた相手も、テロリストよりよほどマシ。そう信じている自分に気づき、目を開けて何か言いたくなった。

床にあぐらを掻いている望月友哉が目に入った。その表情は自分と大して変わらない。何かを信じている表情に見える。少なくとも、死にゆく人間の悲壮さは見て取れない。

ただし、時間は刻々と過ぎてゆく。

「通信だけは、許して欲しいですね……」

思わず呟いた。仲間を待たせすぎている。首を長くして、オビクが世界連邦側に参戦するという吉報を待っているのに、期待に応えられていない。

「そうですね。ここから出してもらったら、すぐ繋げましょう」

お気楽な返答が有り難い。出してもらえないはずがないと信じている。

友哉は正しいはずだと冬馬も思う。だが忍従するこの時が惜しい。冬馬は再び目を閉じ、祈った。変化よ起きてくれ。親の慈悲を待つ赤子のように無心に念じた。

どれくらいの時間が経っただろう。耳に届いたのは、意志の強さを感じさせる確かな足音だった。すぐそばで止まる。

目を開けた。

イサ・オビクがすぐ前に立っていた。

願い通り変化が訪れた。だが望ましい変化かどうかは分からない。

冬馬は口を開《ひら》かない。あぐらを掻いたままの友哉も同じだった。思わず身体に力が入る。どこかに移送されるのか。それとも……最悪の想定を、あえてする。人知れない場所に連行されて、ひっそりと命を絶たれるのか。

「出てくれ」

アフリカ人は言った。

「オビク司令」

冬馬は問う。心の底から。

「何のために、ですか」

すると司令官は言い切った。

「諸君らの命を、返すためだ」

そう口にした男の両眼は、青年のように精気に満ちていた。

冬馬の胸に希望の花が咲く。速やかに錠が外され、冬馬と友哉は檻から出された。

「もう、我々は、囚われの身ではないということですか」

冬馬が確かめると、

「すまなかったな」

オビクはきっちりと頭を下げてくれた。

「私には時間が必要だった。自分に問いかける、静謐な時間が。全てを一から考えて、決断に至るための時間が」

「分かります」

冬馬は深く頷いた。

「あなたの、熟慮の末の決断を、俺たちは尊重します」

横に並んだ友哉も満面の笑顔で頷く。

「信じていましたよ。将軍たちに与するには、あなたには品がありすぎる」

ふだんなら一顧だにしない冗談にも、オビクは粋な笑みで応じた。

「私は――君たちとともに闘う」

「ありがとうございます」

冬馬は深く頭を下げた。相手の決断にふさわしい礼儀を見せたいと思った。

オビクは、感じ入ったように頷いてくれた。

「司令室へ来てくれ。諸君たちの持ち物を返す」

「それは有り難いですが、何よりまず、通信の許可をもらえますか？」

友哉は愛嬌《あいきょう》たっぷりに、電話をかけるジェスチャーをする。

「方々に無事を知らせたいので。何より、あなたの英断、という朗報を届けたい。世界中のリーダーに」

オビクは頷くと、先に立って歩いてくれた。広い司令室に招き入れられると、友哉は迷わずに通信機器に飛びついて回線を繋いだ。冬馬はいささか呆れたが、オビクは構わない。しかも、国連のソフィアに繋ぐとばかり思っていたのだが、違ったので意表を突かれる。

「ご覧なさい。いま日本では、チャールズさんが講釈しているようです」

望月友哉は得意げに自分の端末を操作し、この部屋のモニタに映像を転送した。チャールズから直接通知が届いていたらしい。

「いいところだ。ちょうど、シールドの秘密について開陳してくれていますよ」

それにはオビクのみならず、冬馬も引き込まれた。届けられた中継映像に見入る。

「時間が減速すれば、分子の運動も停止する。よって温度が下がる」

「おい……」

「温度が下がるのは、凍結の原因じゃない。結果だと考えればいい」

「ジャックが――時間を操れるってことか?!」

東京のチャールズ邸で起きていることを、このラゴスで、リアルタイムで見られるとは思わなかった。冬馬も訪れたことのあるチャールズの部屋に集まった人々に、映像を見せている構図だ。上映されている映像の中で、本質を突く議論が行われていることが冬馬にはすぐに分かった。数十年前のやりとりだということも分かる。

往年の佐々木忠輔が生きて動いている動画だというだけで冬馬は嬉しくなった。

「時間を操る、というところまではいかないだろう。僕の推論からすると、ある一つの事象をさえ実現できれば、彼の起こす奇蹟の説明はつく」

「一つの……何だ、それは」

「チャールズ。時間を止める必要はない。ただ、理論上、時間の流れが減速しさえすれば、結果として温度が下がるのは明白」

　交わされているのは過激な論法だった。ほとんどフィクションに聞こえる。

　冬馬も一通り物理学に通じてはいる。忠輔がその領域の天才であり、宇宙論と量子論の分野で膨大な論文を残していることを知ってはいても、にわかには受け入れがたい。時間の減速。心配になってオビクを見た。なおさら受け入れがたいだろう、という予想は当たった。渋面の極み。映像は日本語のやり取りだ。英語の字幕はついているものの、会話のスピードが速く、専門用語が多用されているので理解が追いつかない。

「忠輔。いい加減にしてくれ。どうやって、人間が時間に影響を及ぼせると言うんだ」

　そうだ。チャールズの数十年前の戸惑いに、今の冬馬が完全にシンクロする。

　人間の能力は限られている。触れもせずに温度を下げることも、時間を操ることも可能とは考えられない。

「質量を持つものは、万物が時空を歪めている」

　忠輔の答えはそれだった。

「ああ……そこか？」

チャールズが半分寝ぼけたような顔で言った。拒否感の表れのようだ。冬馬の頭にも$E = mc^2$が目の前に浮かぶ。だがまだ何も分からない。

「質量が時間の流れに影響を与えることは、一般相対性原理から明らかだ。人間も同じ。そこにいるだけで時間の流れに影響を与えている。それは、君も知っている通りだ。物理学の常識だな」

反論役をさせられている不条理を表情に滲ませながら、チャールズは口を開いた。

「もちろんそうだが、人間程度の大きさが作り出す時空の歪みはとてつもなく小さいだろ？　しかも、母星である地球の重力圏の中にいる。地球上で地球以上の質量を持つものはないぞ」

すると忠輔はふいに、悪戯《いたずら》っぽく笑ったのだった。

「彼は、現実に時空を歪ませている。それが彼の特質を解き明かす鍵だ」

「はあ？」

「彼の重み。それが、地球を上回っているとしたらどうだ？」

「なんだそれは。説明になってないぞ！」

チャールズは憤然とした。当然だと冬馬も思った。

「冗談が過ぎる！　文学的比喩《ひゆ》のつもりか？　そんなものに用はない。それとも忠輔、君の頭がいかれただけか？　彼が人間ブラックホールだとでもいうのか」

かつてのチャールズの反論に、冬馬も肩入れする。明らかに正気の議論ではない。

「君は正しい」

すると忠輔はあっさり認めた。

「人間に限らず、生物は物質的な存在だから、物質と地続きの四次元時空の制約から逃れられない。持って生まれた身体以上の質量を持つこともできない」

「そうだな。どんな物質も、生物非生物の差なく、時空の軛《くびき》から逃れられない。ルールに従わなくてはならない。ゆえに時間は止められない」

物理学の外郭は理解しているつもりの冬馬は大いに頷いた。どう考えてもチャールズは正しい。映像の中のチャールズも前のめりに挑んでいく。

「それともなにかい、光速に近いスピードで移動したってこと？　それならば、相対性原理の効果で自分に関わるもの、肉体年齢なんかは、相対的に老化を減速させられるのは確かだけど、現代の技術で、人間ほど質量が大きいものが高速で移動するには莫大なエネルギーがいる。物理的に無理だ。そんなに移動したら地球上にいないことになっちゃうしね！　そもそも、自分の肉体年齢を減速させられたとして、他者の方を減速させられるわけもない。だから、あらゆる意味で平仄《ひょうそく》が合わない」

この素晴らしく論理的な反論を、現在のチャールズが黙って見つめている。いま彼は何を思うのか。なぜ今こうして、過去の自分が追究した場面を上映しているか。その理由に心当たりがある。今ははっきり画面に写っていないが、チャールズの部屋には不釣り合いに若い男が一人、お邪魔しているのではないか？ 冬馬は責任を感じた。隆児、そこにいるのか？

「チャールズ。君がまだ言及していない領域があるだろ」

「なんだよ……まさか、ダークマターか？」

冬馬は瞬時に鴇田隆児のことを忘れた。また議論に引き込まれていく。

「うん。当然、仮説の一つに入ってくるよ」

忠輔が何度も頷いたが、表情には含みがある。

「検出器ではいまだに捉えられないが、明らかに銀河の中に存在し、重量を持っている物質。それと彼が関わりがあるとすれば、質量の問題についてのヒントになる。しかし僕が考えているのは、また別の仮説だが」

「待て」

映像の中のチャールズの顔色が目まぐるしく変化した。それを、現在のチャールズが微笑ましく見つめている。この合わせ鏡の構図に眩暈を覚える。

「*Super strings? No way!*」

呆然たる表情で言い、さらに難解な用語を引き出してくる。

「量子論……極小世界のルールは、いまは関係ないだろ」

「君は、オッカムの剃刀《かみそり》に従って、いままで言及しなかったわけか」

忠輔は満面の笑みだった。何という包容力。何という懐の深さだろう。冬馬は見惚《みと》れてしまう。この人はやはり異常者なんかじゃない。一貫して理性の徒だ。

「賢明だし、誠実だな。だが、それは実は間違いだ、と僕は思う」

「それは」

その場では、初めて響く声。

だが、確かに聞き覚えのある声が鼓膜《こまく》を揺らし、冬馬の胸にあらゆる感情が一挙に湧き上がった。

「超弦理論のことですか？」

5

耳に届いたのは吉岡雄馬の声だ。

聞き違えようがない。自分の祖父なのだから。何という懐かしさ……そして驚き。すでに他界した吉岡雄馬が、二人の天才の議論についていっている。超弦理論。その存在を知っている。今、孫の自分もかろうじてついていけている。そのことが冬馬は嬉しかった。

時代を超えて手を携えられたかのような。

「そうだ、雄馬さん」

親しげに返す忠輔。二人が盟友同士だったことが、映像でも確認できて冬馬はひどく嬉しい。

「人間は四次元時空から逃れられない。それは事実だ。だが、宇宙は四次元に留まらない。もっと高次元の可能性があるというのは、科学者の間では常識だな」

「それとトゥルバドールになんの関係が」

訊いてしまってから、チャールズは忠輔を睨みつけた。

「僕を馬鹿みたいに扱うな。僕だって知ってることばかりだ。ただ、常人はそこを持ち出さないんだよ。物差しとして。忠輔、君は物差しを、おかしな形で適用しようとしているだけだ」

「おかしな使い方から創意が生まれる。科学のセンスも必要だが、科学が進歩するときはそれ以上のセンスが求められる。芸術家の仕事かも知れないな……チャールズ。君が、成長の余地を残しているのはそのあたりじゃないのか」

「おい！　非論理的な言いがかりはやめろ！」

「だが、ヴァイオリンを愛したアインシュタインが、光に腰掛けたらどんな気分か想像したってことは実にありそうだ。量子が点じゃなくて弦だなんて、常時スピンして震えているのが物質の正体だなんて、いかにも音楽的じゃないか？　四角四面な実験研究者には辿り着けない領域かも知れない」

　チャールズは不満げに腕組みする。

「言葉遊びに意味はない」

「そうかな？　これはただのレトリックだろうか？　万物は常に唄っているんだ。人が音楽を求めるのは、宇宙が譜面で描かれ、常に波動を発しているからじゃないか。真空でさえ、虚無を拒絶するかのように常に粒子を生成している。この事実に比べれば、ジャック・フロストなど神秘でさえない、と言えないか？」

「ナンセンスな寄り道はよせ。早く結論を」

　いつしか立ち上がって椅子の背を摑んでいる初老期のチャールズが、大波にさらわれないように堪えている子供に見えた。

「時間減速。ぼくは、それも結果に過ぎないと考えている」

　映像の中に映る者たちの表情を見て、強烈な共感を覚える。冬馬は自分も脳が捻《ね》じ曲げられているような気がした。

「歴史を振り返りたい。先ほども触れたように、〝霜男〟はジャックが初めてではない。かの灰色髪の男は、少なくとも十七世紀の北欧に現れ、おそらくは十九世紀と二十世紀のロシアにも現れている。それは彼の先祖か。ジャック・フロストは、連なる一族の末裔だと推論するのは自然だ。だが、それが彼本人だとしたら？」

「はあ？」

波紋が広がった。何十年もの時を隔てて、二つの時代に平等に。ナイジェリアの地で冬馬ははっきりそう感じた。なおさら困惑の沼に落ちるイサ・オビク。ただただ楽しんでいる様子の望月友哉。各々の、何という隔たりだ。同じ人間とは思えないほどだ。

「だから、各時代に現れた全てのグレイヘアの人物が、彼だと仮定するんだ」

そう言ってのけた忠輔に、冬馬は初めて真剣に文句を言いたくなった。どうして、憐《あわ》れなる平凡な聴衆たちを気遣ってくれないのかと。

「馬鹿な……不老不死だと？」

チャールズよ行け。頼むから常識的な反論を続けてくれ。

「いや。違う。彼には寿命がある。れっきとした人間だ」

「じゃあ……何だって言うんだ」

「次元を横断して生きる人間なんだ」

空気が完全に凍りついた。人の脳を凍《い》てつかせるために特別な力は要らない。言葉一つで充分だ。

「別の表現をとるなら、時代を縦走する人間だ」

「忠輔。君は何かに入信したのか。それとも詐欺師になったのか」

「まあ、ぜんぶ聞け。もうしばらくかかるが」

楽天的な笑みが全員の懐疑を押し返している。冬馬は、信じられなかった。これが佐々木忠輔の神髄か。

「この宇宙は、少なくとも十次元で構成されている。それの最新の理論物理が提唱する実像だが、われわれ人間は、四次元時空に囚われて、その外へ出られないと思われている。特に、時空の中でも時が厄介だ。空間の方は、縦横高さ、どこへでも自由に進めるのに、時間の方は一方向にしか進めないからだ。どうしてか、過去から未来へ。その一択。不自由だよな。ところが、別の選択肢を得た人間がいるとしたら？」

「なんでそんなことが可能になるというんだ！」

チャールズが検事のように指を突きつけて質《ただ》した。

「絶対無理だ、人間に、そんなことは……」

「意識が次の段階に達した生物なら可能だ」

ふぬ、というおかしな声が出た。チャールズはもはや、正しい相槌も見つけられないらしい。

それを見ていた現在のチャールズが身体を揺らした。おかしそうに。憐れむように。

「チャールズ。よく聞いてくれ。意識の進化によって、時間次元に進出できた個体ならば、時間に影響を与えることも可能かもしれない。という仮説だよ」

「それは——できの悪いＳＦだ。机上の空論だ」

かつてのチャールズがなんとか吐き出した。それが自分の義務だと彼は確信し、健気に使命を果たしていた。冬馬は強く共感する。勇者だ。チャールズは自分の旗を立てて進み続ける。決して後退しない。

「全ての科学論文は、最初はＳＦだった。君も知っている事実だ」

しかし忠輔は、たおやかな植物のように倒れない。

「時間と空間は不可分だとアインシュタインが証明したのだから、縦軸を生きるか、横軸を生きるかの違いだけだ。そんな人に会ったことがない？　ある意味当たり前だ。普通は会えないんだよ。違う時間軸、あるいは違う時代を生きているのだから」

「なら、なぜジャックは僕らにも認識できる？」

チャールズは腕を組んだまま首を激しく左右に振る。この必死の抵抗を、冬馬の横で見ているオビクも無言で応援している気がした。

「チャールズ。君もよく知るように、僕らはいつも彼を認識できるわけじゃない。忽然と消えることがある。これまでも、様々な特務機関が彼を追い、度々見失った」

「それはそうだが……」

冬馬も知っていた。トゥルバドールの捕捉し難さは、各国の諜報機関の内部文書からも明らかになっている。幼少期を別にすれば、追跡のプロがジャックを捕獲・拘束できたことはないようだ。

「彼自身は、通常の人間と同じタイムスケールを生きている。彼とて、いずれは老いて死ぬだろう。だが、死ぬ時代がいつになるかは分からない。生きる時代が一つに留まっていないとしたら、ね」

冬馬は自分のキャパシティを知らされた。忠輔の主張は少し前から、自分の縁《ふち》から溢れ出していた。それは自分に留まらない。映像を見ても、忠輔以外の人間がその仮説を受け入れている様子はない。常識的な人間なら当然だ。

「忠輔。君の言ってることは科学の則を超えてる」

全員を代表して、当時のチャールズが断言してくれる。

「そうかもしれないね。残念ながら、今はまだ」

忠輔は認めた。少しも慌てる素振りはない。

「これは、詩かもしれない。ダヴィンチの素描や設計図のような、まだ実現していない、夢のようなものかな」

「白旗だな？」

すかさずチャールズは相手を降伏させにかかる。

「議論はできない。科学の彼岸だ」

「うん。だけど、降参はしない」

忠輔はあっさり返した。

「僕らは科学者だ。科学が、その極限の地で悲鳴を上げようとも、人の形をしたダークマターを死ぬまで追いかけよう」

「忠輔。君が誠実に向き合おうとしているのは分かる。だが、眉に思いきり唾をつけさせてもらうぞ」

チャールズの反抗宣言は〝C〟であった時代を思わせた。佐々木忠輔という男には、まともな状態では向き合えないと悟った少年の如し。

「徹底的に科学の言葉を用いて、あの男の説明をしようとしている。だが……やっぱり、そんな男はいない！　時間に影響を与えるなんて、空想だ。だれかの願望が生み出した捏造。ジャック・フロストはただの役者だよ。裏には絡繰《からく》りがある」

無理やりリセットしようとしていた。すでに会っているはずの男を全否定する。

だが忠輔の顔から笑みは消えない。正面から互いを見つめる二人には、言葉を超えた理解があるように、冬馬には見えた。何十年も前のやり取りが、いま自分一人のために行われているような錯覚に囚われる。まさに教育だ。

おい隆児よ、そこで見ているか。このスパルタ教育に、耐えられているか？　冬馬の頰が思いきり吊り上がる。

「彼をすっきり説明づける理論など、本当にあるとは思えない。だからジャックは世界最高の手品師だ。イリュージョンが巧みなだけだよ」

「チャールズ。君の言う通りだ。彼は大勢に眩暈を起こし、常識を破壊する。破格のアノマリーだ」

悟りきった賢者の笑み。どんな反論とも遊べる余裕。ムフフ、という笑い声が聞こえた。ぞくりとして冬馬は振り返る。一瞬、どこから聞こえたのか分からなかったのだ。

正体は冬馬の横にいる望月友哉。愉快でたまらない様子だった。

「だが、自然界には他にも破格のアノマリーが存在している。それを知っているだろう」

チャールズは心底嫌々、という感じで頷いた。

「トンネル効果。真空エネルギー。言わずと知れたダークマターにダークエネルギー。特異点《シンギュラリティ》。いや、〝根源的なもの〟全てがアノマリーだ。そもそも量子自体が幽霊みたいな性質を持つ。なぜ素粒子が成り立ち、さらに原子を形作れるんだ？　実のところ、いまだに不可解だろ。この宇宙は不可能の積み重ねでできている。この宇宙には、あってはならないもの、存在を説明できないものばかりと言ってもいい。その代表は、なあチャールズ。何と言っても生命だよな」

永遠の少年たちの両の瞳が煌めいている。おそらく何百回と、この結論に頷き合ってきた。

「だが、忠輔……それは一般的な現象や事象に対する評価であって、特定の個人の特殊さを認めることとは違う。ごまかしはいけないぞ」

チャールズの呻《うめ》くような反論は、今や痛々しい。まともな側に居続ける者がどうしてこんなに劣勢に映るのか。不当な冤罪《えんざい》を被せられた犠牲者に見える。

それを見守る、ほぼ百歳のチャールズ本人が、微笑を見せていることだけが救いだった。

「確かに。だが、繰り返すようだが、人間という種が存在していることもありえない。僕らが若い頃から、何度も同意し合ったようにね」

他方、揺るがせない笑みが、時空を超えて届く。

「もっと遡れば、生命自体がどうしようもなく、ありえないものだ。これだけ科学が進んでも、だれも生命発生の機序を解き明かせない。これ以上の超常現象はなかなか存在しないよ。いまだに、この宇宙には生命は存在しないと証明した方が楽なんだからな。それぐらい異常なものだ。生命は」

皮肉な笑みが突《つつ》き合う。同意するほかないのだった。お馴染みなのに新鮮なテーマ。宇宙には異常としか言いようのない奇蹟が詰め込まれている。

「生命。存在し得ないもの。結論はいつも同じだった」

「頼む、忠輔。それをいくら繰り返しても、ジャックの存在を肯定する材料にはならないんだ。自然界で最も根源的な謎と、一人の人間が同等なはずがない。個別の謎は、個別に潰さないといけない」

「うむ。非難は受け止める。僕に多くの時間が残されているとは思えないが、諦めない。彼という存在をどうにか説明するよ。科学でね。それは可能だと確信している。この世は科学の言葉で書かれているからだ。破格のアノマリーとはいえ、彼は現実に存在している」

冬馬の目からは、どこまでも謙虚に見えた。佐々木忠輔は自然界全てに頭を垂れている。どんなに奇天烈に見えても、やはり科学者の鑑《かがみ》だ。

「あるのが分かっているのに検出できないダークマターや、重力子《グラビトン》と同じだ。今は無理なだけで、科学が進めば必ず説明できる。どんな現象であれ。どんな存在であれ。彼というアノマリーを説明することが、残された人生をかけた僕の仕事になりそうだ」

冬馬は痺れを覚えた。死してなお生き続けているこの人物の精神に震える。

「彼は争いのある場にやってきては、火を消してきた。それだけが確かなことだ」

この対話の映像はそこで終わった。

東京とラゴス、一万三千キロを超える距離を繋ぐのは、全く同種の深い溜め息だった。

この無力感が心地よいとは思わない。見ていた誰もが、置き去りにされたような感覚を味わっているはず。果てしない対話の中に、真理の煌めきを見つけた、と感じる瞬間もあった。だがもう確かではない。

佐々木忠輔の仕事は、残念なことに、彼の予言通りに道半ばで終わった。後世の人間に託された。

冬馬はリアルタイムで届けられるチャールズ邸内の表情を注視する。とりわけ、部屋の主の表情を。

全く自分と同じ気持ちなのが分かった。戦き。その責任の重さに気が遠くなっている。この老齢にしてなお。

6

追想は止まらないどころか、手のつけられない奔流となって自分を押し流してしまいそうだ。

チャールズ・ディキンソンは身震いし、こめかみを押さえて眩暈を払おうとする。だが佐々木忠輔の面影も、灰色髪の男の面影も消え去らない。何十年経とうと息づいている。傍らで生きているかのように。

振り返れば、灰色髪のジャックと多くの言葉を交わしたわけではない。英語で意思疎通はできたが、どうにもチャールズには、言葉を超えたところにいる存在という気がしてならなかった。いま思えば、もっともっと言葉をぶつけて、あらゆる跳ね返りを収集しておくべきだったとも思う。だが同時に、そんなことは意味がなかったとも思う。

言葉とは違う形で多くを語ってくれた。彼はチャールズたちの目の前で、人間には決して起こせない現象を何度となく顕現させた。忠輔の求めに応じ、あらゆる計測機器で観察、測定することを許してくれたのだ。質問されたことはほぼない。こちらが要請することを、必要だと納得した上で協力してくれた。

〝霜男《フロスティ》〟の実験と検証の日々。それは、新しい物理の教科書のページを開くような経験だった。厳密に言うなら、すぐに物理の領域に収まらなくなった。生物学、量子力学、宇宙物理学、数理学、すべての学問の領域が必要な事象であると忠輔は予言していたが、直ちにその通りになった。あらゆる種類の検査機器と解析ツールが必要で、足りないものは新たに開発せねばならなかった。不明な現象を解き明かすためには何年にもわたる検証が必要なところを、時間を縮めるために忠輔が重ねた努力は、振り返っても信じられないようなものだった。

努力を重ねたのは被験者も同じ。ジャックは最後まで文句も言わずに辛抱してくれた。わざわざ日本に渡ってきて、短くない時間を忠輔とチャールズと共に過ごしてくれたのだ。

「なんてことを！」

そんなある日、忠輔とチャールズのもとに怒鳴り込んできた女性がいた。黒瀬理沙の著作『氷のレガータ』の主要登場人物、ヴェネツィア生まれのクラウディア・ダイネッリだ。本の中では少女。クレームを入れに来た時には、イタリア映画の主演でも張れそうな魅力溢れる大人の女性に成長していた。

「ジャックのトラウマを掘り返すようなことが、どうしてできるの？　すぐやめなさい！」

彼女は達者な英語で言った。ジャックをだれよりも心配していることが伝わってきた。黒瀬理沙に現状を聞いたクラウディアは、矢も楯もたまらずイタリアから飛んできたのだった。しかも、その場にジャック本人がおらず、ちょうど忠輔とチャールズしかいないタイミングの時に。

「彼がアメリカで実験台になってたってこと、知らないの？」

彼女の非難はもっともと言えた。『氷のレガータ』にもそれを示唆する記述がある。彼が幼少期の頃――そもそも普通に生まれて成長してきたのかどうかも疑われるほど常識外れな存在だが、それでも人間の姿をし、言葉が通じるのだから、幼少期はあったのだろう――彼の特質を知り、彼を利用しようとした機関があった。

「知っているとも。この男のことだろう？」

突然の闖入者《ちんにゅうしゃ》を非難するでもなく、忠輔はアーカイヴから選んだ動画の再生を始めた。何をのんきな、と怒りに目を吊り上げていたクラウディアは、画面に映った顔にたちまち釘《くぎ》づけになった。

「まさか……」

それは、ヴェネツィアのダイネッリ父娘が〝ハリソン〟と呼んだ男だった。ただし、クラウディアの記憶にあるよりだいぶ年を取っているはず。

「ジャックは幼少期に、我々に飼われていた……」

しかもハリソンは、とんでもないことをあっさり認めた。

「あんたらは、小さい子を人体実験の被験者にしたんだろう。非道だな」

容赦のない非難が老人に襲いかかる。当時のチャールズ自身の声だ。

「だが、皮肉だ！　彼を兵器にしようとして、生体実験を施すと、彼の能力はかつてないほどに強まった！　だれもコントロールできないほど巨大な力となった」

「そうだ。化け物を生み出したのは、実は、アメリカなのだ」

元特殊工作員の老人は目をギラつかせながら自慢した。まともな精神状態には見えない。

「いいように言うな。ジャックは自分の力で自分を超えた」

かつてのチャールズは切って捨てた。

「あんたらの功績などない。自らの意志で、目覚めたのだ。人間から、新しい種に。自分たちを買い被るな、アメリカ」

少年時代から唱え続けている響き。怨念の深さが滲み出ている。我ながら一貫している。

「違う……我々のプレッシャーが、ジャックを極限の人間兵器に……」

「あんたらじゃない。彼を守ろうとした者たち全員のおかげだ」

チャールズは声を大にした。

「彼の守護者たるキャラバン。〝トゥルバドール〟と呼ばれたロマの人々だよ。それだけじゃない。ヴェネツィアで彼を助けたダイネッリ親子。彼を追い続けたジャーナリストの黒瀬理沙、それから、フットボール界のレジェンド、ジュスタン・メシエに至るまで！　彼らの命懸けの行動が彼の本当の力を目覚めさせた。おい、あんたはヴェネツィアでジャックを亡き者にしようとしたくせに、我田引水も大概にしろ。老いたその頭で、記憶を都合よく改竄《かいざん》したか？　恥を知れ。国家の犬め」

　あまりの舌鋒《ぜっぽう》にハリソンはただ押し黙った。

　その様子を見て、クラウディアもまたにっこり笑った。

「これ、あなた？」

　やり込めたのが誰か確かめてくる。チャールズは頷いた。

「ああ。この時は僕が、検察官の役割を務めた。そもそも、アメリカの軍人と役人が嫌いでね」

「あたしも」

　とクラウディアは弾む声で言った。それは、休戦協定と同じだった。

「この男の所属は、米軍の特務機関。あるいはＣＩＡだろうな」

　佐々木忠輔は頷きながら言い、クラウディアに向かって賞賛を贈った。

「あなたはよく生き残ったな。ヴェネツィアで、ジャックたちをよく助けた」

CIA（中央情報局）と言えば言わずと知れた、世界でも群を抜く諜報機関。そして米軍の特務機関の戦場での非人道性は、各時代の戦争で悪名を轟《とどろ》かせてきた。いずれにしてもろくでもない。

「あのアメリカ人たち」

クラウディアは呆れたように首を振りながら言った。

「逃げたジャックを追っかけてやりたい放題だった。本当にひどかったんだから」

「知ってる。本は読んでる」

チャールズがそう返すと、クラウディアは興味深げに見てきた。この怪しい科学者もどきの二人が信用に値するかどうか値踏みしている。仲立ちをしてくれるはずの理沙も、ジャックも外していたタイミングだったから、疑わしく見えるのは仕方なかった。

「『氷のレガータ』に書いてあることはぜんぶ本当なのか？」

チャールズはあえて訊いた。

「もちろん本当よ！」

予想通りの反応だった。

「リサったら、クソ真面目に本当のことしか書かないから。細かいところまでぜんぶ本当。取材の鬼ね……何でここにいないの？」

「すぐ戻ってくるよ。それまで僕らが相手する」

チャールズの邪《よこしま》な笑みに、クラウディアはまた警戒心を呼び覚ましたようだ。目を吊り上げて突っかかってこようとしたところで、理沙とジャックが戻ってきた。

クラウディアとジャックの再会は見ものだった。どうやら十年以上振りの再会だったらしく、クラウディアの頬は濡れ通しだった。ジャックも今まで見せたことのない表情を見せた。繊細な気遣いと愛情が顔に表れたのだ。

それを理沙が満足そうに眺めていた。このジャーナリストはただのジャーナリストではない。必然と考えた出会いを次々実現させる。そうやって時代を動かすのだ。

チャールズも理沙には感謝しきりだった。彼女はジャックに自分たちを引き合わせてくれただけではない。彼女の丹念な著作とドキュメンタリーのおかげで、対象である彼の来歴と人間性がつぶさに知れるのだ。

『氷のレガータ』は、ジャックという男の力が極大値に達する直前の季節を描いており、世界中の人々にその存在を知られる前夜の物語だった。その何年か後に、チャールズたちは直接、彼の生態調査を行える立場を得た。結果、毎日ジャックに魅せられ、同時に逃げ出したくなった。どこまでいっても理解の範疇《はんちゅう》を超えるからだ。昨日より今日、確信を強めるばかりだった。こんな人間が地上に存在したことはないと。

何度も検証し直し、忠輔が立てた仮説の正しさを立証するにつれ、チャールズの認識も爆発的に広がった。見えてきた新たな地平は、必然的に人類全体に影響を与えるものだった。それを先導した忠輔自身も毎日震えていた。チャールズに伝える声は音程を外し、通常の意味を失った。ジャックがもたらした新たな常識に慣れるまで数年を要した。その新常識を利用して、新たな技術の開発に着手するまでにさらに十数年。実用化には、三十年近くを要した。

生きている間に実用化までを成し遂げた自分を褒めてやりたかった。その途上で唯一無二の盟友に先立たれ、光を失ったと信じた時もあった。だが、他ならぬその盟友の声が、今も立ち止まることを許さない。

チャールズは一人で歩き続けた。自分までいなくなれば、この途方もない遺産の継承は難しい。そんな危機感とともに。だから自分にはこれほど長い寿命が必要だったのかも知れない。だが今、若者たちがようやく手を添えてくれるようになった。

まもなく一世紀。老兵も老兵だが、去るタイミングを逸したまま、まだ血圧を上げたり唸ったりしている。自分らしいと思う。誰かが自分を永遠の少年と呼んだ。光栄だ。

一人の若者が、じっと自分を見ていることに気づいた。

冬馬が送ってよこした大柄な迷子だ。その目に敬意が見えることが嬉しい。

彼だけではなかった。長く公安部を仕切る男が、いつになく眼差しに感情を宿らせながら見てくる。しごく厄介な性格をしている彼の心をも、動かせている。チャールズは満足を覚えた。たとえそれが全て、映像の中にいる忠輔とジャックのおかげだとしても。

7

　仁戸田正治は自分を恥じた。

　チャールズの顔を見るごとに痛感する。自分がいかにもの知らずだったかを。映像に登場した無数の証言を踏まえれば、トゥルバドールの存在には疑いがない。一つ一つ過程を追って見ていけば、突拍子もない伝説と思われたものにも細部にリアリティが宿る。トゥルバドールも初めから神の如き力を持っていたわけではなく、持てる力を徐々に強めていったようだ。幼い頃は特務機関に囚われて実験台にさせられていた。そこから解放され、旅芸人のロマの一族に守られながら、世界中を流浪した。その細かい実態を知れば、彼らを応援せずにいられない気持ちにもなる。

　自分の先輩たちは、何という常識外れの力と遭遇し、正面から格闘していたことか。当時は、絶対に成就できない果てなき夢に思えたはずだ。この、誰にも似ていない人間を足掛かりにして、果ては世界連邦にまで辿り着いてしまった。いま目の前にいる先輩たち――日本のリーダーだった岩見沢と、全ての障害を乗り越えたチャールズにリスペクトを抱かずにはいられない。

「さあ。お待たせしました」

そのチャールズは悪戯っぽい笑みを浮かべ、また別のアーカイヴを選んで自分たちに披露してくれる。まもなく百歳の男にはとても見えない。

「これが今日、最も見て欲しかった映像なんだ」

そう言うや否や、画面には二人の男が対面で座っている構図が映った。言わずと知れたレジェンド同士だった。仁戸田の背筋に戦慄が走る。

「あんたは、俺の顔が見分けられないのか」

まず、人ならぬものが訊いた。興味深そうに。

「うん。そうだけど、その灰色の髪は珍しいから、間違えることはないよ」

答えた男も、充分人間離れしている。何度見ても仁戸田はそう感じる。

実験の合間に撮られた映像だろう。二人の背後には様々な機器が所狭しと置かれている。一息つきながら、気張らずに雑談する雰囲気が微笑ましい。

仁戸田は、ふいに襲ってきた眩暈を振り払った。目の前の鴇田隆児が身を乗り出して映像に見入っている。尽きない興奮を放ちながら。元イザナギのチンピラのくせに、映像記録の価値を理解するとは！　現実に思いを致せば、世界は今も危機に瀕している。過去に浸っている暇はないはずだが、かつての英雄たちの言葉を、飢えを満たすように次から次へと摂取している自分たちはいったい何者だ？

8

冬馬は驚いて望月友哉を見た。画面がいきなり切り替わったからだ。

友哉はさっきから、端末を操作して画質を調整していた。おかげでチャールズ邸の部屋の様子がよく見えていたが、今度はその部屋で流れている映像がダイレクトでこちらに届くようにした。より重要なアーカイヴということだろうか。

感心するしかなかった。この男と、チャールズ・ディキンソンの結びつきはやはり特別。こんなこともできてしまう。冬馬は有り難く、始まった映像に集中した。

「その髪にだって興味がある」

ジャックの頭髪を指差しながら佐々木忠輔が言った。

「いまは手が回らないが……あなたの特異体質の、ある種の表れかも知れない。あなたのような人間が生まれる理由のヒントかも知れないんだ。若い頃から、そんな髪の色をしているんだろう？　霜男の伝統なのかな。歴史上の伝説を総ざらいする必要があるな」

当の霜男は、微かな笑みを顔に滲ませていた。忠輔とのやり取りを楽しんでいる。冬馬はそれが、妙に嬉しい。伝説的な人物同士が、しっかり組み合って話をしていたという事実に感動を覚える。これは歴史そのものだ。

「ジャック。あなたは、時間を超えた覚えはないか？」

不意打ちのように、常識を飛び越えた問いが発される。画面の中の表情を確かめれば、忠輔自身も迷っていることが分かる。冬馬は親近感を覚えた。忠輔にも自分の正気を疑う瞬間があるのだ。

ジャックは答えなかった。宙を見つめて考えている。

ひどく長い時間だった。その間に、カメラのフレームの中にチャールズの姿が映り込む。質問に加わりたそうだ。だが二人の世界を壊したくない。そう遠慮する気持ちもある。逡巡《しゅんじゅん》が身振りから伝わってくる。

「それ以外に、仮説は成り立たないと考えている」

すると忠輔は、自分で続けた。

「意識してか、しないでかは分からないが、あなたは時間に影響を与えることで急激な温度低下を招いている。より具体的に言えば、時間を減速させることで原子の運動を抑止している」

冬馬は改めて、脳をひっくり返したような衝撃を覚えた。

だが数秒後には、悟性の光が脳を浸潤し、ほのかに輝き出す。

「あなたは魔法使いではない。ならばあなたの存在そのものが、空間の温度や、銃火器のエネルギーを減衰させる仕組みを創り出していると考えなくてはならない。僕が立てた仮説の軸にあるのは時間だ。そして時間は、人間の意識と切っても切れない関係にある」

忠輔はそこでいったん言葉を切った。さらに詳しい説明を加えようとして思い留まった。あまりに難解な領域に入るからだろう。

「……分からない。ただ」

人でありながら、人ならぬ存在が、人間の言葉で語った。

「なんというのか……自分と、世界との間に、ずれ……を感じることはある。ときには……景色が、ゆっくりに、見えることも」

重大な発言だと思った。冬馬は今や瞬きする間も惜しい。

「それだけじゃ、ないんじゃないかな？　ジャック。他にも感じていることがあるはずだ。たとえば……自分が生まれた時代について」

忠輔の声に溢れる確信に驚く。真実、という名の道に於いて先回りしている。本当に、この二人の出会いとは何と正しいのだろう。

「あるいは、いま生きている時代について。違和感はないか？」

画面の中で、灰色の髪が左右に揺れた。ジャックの心の動きに同期している。

「そもそもあなたは、何歳なんだ？」

忠輔が本質を突いた。

「分からない」

答えははっきりしていた。その分からなさこそが答えだった。

「自分が暮らしている時代が、分からなくなることがあるのか？」

ふいにチャールズの震える声が、フレームの外から聞こえた。訊かずにはいられなかったようだ。

その場にもたらしたのは微かな不協和音。冬馬はそう感じたが、ジャックはカメラのレンズの方を見て、誠実に答えた。

「人生を繰り返している感覚に、襲われることは、ある」

忠輔の眼差しが、怖いほどに集中している。ジャックの顔を見つめたまま声を大きくした。

「チャールズ。これは大変だぞ――検証機器の開発から、必要になる」

実証研究者の物言いだった。

「おい、待て、忠輔……百年単位の大事業じゃないか？」

恐れおののく声が返ってくる。チャールズも事の重大性を理解しているのだ。

「その通りだ、チャールズ」

「検証には、どれだけの機器が……」

「まずは、ＬＩＧＯ《ライゴ》やＫＡＧＲＡ《かぐら》を使えるかどうかだ」

「重力波検出装置か。なるほど、時空の歪みを検知できる……うわ」

科学者の尽きないパッションが連続で弾ける。すると、フレームの外からチャールズの腕が出てきた。無礼にも、ジャックを指差して叫ぶ。

「ウルトラ・グラヴィティ・ヒューマン！」

明らかに興奮しすぎだが、当のジャックが気を悪くしていない。面白そうにカメラの方を見返している。

「いや。彼だけの能力だろうか？」

忠輔の呟きに、何を？　とチャールズは乱暴に返してくる。

「一般化するには早すぎるだろ！　悪い癖だ」

「ともかく、時間跳躍者仮説は、捨てないでおくべきかな」

「はー……本気か？　忠輔」

「彼はとうに、我々とは違う軸で生きていることに賭ける」

「そんな馬鹿な……」

「よし。黒瀬さんに教わった、興味深い事例を、今こそ掘り下げる時だ」

そう言うと忠輔は、焦点となっている本人に向き直った。

「ジャック。あなたは〝氷上侵攻〟のとき、スウェーデンにいなかったか？」

9 ―― 回憶

もうまもなくだ。我が軍の態勢が整う。

何としてもフィリピン海は制圧する。インドネシアとニューギニアも支配下に収める。

それが叶えば敵の本拠地、オーストラリアなど風前の灯《ともしび》。

ウル製の兵器を導入する決断をしたのは大正解だった。火力で上回る以上に心安らぐことはない。私は龍の道を極める――中華史上初めて、版図でモンゴル帝国を上回る首長になるのだ。腹の底から湧き出そうになる哄笑《こうしょう》を、今は抑える。まだ早い。

代わりに、梁子墨《リャン・ズームォ》の胸から自《おの》ずと繰り返し、湧き出る思いがあった。決戦を控える今だからこそ、全ての原点となったあの時。まだ、権力からはるかに遠いところにいた若き日の自分に返ることが増えたのだ。三十年と少し前。

梁がまだ、中国人民解放軍の一兵卒だった時代だ。カーキ色の軍服に赤い襟《えり》の映える、初々しい当時の自分は、天安門広場の毛沢東同志の肖像を見上げながら、苦味走った笑みを顔に貼りつけていたに違いない。

子墨の父親はよく言っていた。民とは猿の群れのようなものだと。言うことを聞かず、めいめいが勝手をする。梁子墨はそれを腹の底から納得していた。だから絶対的に強い統率者が必要なのだと。民どもの戯言《たわごと》に耳を傾けていては統治などできぬ。弱腰を見せて失脚し、いちいち指導者が替わるような国は栄えない。無秩序が続くだけだ。

　身にこたえる寒さに奥歯を噛み締めながら、梁子墨はその日も権力を欲していた。軍人となったその日から毎日欲していた。頂点までは遠い。だが、辿り着いてみせると燃えていた。酷風吹きすさぶ、人の気配のないあの広場で。

　中国人民は国家警察を恐れている。人民解放軍を、共産党政府を、支配階級を恐れている。長年の教化が利いている。異分子への容赦ない粛清《しゅくせい》に梁は常に大賛成だった。そのおかげで大多数が安定した生活を手に入れられるのだから、受け入れるべきだ。民主主義か権威主義か、などという低次元の話ではない。強い支配者がいることは最低条件。民主主義は常に衆愚政治でしかなく、統率など取れようもない。一貫性がなく、アメリカのように意味もなく左右に揺れる。なんという無駄！　任期も馬鹿げている。わざわざ権力を時限式にすれば民に舐《な》められるだけだ。恐怖を植えつけなくてはならない。むろん少数民族の意地など一顧だにする価値もない。文化と血統の保護？　そんなものは惨めな懐古主義でしかない。

　人たるもの中華を目指せ。仰ぎ見よ！　古く由緒正しき龍を。

活気に溢れた北京が、ひっきりなしに人が往来する天安門広場があの日、死んだように静まり返っていたのは、政府が戒厳令を発したからに他ならない。梁の部隊も市街の警備のために駆り出された。梁の所属する部隊は規律正しさで有名であり、どんな任務も堅実にこなしてきた。その日も警戒態勢に怠りはなかった。

それにしても見慣れない首都の光景だとは思った。任務が終わったら父親に、この戒厳令の意味を問い質そう。出世の下手な父親だが、共産党政府の中ではそれなりの位置におり、事情通ではある。

頭の片隅にはあった。世間に流布している与太話が。端から馬鹿にしていた。ところが、静寂を破る騒乱が近づいてくるのに気づいて、梁は自分の軸がぐらつくのを感じた。

やって来たのは明らかに北京市民だが、プラカードや横断幕を掲げている。デモ隊だ。ついぞ見かけなかった国内の異分子。なぜ今日いきなり、こんな連中が湧いてきた？　なぜ時代錯誤《じだいさくご》にも徒党を組み、戒厳令を破ってまで広場に乗り込んできたのか？

あの噂のせいだというのか。

トゥルバドールが北京を訪れる。

この戒厳令自体がナンセンスだと梁は思っていた。中央は何を恐れている。馬鹿げた流言飛語をか？　これは——認識を改める必要がある。政府は噂を信じた上で、どうしても阻止したいらしい。馬鹿げた伝説中の存在が北京を訪れるのを。

世界中の大国があの得体の知れない旅芸人一座の訪問を受けている。その後、がらりと体制が変わったり、国連への恭順を表明する国が続出している。馬鹿な。梁は頑なに信じないできた。まるで悪夢だからだ。

世界地図が塗り変わる——昨日と今日では、すでに違う。そんなことがあっていいはずがない。中国の版図が広がること以外は認められない共産党政府は、どんなことをしてでもトゥルバドールを足止めする。よかろう、許されるなら、兵士である自分が殲滅《せんめつ》する。世界中の腰抜けどもができないことをやり遂げてみせる。梁はそんなふうに自分を奮い立たせた。

そして現在——西アジア警備隊《WAG》の司令官となった齢《よわい》六十の自分が、いまあの日を振り返れば、若僧の見込みの甘さを憐れに思うばかりだった。トゥルバドールと呼ばれる者をひとたび目にしたときに身体を走り抜けた戦慄は、生まれてから一度も経験がない。チンギスハンに屈したときの漢民族はこんな絶望的な気分だったか。あるいは、関羽《かんう》と張飛《ちょうひ》を引き連れた劉備《りゅうび》は、こんなふうに光り輝いて見えただろうか。

梁は一歩さえ動けなかった。いや指一本動かせなかった。

身なりは粗末。見るからに何も持っていない。欧州ではありふれた、放浪の旅芸人の一団にしか見えないのに、この男たちが冬を連れてきたことは肌で感じた。なんということだ——人ならぬものが、この国の象徴である広場を闊歩《かっぽ》している。いま自分の目の前を。氷原を踏破する探検隊のように誇り高き足取りで。

ああ、この国は変わってしまう。絶望感はそのまま自分の命を奪うかに思えた。その時、銃声がした。居並ぶ自分の部隊の中の一人が蛮勇を振るい、撃ったらしい。よくぞそんな暴挙に走れたものだと驚嘆した。

ところが、一団は反応さえしなかった。肩に落ちてくる雪片ほども気にしなかったのだ。いま思えばあれは、人民解放軍への弔砲《ちょうほう》だったのかもしれない。

梁はつくづく思う。あんな思いは、二度と御免だ。

だから圧倒的な火力を手中にした。

自分の前に立ちはだかる者は誓って焼き尽くしてやる。

ほんとうの民主主義国は、なにごとであれ軍隊に頼ってはならない。（中略）自らの存続を軍隊の援助にたよるのは、貧弱な民主主義である。軍隊は自由な精神の成長を妨げ、人間の魂《こころ》を窒息させる。（中略）軍隊というのは、どんな社会的秩序にも共通であるはずの規律を離れてしまうと、あとは野獣化の一途をたどるものである。

（『ハリジャン』一九四六年六月九日号）
マハトマ・ガンディー

超国家的な基礎に立って世界に平和をもたらすという課題を解くには、ガンディーの方法をより大きな規模で用いるほかはないというのが、私の信念です。

（一九五一年）
アインシュタイン

力ずくは反発を生む。暴力は怨みと憎悪を生む。でも、言葉を正しく遣えば、憎悪は消える。（中略）言葉こそが、人間に与えられた最強の武器なのです。そして取りも直さず、人間が持つに値する唯一の武器でもある。火器・兵器にできるのは、相手（敵）を殺すことだけです。しかし、言葉という武器を正しく使えば、相手（敵）を味方にすることができる。敵はどこにもいなくなるのです。これ以上強力な武器がありますか？

争いがこの世からまだ無くならないというのは、すなわち、我々がまだ言葉の力を極めていないということなのでしょう。

（『「憎悪分解セオリー」のための講義録』）
佐々木忠輔

Ⅵ　アウト・オブ・アフリカ

1

「ジャック。あなたは〝氷上侵攻〟のとき、スウェーデンにいなかったか？」

過去のこととは思えないほど、この時の自分の感情をチャールズは鮮やかに覚えている。

忠輔の、なんと破天荒な問いだったろう。またしても。忠輔の洞察は生涯にわたってチャールズを慌てさせ続けた。慣れることはついぞなかった。いささか悔しい話だが。

〝氷上侵攻〟が、世界史の中でも特徴的な出来事であるのは知っている。『氷のレガータ』の中で黒瀬理沙も触れていた。スウェーデンとデンマークの間で行われていた北方戦争の趨勢《すうせい》を決定した、カール十世の奇策のことだ。猛烈な寒波により氷結した海峡を兵士たちに徒歩で渡らせた。完全に意表を突いて首都コペンハーゲンの攻略に成功したことで、デンマークは降伏せざるをえなかった。

だがそれが起きたのは十七世紀のことだ。なぜ二十一世紀を生きるこのジャックが関わる？　あり得ない。どう考えても。

それでも、食い入るように灰色髪の男を見てしまう。あの日も今も。チャールズの動悸が激しい。予感が膨らむ。チャールズは当時の自分に完全に同化する——

目の前の男は、自らの記憶を探るように、動かなかった。

チャールズは自問する。そのまま答えないで欲しいのか。それとも頷いて欲しいのか。

「俺はあそこにいた」

やがてこぼれ落ちた、それがジャック・フロストの答えだった。

「だが、自分の、記憶なのだろうか？」

あの日のチャールズも全身に鳥肌を立てていた。だめだ、キャパシティオーバーだ。常識に収まる要素が一つもない。

「果てしない氷原の上に立っていた記憶は、ある。片一方に軍隊が。もう片方にも、進軍していく一団がいた。だがそれは、幼い頃、実際に体験したことか。それとも、別の記憶……映画か、夢か……そんな気もする。区別がつかない」

「なるほど」

すんなり受け取る忠輔もまた常識外れだった。

「それは、あなたの先祖の記憶を受け継いだものかもしれないし、あなた自身の記憶に他ならないかもしれない。現時点では結論は下せない」

だが少しも残念そうではない。忠輔の顔は知的興奮で充実しきっていた。

「すべての可能性を探る必要があるが、驚くべきことに……あなたは、どんな形であれ、その場にいたのかも知れない。それこそが大事なことだ。そして、もしかすると」

この忠輔をして、息継ぎに困るほどだ。この男が想定している仮説がどれほど規格外かは推量できる。

「その氷上での戦いの趨勢を決したのは、あなただったのかも知れない」

なおも男は動かなかった。チャールズはその表情、皺の動き一つも見逃したくない。

「あなただけが持つ力だ。あなたは……一方の側に付き、勝利させた。それが正しいと思ったからだろう」

灰色髪の男は今や、長年の風雪に耐えた塑像《そぞう》のように見える。その前でチャールズも、固められた像のように動けない。

「そして、現在に至る歴史のレールを敷いた。もしかすると、十九世紀と、二十世紀のロシアにも、いたことがあるのかもしれない。ナポレオンやヒトラーの侵攻に対抗するために」

「もうやめろ、忠輔。正気じゃない」

制する自分の声は嗄《しわが》れている。

「いや、チャールズ。突然ジャックが見当たらなくなって、実験のスケジュールが台無しになることを、あんなに嘆いていたじゃないか。ここではっきりさせた方がいい。あちこちに飛ぶのはやめろ、と彼に釘を刺せ。現代に留まっていろ、と」

「そんな馬鹿なことは頼めない！」

「そうか？　もしかすると彼は、二千年前の戦争にも臨場しているんじゃないか、とさえ僕は想像しているんだが。さすがに自分でも、常軌を逸しているとは思うよ。だが、人類の争いの起源というものに興味があるし、彼が望めば、ひょっとすると遥か過去まで遡ることも可能なのかも知れない。どうだい、ジャック。君は、世界最初の戦争に立ち会ったのか？」

「世界最初」

チャールズは唖然としてしまって、虚ろなエコーのような声しか返せない。

ジャックは何も言わなかった。ただじっと忠輔を見返していた。

「だが、最初の戦争とはいつ起こったんだろうな？　皆目分からないけどね。たとえば、スーダンのヌビア砂漠にある遺跡で、大量の旧石器人の骨が見つかっている。明らかに武器で殺傷された痕があるんだが、これが約一万五千年前だ。ジャック、あなたがそこまで足を延ばせたら……で、争いを、止めることができたら」

ジャック・フロストはわずかに瞼を震わせた。

自らの責任に戦いているように、チャールズには見えた。心の有り様は我々とそう変わらない。普通の人間だ。感情を持ち、恐れも抱いている。この男は自らが持つ力に戸惑い、おそらくは、自らのアイデンティティに悩んでいる。だから肩入れしたくなるのだ。忠輔に肩入れしてきたように、自分はこの男をサポートしたい。ただし、とチャールズは痛感する。

これほど桁外れな人間に、自分ができることがそもそもあるのか？

「戯《ざ》れ言《ごと》が過ぎたかな」

張り詰めすぎた空気を緩めにかかったのは、佐々木忠輔本人だった。

「僕の推測、いや、妄想と呼んでくれていいが、これはいったん脇に置く。とにかく確実なことは、あなたがこの二十一世紀に、あらゆる戦いを終わらせようとしていることだ」

それにはようやく、チャールズも、心から頷くことができた。

「過去を辿るのも大切。だが、より大事なのは、未来だ。あなたの力が増大しているとしたら、あなたはそれを、何に用いたい？」

あくまで人間として扱い、相手の意思を尊重する。正しい対応に思えた。

「あんたの舵取りに任せたい」

ジャックの返しに、チャールズは胸を打たれた。

相手に任せるようでいて、そこには強い意志が張っている。信頼の証《あかし》だった。

「あなたの力は、究極の武装解除だ」

忠輔も感動していた。そして、忠輔の洞察力はますます冴え渡っている。チャールズが呪いと感じるほどに。

「あなたの力が、全世界に、正しい形で適用できたら……世界は変わる。決定的に。僕は、夢を見すぎだろうか？」

容易に答えられる問いではない。答えをこの相手に求めるべきではないと思った。だがこの灰色髪の男は、すでに、忠輔が見ている夢を、自分のやり方で実行に移している。なんということだ、とチャールズの脊柱《せきちゅう》に改めて雷撃が走る。

「岩見沢首相が、国連改革のために走り回っている。僕も加勢しているが、長期戦だ。結局は、各国の政府を一つ一つ説得していくしかないから、とにかく根気がいる。一生かけても充分な成果があげられるかどうか。どの国も軍事力を信奉し、武器を捨てようとはしない。だが、もしあなたの力で、武器によって生じる火を消して回ることができたら――何が起こる？」

「革命を強行するわけか。大国から、強制的に軍事力を取り上げる？」

チャールズは笑わずにいられなかった。絶対に不可能だからだ。

「いくら彼が凄い力を持っているからといって、例えばアメリカや、ロシアや、中国の軍事力を何から何まで役立たずにできるというのか？　さすがに無理だろ、どう考えても」

「無理だろうか？　ジャック」

本人に問うのが一番だというように、忠輔は訊く。当時のチャールズは苛立ちの頂点だった。相手の迷惑を考えろ。いい加減に無理をふっかけるな。これ以上悪い冗談は許さないぞ、と怒って見せて、撮影を止めてしまえたらどんなに楽か。だが、叶わなかった。

「分からない」

ジャック、もしくは霜男が、誠実すぎる返答を貫いたせいだ。

「だが、やる」

チャールズは血の気が引くのを感じ、その場に昏倒したいとさえ思った。

「やってくれるのか。本当に」

そう熱を込める忠輔を羽交い絞めにしたい。どれだけ馬鹿げた白昼夢を見ているか、本当に分かっているのか。この浮世離れした者たちは？

「簡単ではない。茨の道だ。やり通すのは本当に難しいだろうが……僕もできるだけ、手を貸すが」

「待てよ、そんな簡単に……」

水を差すことは義務だった。こんなに震える声でも、絶対にストップをかけなくてはならなかった。忠輔とジャックだけでは、無謀に突き進んで自滅する。〝不可能〟にベットするのは科学者のやることではない。チャールズは全力で舌を動かした。

「気分だけじゃどうにもならないぞ！　どんなに理想に燃えたって、目標を高く持ったっていいさ。だけど、できないことはできないと言わないと！」

説き伏せたい。ところが、忠輔は正面からチャールズに訊いてきたのだった。

「今日も不当に奪われる命がある。それを無視できるか？」

正論すぎる正論を、いつも真正面からぶん投げてくる佐々木忠輔という男に、チャールズは結局は膝を屈してしまう。その繰り返しの人生だ、と齢を重ねたチャールズは気が抜けたように笑う。

この映像で改めて確かめた。ジャック・フロストに揺らぎは見えなかった。

明確に、忠輔と同じ場所に立っている。共鳴。

「だが……無理なものは、無理だ……」

自分の理性的な指摘が、なぜこの場では譫言のように響くのか。世界が逆さまになっている。

「発射態勢をとらせないことなら、たやすい」

寡黙な男が淡々と言うから、現実感が麻痺するのだった。

「通常兵器は、確実に機能不全にさせられるということだな？」

忠輔は確かめ、さらに先に進む。

「発射させない。それだけでも大きい。少なくとも、被害が他の土地に及ぶことはない。それは朗報だ。だが、核兵器の管理者たちが自暴自棄になり、その場で核反応を起こそうとする、というシナリオにも備えておかないと。ジャック、あなたはそれもハンドリングできる？」

「できる」

簡易な返答が信じられなかった。

「世界中に、どれだけの兵器があるか分かってるのか？」

しつこくても、まだ自分が重しにならなくてはならなかった。明確な使命だ。

「ミサイルだけで何十万発……しかも、核弾頭がある。その、なにもかもを使用不可にできると、あなたは言うのか？」

「そう、核だ。そこが肝だ」

忠輔も夢から覚めたような様子になった。

「核弾頭こそ最難関になる。という理解で良いだろうか？」

忠輔の問いに、ジャックは静かに頷いた。

「たとえば、ウラン２３５に中性子が衝突するのを、防ぐこともできるというのか？」

核爆弾が爆発に到る原理についてチャールズが口にすると、しばらくの沈黙のあと、ジャックが選んだ解答は、

「アメリカで、やらされたことはある」

という桁外れのものだった。

「何だって?!」

さしもの忠輔も目を剝いた。チャールズは言うに及ばず。

この男は核反応を止めた実績があるというのか？

2

チャールズはふと、一緒に映像を見守っている者たちの顔を確かめる。この話について来られているだろうか？

疑わしい。専門用語も多く使われている。だが鴇田隆児など、瞬きの間も惜しい様子で身を乗り出している。何十年も前の忠輔の問いとジャックの答えを、呆然としながら見つめている。

「アメリカで……核反応を止める実験をさせられたのか？　それはいつのことだ？」

「捕まっていた頃」

「と言うと、十年以上前か」

ジャックは頷き、忠輔の質問攻めが始まった。気づけばかつてのチャールズ自身も加わっている。じっとしているなど無理だった。

「すでに成功した実績がある。それならば、朗報だ」

「だめだ、検証しなけりゃ！　本当にできるかどうか！」

「チャールズ。それはもっともだ。だがどう検証する？」

　忠輔は眉間を押さえつつ算段を始める。

「放射性物質を手に入れて、私的に実験してみるわけにもいかない。では、日本原子力研究開発機構《JAEA》に協力を仰ぐか？　いや、政府にダイレクトに働きかけた方がいいな。原子力規制委員会、経済産業省……岩見沢さんに話した方が早いか。ともかく、やるべきことを尽くそう。妥協せず」

　科学者として守るべき分を守る。忠輔とチャールズは、その信念に揺らぎはなかったと断言できる。ただし、伝説の男の言は際立っていた。

「できる」

　そう言い切ったのだ。

「できる？」

　目を剝く男たちに詰め寄られても、

「分かったんだ。自分にはできると。摑んだ感覚は失っていない。あの頃より、むしろ力は強くなっている」

　二人は啞然としたが、何か喋らなくてはならなかった。

「たしかに、原理的には……仮説通りに、彼が時間を減速させ、原子の運動を止められるなら……核反応も抑えられることになる」

そんな忠輔に、いや、とチャールズはしがみつく。

「理屈は分かるが、実際にできるかどうかは……いっぺんでもしくじったら、アウトだぞ。核爆発なんだから」

もたらす破壊力は致命的。やはり、言われたことをただ真に受けるわけにはいかない。

「うん。できる、では充分じゃない。絶対にやる、でないと」

忠輔が場を引き締める。すると、灰色髪がわずかに傾き、

「やってみせる。どの国へ行こうか」

と言った。チャールズは思わず天を仰いだ。

「いきなりどこかに殴り込む気か？　無茶だ。あんたが死ぬだけならまだしも、戦争を誘発したらどうする」

「原子炉はどうだ？」

忠輔の提案に、ジャックが目を輝かせた。

「実験施設に小型のものがある。まずはそこで、実地検証だ」

チャールズはこの日、両腕に妙な痺れを感じたことをはっきり思い出した。それが今また復活した。眩暈まで戻ってくる。

いよいよ信じがたい領域に足を踏み入れつつある。引き返すなら今だ、とチャールズは焦ったものだ。

「核の脅威を、世界から取り除く機会が、ついに来たのかもしれない」

だが忠輔は腹を括《くく》った。ジャックに全賭けする気らしい。それがどれほど危ういことが分かっているのか？　やはり自分の役割は、この二人の重し。ヒューズになる。

「駄目だ。そんなに簡単にいくはずがない！」

「いや。チャールズ。考えてもみろ。核を克服できたら、次はすべての暴力を、国家から切り離す試みに移れる。これが成就すれば、国家間の戦争はなくなる」

忠輔の論文の中にしか出てこなかったモデル。というより、ただの空想だ。それを現実にする気か？

「……百年や二百年じゃ、漕ぎ着けられないと思っていたが」

チャールズは言ってしまってから後悔した。腐すのが役割と達観していたはずが、つい希望が噴き出してしまう。戦争根絶。これほど究極の目標があるか。

「これがチャンスか。この、ジャックの力が極大のうちに……彼の寿命があるうちに？　この時代に、留まっているうちに？　何が正しいか分からないけど」

いつのまにか自分も夢の世界に足を突っ込んでいる。二人の圧倒的に強い妄想に取り込まれた。駄目だ戻れ、地に足を着けろ……

いや、僕はそもそも、世界一の悪戯っ子だったはずだ。

「ジャックさん」

チャールズは自分に強いて、ジャックの目を見つめた。

「あんたがいるから、見られる夢があるみたいだ」

ほのかに笑っているだけのジャックに、すがるように言ってしまう。

「頼むから、急に、どっか別の時代に行っちまったりしないでくれよ？」

ところが、即座の答えがない。チャールズは一気に不安になった。

「自分で選べないんじゃないか」

忠輔もそんなことを言い出す。チャールズは後悔し、全てを撤回したくなった。

「これは、さらなる仮説に過ぎないが……彼のこの体質、突然変異で説明がつくとは思えない。彼は、進化の末に現れた必然的な個体である可能性がある」

「おい、今度はなんだ？」

弛緩した笑みで抵抗する。チャールズは、己の表情筋が崩壊したような気がした。

「チャールズ。君と僕が繰り返し議論してきた、種の革新というテーマ。その最前線に、彼が立っているという仮説が成り立つかもしれない」

「いや。僕には強弁に聞こえる」

すると忠輔は自嘲気味に笑ったが、続けるうちに顔が引き締まっていった。

「僕が注目しているのは、彼の意志。強烈な意志だよ」

忠輔は言いながらジャックに顔を寄せた。その目を覗き込んだ。

「彼は、すべての暴力装置から動力を奪いたいと、心の底から願っている。その結果、彼の意識は、それを可能にするための方法に辿り着いたのではないか？　彼の持つ時間に影響を与える能力が、〝火を消す〟方向に特化されたんだ」

「なるほど」

チャールズは心を込めずに頷いてみせた。

「君の伝えたいことは分かった。僕が納得するかどうかは別として」

「納得しなくていい。批判してくれなくては、仮説に芯が通らない」

屈託なく笑う。その笑みにジャック・フロストも魅せられているのが分かった。

「ほんものの自由――つまり、時間の軛をも超えるところまで、彼の意識は到達したのかも知れない。生物進化の目的が、さらなる自由の獲得だと仮定した場合、彼の到達した地平にはとてつもない意味があるぞ、チャールズ」

「ジャック。どうかこの男を、信用してやって欲しい」

チャールズは思いあまって懇願していた。伝説の存在を相手に。

「あんたと同じぐらい希少種だ。僕がどこでだって証言するよ。この馬鹿正直なお喋り男は、自分の人生の一分一秒を、世界を変えるために使ってきた。たぶん、死ぬその日まで喋りまくってるよ。殺し合いをなくすためにな。それは、あんたも同じだろう？」

神のごとき男の、真正面からの眼差しをチャールズは受け止めた。不思議なことに、その時はまるで難しくなかった。

「アプローチは全く違う。だけど、信じられないかもしれないけど、同じ志を持って生きてきた双子の兄弟なんだ！　よく出逢えたな……僕からすれば、この二人が同じ時代に存在してることが、夢だ」

　独特の感想だと自分で思う。だが忠輔は、満面の笑みを返してくれた。

「そうかも知れないな。これは千年に一度のチャンスだぞ、チャールズ」

　忠輔は目を輝かせ、居住まいを正して申し入れた。無二の仲間となった男に向かって。

「生きているうちに機会が巡ってきた。最大限に活かしたい。あなたの能力の最大値を測っておきたい。何ができて、何ができないのか。おのれを知っておかないと、命を無駄にすることになる」

　ジャックは頷いた。

　その顔がホワイトアウトする。フッテージの終わりを示す〝ＥＮＤ〟の表示が浮かび上がった。

3

「ズヴェズダが捕まった」

アレクセイ・フョードロフは言った。

南極から届く情報を総合し、吟味した上でのことだ。

「ズヴェズダが……」

何という間抜けな台詞。これが、自分の口から出たのか。弟の名を唖然と繰り返すのみとは。魯鈍《ろどん》め！　最低限の目標も達成できなかったとは。核をグリップして世界に脅しをかけることぐらいはできると思っていたのに、あっさり拘束された。核ミサイルのロックの解除に成功しかけていたのに、なぜ、やり切れなかったのか。

侮蔑の念が止めどない。弟も口だけの男だった。少し前の通信での、あの怯えよう。本気で伝説の存在に遭遇したと思っている様子だった。幻覚に負けるような男とは思っていなかった。たかがセキュリティシステムではないか！

ふいに、フョードロフの心にも怯えが過ぎる。都市伝説は事実。トゥルバドールは南極に潜んでいた。それが真実だと？　馬鹿な。絶対にありえない。

だが、真実はどうあれ、人々がそう思い込めば厄介だ。大国の武装解除時代。あの悪夢が再来するとなったら……由々しき事態だ。

悪夢の再現を狙っている人間は限られる。黒幕だ。世界連邦を無理やり成立させた連中。とりわけ、かつての世界一の悪ガキが裏でほくそ笑んでいるに違いない。

あの死に損ないならどんな詐術でも使う。世界連邦に歯向かう者を容赦せず、手ひどい罰を与える。そういう男だ。なぜまだ生きている？　それ自体が詐術だ。トゥルバドール同様、都市伝説並みに馬鹿げている。まもなく百歳！　くたばっていれば話はもっと単純だったのに。

怒りが収まらない。もはや一秒も許容できない。あの男の存在を。

この勝負時に、二の足を踏んでいる暇はない。邪魔だと思ったら排除。

あの総元締めをこの世から消滅させなければ我々の勝利はない。

もはや許可も要らない。前振りはしてある。事後報告で充分。将軍たちは、喜ぶだけだ。

今すぐ命令を下す。確実にミサイルを撃ち込むためには、極秘で泳がせている原子力潜水艦を使うのが最善。常にターゲッティングはしてある。号令ひとつで東京に飛ぶ。

フョードロフは指令を送った。

あの男は身を守るのが得意。妙な絡繰りも、異常な兵器も駆使して、二重三重に身を守っているに違いない。だが、ウルが開発した巡航ミサイルは最高度のステルスタイプだ。たとえ大半は撃ち落とされようと、一発は必ずターゲットを射抜く。

楽しみだ。あの長生きしすぎた怪老の命はごくわずか。

これで劣勢を覆せる！

4

「冬馬、聞こえてるか？」

チャールズが唐突に言い出したので、鴇田隆児は愕然とした。

この邸宅が、冬馬に繋がっている？　アフリカにいるはずだ。しばらくは会うことも、話すこともできないと思い込んでいた。

「ラゴスから見ていたな？　今、ここで流した映像も」

『は……はい』

声が聞こえた。間違いない。隆児が勝手に師匠と呼ぶ男だ。

「分かってるな。世界はお前にかかってる」

『そ、そう言われましても……』

モニタの中にフレームが浮かび、冬馬の顔が映し出された。隆児の身体が熱くなる。ということは、この部屋にいる自分の姿も向こうに届けられていたのか。

裏付けが取れた気がする。自分がここに呼ばれたのはやはり、冬馬のおかげだ。礼を言いたかったが、今は馴れ馴れしく呼びかけられない。隆児はせめて、この部屋の壁や天井にあるドームカメラらしきものに向かって目で訴えた。本当に感謝していると。師匠に伝わることを願って。

「冬馬。お前がプレッシャーに耐えられる男だから言っているんだ」

チャールズは激励した。

「もちろんアイリスも頑張っている。おまけに公安の樋口君も。一人で南極に乗り込んで頑張った。仁戸田君の肝いりだ、頭が下がるよ」

隆児が仁戸田を見ると、顔を伏せていた。コメントする気はなさそうだ。

『極秘ミッションですか？　樋口さんが密命を受けて？　そうだったのか……』

冬馬は驚いている。

「あの男も、伊達《だて》にシールドキーパーじゃないんだ。それなりの責任を負ってもらわないとな」

隆児は察した。チャールズは仁戸田に向かっても言っている。

「冬馬。分かっているだろう。僕らの世代から続く世界との関わり。お前の祖父母も、忠輔も、人々のために命を燃やした。僕の命はまもなく尽きる。お前たちの世代に託すしかないんだ。許せよ」

『託されるのは、光栄です。精いっぱいやりますが……』

自信のなさが海を越えて届く。隆児は励ましたくなる。師匠、と呼んで笑われようか迷った。少しでも場を和ませたい。

「しかし、お前は」

だがチャールズの語りは淀みない。

「イサ・オビク司令官の説得に成功した。そうだろう？」

『ええと……』

この部屋にいる全員の視線がラゴスの刑事に集まった。

冬馬は少し咳払《せきばら》いしてから、頷いた。

『はい。そうだと思います。お待たせしてしまいましたが。オビク司令もここにいます』

「よし。アイリス。聞いているな？」

チャールズは勝《か》ち鬨《どき》のようにトーンを上げた。隆児はまた驚かされる。この部屋は、彼の孫とも繋がっていた。

「アフリカは暴帝たちを退ける。ヨーロッパとともに世界市民を守るのだ」

この老人の部屋を中心に世界が結びついている。重要人物全てがここに思いを寄せている。隆児は、目眩くような思いに陶然とした。

モニタには、義足の刑事の美しい顔が映る。隆児もモスクワで世話になった。

『了解しました。朗報をありがとうございます』

アイリス・ディキンソン・神村は言った。オビク司令の決断を、首を長くして待ち望んでいたのだろう。画面の中の冬馬が嬉しそうに笑った。真っ先に朗報を届けたい相手に違いなかった。おそらく今も、直接声をかけたいはず。隆児は冬馬のプロポーズの瞬間を見届けている。

だが冬馬はアイリスと話すことを遠慮している。老人たちに敬意を払い、個人的な思いは抑えている。

『ソフィア・サンゴール事務総長も、ちょうど今、この朗報を知りました』

アイリスが報告した。国連事務総長と親友同士だというから、常に繋がり合っている様子だ。

「アイリス。これからは、オビク司令と直接やり取りしろ。緊密な連携で、あの狡猾なロシア人を打ち負かせ」

最高齢の老人は、若さに溢れた檄《げき》を飛ばした。この人は世を去るその日まで闘士だ。隆児の血も自ずと燃え立つ。

「冬馬、よくやった。アフリカに乗り込んで、アフリカの魂を味方につけたな」

『望月さんに助けられました』

冬馬の答えに、隆児は意表を突かれた。あの望月友哉か。国連で会って挨拶はした。隆児の受けた印象では、取り立てて目立つ男ではなかった。かつてジャーナリストだったという中肉中背の、頼り甲斐があるようには見えないあの男もラゴスに派遣されていた。そこで冬馬を助けた？　画が思い浮かばない。

「そうか。友哉も今、そこに？」

『今はちょっと外しています』

「うん。そうか。にしても冬馬よ、ちょっと一息ついて欲しいところだが、すまん。ほぼ戦時下という状況は変わっていない。酷なようだが、次の任務に向かって欲しい」

『了解しました』

すぐ応じる冬馬も冬馬だと思った。シールドキーパーに休みはない。そう自分に任じているのは分かるが、心と身体が保つのか。

「ソフィア・サンゴールと話し合ってくれ。彼女はシールドキーパーを必要としている」

『分かりました！』

「ただしな、冬馬。くれぐれも気をつけてな。えこひいきと言われようが、特にお前には死んで欲しくないのだ」

そう言い切ってから、老人は悪戯っ子そのものの笑みを見せたのだった。

「自分のためにというより、アイリスのために死ぬな」

隆児はハッとした。チャールズもプロポーズのことを知っている！

画面の中の冬馬を確かめると、茹《ゆ》で上がったような顔になっている。隆児も微笑まずにいられない。

「アイリスに気を持たせておいて、死んだりしたら、僕はお前を一生許さないからな」

チャールズが追い打ちをかけると、

『そうです。チャールズさん。俺は死ねません』

冬馬は観念したように言い出した。

『アイリスと結婚するからです。祝福してもらえますか』

隆児の胸の中で喜びが弾けた。よくぞ言った、と生意気なことまで思う。

「もちろんだ」

チャールズは満足げに頷いた。

「式の準備もしておくぞ！　スピーチも考えてある。お前にもましてアイリスを絶対に助けるし、お前が死ぬことも絶対に許さん！　覚悟しておけ」

支離滅裂な命令にも、冬馬はただ頭を下げ続けている。岩見沢も、仁戸田までが笑っていた。戦時下でこんなふうに和める。なんて幸せなひとときだ。

同じ部屋の面々の笑顔をちらり、と満足げに見たチャールズは、顔を引き締めた。

「僕は残された命で、シールドという技術をどう後世に残していくか、最後まで考え続ける。忠輔のアーカイヴもしっかりこの世に残すんだ。人類に最も必要な叡智《えいち》と技術だから」

隆児は思わず頷く。

彼がこれほど長く命を保ってきた理由は、この尽きない執念だ。

「人類は確実に進化する。社会は新たな階梯に達する。それをやるのはなぜか僕たちだった。佐々木の血とディキンソンの血、吉岡の家と一柳の家だ——何の因果か、僕たちの一族が、世代を超えてやりとげる運命だ！」

愉快さを爆発させた悪戯っ子のように腹を抱える。チャールズはまるでこの場の最年少のようで、次の瞬間には最年長の威厳を纏う。

「これだけの重みを、肩に載せるのは忍びない。それでもお前たちは、素直に引き受けてくれる」

『背負いますよ。きっと忠輔さんも、それを望んでいるから』

冬馬が強い声で返してくる。チャールズの目が潤んだ。

「だからお前に任せられるんだ。僕は安心して逝ける。僕に言わせれば、忠輔の真価はまだ伝わっていない。仰ぎ見る人間は確かに増えた。だが、生き方を真似しようとはしない。茨の道だと分かっているからだ」

画面の中で頷く師匠を見ながら、この人は違う、と隆児は思った。吉岡冬馬は佐々木忠輔の道を辿ろうとしている。〝説教師〟を受け継ぐ気だ。

「あいつは、人類の誰よりも考えに考え抜いた。〝人道〟というものを極め抜こうとした。ただし、それを大勢に渡して、社会を変えるところまで行くには百年単位の時間がかかる。それを縮めてくれたのがジャックだが、彼の気配が消えたとたん世界中の悪意が息を吹き返して、世界を壊し始めた。実に感慨深いね。僕の父親の亡霊が、墓から出てきて飛び回っているかのようだ」

『まるで遺言のように聞こえますよ。縁起でもない』

隆児がまさに感じていることを、冬馬が口にした。チャールズが口許を歪める。

「遺言になるかもな。いま、感知した。僕の家にミサイルが向かっている。日本海のどこかから発射された」

「えっ」

『そんな……！』

「冗談ですよね？」

『おじいさま』

いぶかしむ声、心配する声が、部屋中と世界中から届く。全員がただ戸惑っている。チャールズの冗談は複雑で、受け止め方に困るのが常だからだ。

「うん。さっきアラートが出た。僕も黙ってやられるつもりはないよ。備えはしているが、原子力潜水艦が備えるミサイルの威力によっては、危ういかもしれん」

「まさか。日本海に原潜が？」

仁戸田公安部長の様子が一変した。冗談ではないと確信したらしい。

『フョードロフですね』

孫娘からの真剣な分析も届く。

『ウルに原潜まで造らせていた』

「あるいは、ロシア軍時代の物を、隠しおおせていたかだ」

祖父はしごく真面目に返した。隆児の頭に血が昇り、手足から血の気が引く。この邸宅にまもなく、ミサイルが直撃するのか？

「冬馬。ジェネレーターの可能性を引き出せ」

ところがチャールズは、次の世代にアドバイスを送ることを優先した。

「ただ身を守ること以上のことが、できるはずだ」

『それは……』

冬馬が戦きながら答える。

『兵器を、使用不能にすること、ですか？』

「そうだ。その先に何ができる？　核反応を止めることも、できるかもしれない」

冬馬が絶句するが、チャールズはお構いなしだった。

「冬馬。自分の力を疑うな！　お前は世界最高のシールド使いだ。最大値を引き出すんだ」

『チャールズさん。俺のことより……退避してください。どうか身を守って』

「冬馬。心配するな。アイリスも！　僕を誰だと思っているんだ？」

全世界に宣言してのけた。隆児はその傍らで、祈るように見つめる。

信じていいのか？　このままここに留まっても、生き延びられるのか。

「みんなに命じる。持ち場に戻れ」

そう言うと、チャールズ・ディキンソンはコンソールにコマンドを打ち込む。

画面から全ての顔が消えた。

Ⅶ　プレリミナリーズ

1

俺は先祖返りしたわけではない、とフランクリン・チャンは思った。

ＦＢＩ特別捜査官という身分でありながら、西アジア警備隊《WAG》の司令官・梁子墨《リャン・ズームォ》に靡いたのは、自分の血統が関係しているわけではない。チャンが関心を持つのは現在と自分のことだけで、誰が勝つかにベットしただけだった。

良きアメリカ市民として生きてきたが、いずれはドロップアウトするつもりだった。アメリカ的なるものには飽き飽きした。とうの昔に、大国のプライドも人種的寛容さもアメリカンドリームの壮快さも失われた。新鮮味を失った大国に仕えても何も得るところがない。もっと野心的な土地の、野心的なリーダーに取り入るべきだ。北米警備隊《NAG》司令官のジェンキンスはただの復古主義者で、しかも感情的すぎる。

ただし、ジェンキンス以上に我慢ならないのは、国連の空々しい理想主義だ。ぶち壊したくてたまらなくなる。それがテロリストと同じ資質だと自分で分かっていた。地頭がいいからFBIの方に入ったが、価値の高い機密がいくつも懐に溜まったところで、すぐさま西《W》アジア《A》警備隊《G》に売り込んだ。あなたたちの勝利のために自分ができることは山ほどあるとアピールした。必要なら、国連本部内の誰でも殺すと請け合った。

梁は受け入れてくれた。北京に招いてくれさえした。

いざとなればソフィア・サンゴールの首を取れ、と平気な顔でチャンに告げた。

結果的には、警視庁の忌々《いまいま》しい最新技術のおかげで命は奪えなかったものの、梁はチャンへの評価は下げないでくれた。それどころか、新しい仕事の依頼をくれたのだ。

「熟練の諜報員としての君の仕事に期待している。今度は、オセアニア《O》警備隊《G》にダメージを与えてくれ。我々の当面の敵だ」

そう言われ、最前線へのパスポートをもらった。梁の艦隊とクリスティン・ウォーカーの艦隊がぶつかるであろうフィリピン海へのフリーパスだ。さっそく現地に入ったチャンは、最前線で指揮を執る西アジア警備隊の三人の分隊長と打ち合わせした。陸路でぶつかる可能性のあるフィリピンのミンダナオ島で待ち構えるべきか。あるいは思い切って東ティモール。いっそのことオーストラリア本土に乗り込んでしまう。オセアニア警備隊に投降したふりをして一気に司令部に迫る作戦はどうか。最上の成果は言わずもがな、司令官クリスティン・ウォーカーの抹殺だ。

あのうるさいウーマンリブの権化みたいな奴を暗殺できれば、オセアニア警備隊はショックでガタガタになる。そうすれば梁子墨の勝利は確実だ。サキという、ウル直属の女テロリストがドイツ人司令官、ハリエット・リヒターを暗殺してのけたことにチャンは引け目を感じていた。同じレベルの手柄を立てる必要がある。成功すれば、新しい世界秩序が確立した暁には、自分の地位も盤石となる。

すでに国連には相当なダメージを与えた。だから梁もこれほど評価してくれた。国連事務総長室の爆破は世界市民に対する脅しになったのだ。世界は野蛮な場所であるとしっかりアピールできた。

俺はもっとのし上がる。またとない乱世を利用してとことんまで上り詰めてやる。

だが、チャンの華々しい野望は早々に危うくなった。ミンダナオ島のポロック港で南に向かう船を選んでいる最中、いきなり背中から罵声を浴びせられたのだ。

「おい。このクソ裏切り野郎」

さしものチャンも固まった。こんな不意打ちを喰《く》らうとは……振り返って愕然とした。

なんだこの男は？　なぜここにいる。

顔を知っている。自分と同じ裏世界の住人。同業者。

日本の公安刑事だ。

「てめえはひとかどの人間のつもりか。勝ち組だってか。おめでたいにもほどがあるな。それでうまく立ち回ってるつもりなんだからな」

最速で腹が立つ。なぜこんなにも脇腹をえぐれるのか？　いったいどこから現れた。どうして俺の足取りを追えた。まるで分からないから不気味だ。

「サンゴール事務総長を殺《や》ろうとして失敗したくせによ。他のコマンダーなら殺れるとでも思ったか、馬鹿野郎が。てめえは、守護天使がついてる側に喧嘩を売っちまったんだよ。お前の愚かな選択を地獄で後悔しろ」

この罵詈雑言《ばりぞうごん》を止めなくてはならなかった。今すぐ。

「日本の公安とはその程度か」

低い声で凄む。すでに右手はジャケットの懐に入っている。

「諜報員のくせに、国連の犬になれて幸せか？」

「貴様こそ、古い帝国主義と心中するつもりだ。恐ろしく、ダサい」

相手は全く動じなかった。名前を思い出す——樋口尊だ。警視庁公安部の象徴のような男。

「協調や平等を信じる者の方が格好悪い」

退いてはならなかった。メンツを潰されたくない、というオスの本性が勝つ。

「お前らは軟弱な羊飼いだ。せいぜい一生を無駄にするんだな」

「羊飼いだと？」

公安刑事は首を傾げた。このパンチは効いたようだ。

「ふむ。そうだな……俺は変わっちまったらしい。自分でも怖いが。まるで正義のヒーローになっちまった。らしくねえ」

急に反省し出した。この男はまともではない。

「だけどな、ちっとも後悔してないんだな、これが」

そう言って口許《くちもと》をひん曲げて笑った樋口を見て確信した。まさに正気を疑うレベルだと。

「どのみち、俺たちは勝ってしまう。それが約束されてるしな」

「何を言ってるんだ貴様は？」

チャンは素早く逃走ルートをチェックし、丸腰に見える相手の全身を注意深く観察した。

どこかに武器があるはずなのに、見当がつかない。なぜだ？

「お前は、自分のためなら誰でも殺すゴミだろう。そんな奴が、敵うわけがないんだ。世界連邦を作り上げた超人たちにはな。憐れだよ」

いったいこの男はいつから頭のネジが飛んだのか。敵を罵倒することばかりに熱心な公安刑事など恐るるに足らない。ところが、この男の罵詈雑言はチャンの肺腑をえぐってくる。眩暈を覚えるほどの怒りに駆られながら銃を取り出した。引き金を引き絞る指は迷いを知らなかった。

にもかかわらず、引き金を引くことはできなかった。

気がつけば指と引き金がくっついている。そのくせ、撃鉄は固くてビクともしない。何が起きたかまるで分からなかった。

「『氷のレガータ』を読んでないのか」

せせら笑うその様は確かに、日本や世界の闇を覗いてきた公安刑事のそれだった。ＦＢＩ仕込みの自分がそれに劣るわけがないのに、ここまで気圧されるとは。

「無理なんだよ。世界はとっくに変わっちまったんだ。戻ったって後ろは塞がれてる。なんで将軍たちに伝えなかったんだ？　お前らは骨董品《こっとうひん》だって。もう誰からも必要とされてないんだって。憐れだな全く」

こいつは本当に公安刑事か？　口の悪さ。目つきも暗い。属性は表に現れているのに、不思議な品も放っている。何よりの違和感は、目の奥の温かみだった。どう考えてもおかしい。

後悔がチャンを捉える。なぜアメリカを捨ててアジアに向かってしまったのだろう？　俺はわざわざ死地に飛び込んでしまったらしい。生涯最大の過ちだ。

「お前のボスに伝えろ。天安門広場で起きたトゥルバドールの降臨を、再現してやるってな」

チャンの耳に、馴じみのない風音が届く。よく聴けば、遠い果ての大陸から吹き寄せるブリザードのようだ。いつのまにか身体の芯から震えている。

2

これがまもなく二十二世紀になろうという世界の光景だろうか。

大海原に膨大な数の艦船が航行している。まるで第二次世界大戦当時のような海戦の陣形が再現されている。世界連邦が成立してから、各ユニヴァーサル・ガードに許された兵器の種類が厳しく限られたため、何よりミサイル基地の建造が禁止されたためだ。核戦争の脅威が消えた、これが代償。忌まわしき時代のリフレインだ。

クリスティン・ウォーカーが敵として対峙するのが、先日は東アジア。今日は西アジアだ。つつましき南半球。世界史の主役となったことのないオセアニア。生まれも育ちもオーストラリアであるクリスティンが率いる部隊が、長い伝統を誇るアジアの大部隊と続けざまにぶつかる。こんな女が歴史上いたか？　と思うと、クリスティンの顔にこれ以上ない苦笑いが浮ぶ。

歴史に名を残したいと思ったことはない。無事に任期を終えられることだけを望んでいた。だが、今度こそ無事には終わらない。〝梁将軍〟が密かに軍備を増強していないはずがなかった。レーダーに映る、北から押し寄せる艦影の多さは異常だ。ウルが戦艦まで開発製造しているという報告はなかったが、ウル製のものも、梁が独自に用意しておいたものもあるのだろう。撃ち合いになれば、オセアニア《O》警備隊《G》の艦船は少しずつ沈められてゆく。それは避けられない。戦場では数こそ正義だ。手をこまねいていれば戦力が削られ、警備隊員《ガーディアン》たちの命が失われる。

前線だけではない。敵は司令官の暗殺も狙ってくる。ハリエット・リヒターの二の舞にはなれない。特殊部隊や誘導ミサイルにも警戒しなくては。相手方が専守防衛の原則を破って攻撃をしかけてくれば、国連決議にかけて相手司令官を罷免《ひめん》しようとしても間に合わない。無法者が、おとなしく法の裁きを待つはずもなかった。もちろん国際司法裁判所には訴える。だが、裁判所命令に従って、世界中の警察機関が名刑事を動員したとして、交戦中の司令官をどうやって逮捕するというのか?

公正な民主主義の限界。良識を守る側が、非道な暴力に立ち向かうにはどうすればいいのか。永遠の課題が今また突きつけられている。

しかも、偵察隊から新たな報告が届いた。全く新しい艦影が見つかったという。北東からフィリピン海にまっしぐらに向かっているというのだ。クリスティンは絶望しかけたが、

同じタイミングで届いたのは親友からの通信だった。事態を察知し、絶望が希望に変わる。

「ソフィア。どうやったの?　ありがたいけど、北東から艦隊が来るなんてびっくりした」

『私自身の権限で動かしました』

クリスティンの問いにソフィアは、いささか得意げに答えた。

「東アジア警備隊《EAG》よね。武装解除を担当したからすぐ分かったけど、だからこそ、すぐには戦闘態勢に戻れないと思ってた」

『あくまで有志のみですが、それでも、別働隊の半分近くのガーディアンが集まってくれた。私の指揮下に入ることを受け入れてくれました』

「そうだったのね！」

『法規的にはギリギリの措置です。のちに国連総会で問題にされるでしょう。でも今は、私の権限をフルに使います。あとのことはぜんぶ、ジェネラルズの暴挙をくじいてから考える』

「感謝するわ。士気はどう？」

『高い。彼らは、雪辱に燃えているから……信頼を裏切り、世界連邦に牙を剝いた自らの部隊に恥じ入っています。西アジア警備隊《WAG》の暴挙に対しても義憤に燃えています。あなたの部隊と連携し、フィリピン海で戦闘が発生した場合、ただちに援護します。まもなく梁司令にも察知されるだろうけど』

「いてくれるだけで大きいわ。西アジア警備隊の艦隊は、挟撃を食らう格好になる。さすがの彼らも困るでしょう。でも、あなたはニューヨークに縛りつけられたままでしょ？　現場で指揮を執る人は……」

『別働隊のリーダーだった常咲《つねさき》分隊長です』

それはクリスティンの予想通りだった。

「やっぱり彼しかいないか。武装解除の時、直接話をしたけれど。信頼できると感じた」

『ええ。彼の方も、クリスティン、あなたを信頼していた。今回の出撃を喜んで志願してくれました。彼は元々は、茂木さんの秘蔵っ子だった。でも、最近の茂木さんの言動に危機感を抱いていた。そこで、本隊ではなく、志願して別働隊を率いていたのです』

「うん。私も聞いた。蜂起の際はすでに、茂木に遠ざけられていたから、私たちの部隊に応戦しないでくれた。彼の指導力は期待できそう。しかも、世界市民の守護者としての自覚がしっかりある！ 百人力よ。これでフィリピン海で勝てる」

『もう一度、梁司令と交渉のチャンネルは開こうと思ってる。折れてくれるとは考えづらいけど、向こうも状況が変わったと知ったら考えを変えるかも知れない。常に無血での終戦を目指す、国連事務総長としてのスタンスに変わりはないから』

「もちろん交渉の席には私も呼んで。梁はリアリストだから、妥協の余地はあるかも知れない」

クリスティンの力強いコメントに、ソフィアも力を得たようだ。

『流れは私たちに来ている。先ほどイサ・オビク司令は、我々側につきました』

「本当に！」

クリスティンは飛び上がって小躍りしたくなった。

「やったわね……このままの勢いで、将軍たちを早めにギブアップに追い込めたらベストだけど」

『目指しましょう』

晴れやかな表情を交わした後、ソフィアの眼差しが翳《かげ》った。

『ただ……チャールズ翁が』

「え？　チャールズ・ディキンソンがどうかしたの？」

『……いいえ。あの人は大丈夫。だれよりも長く生きてきたんだもの』

「ソフィア？」

気になったが、ソフィアはそれ以上詳しくは語らないと決めたようだった。

『いまはお互い、自分の仕事に集中しましょう。目の前の障害をしっかり片づける』

3

アレクセイ・フョードロフは、ポーランド全土を睨めるベラルーシのミンスクに極秘裏に陣を張った。ベルリン攻略という中期目標を成功させるためだ。この司令部から歴史的な戦いの采配を振る。まずはワルシャワを手に入れる。その後、数日間のうちにベルリンも確実に陥落させる。

自信にあふれていた。南極ミッションが失敗に終わったことは手痛い失点だが、チャールズ・ディキンソンに対するミサイル攻撃を命じたことで気分はいい。着弾はまだだ。成否は分からないが、二の矢、三の矢もすでに放っている。あの怪物的老いぼれの命もあとわずか。

ともかく、もはや抑制の段階ではない。必要だと感じたら攻撃の封印を次から次へと解く！　専守防衛などという言葉は、あの世で唱える呪文と同じ。戯言は死んでから言えばいい。躊躇いや自制は害悪だ。

密約を交わしているイサ・オビクの腰が重いことだけが気がかりだったが、楽観している。ウルによる戦力増強に気をよくしていたし、オビクには最新兵器の提供を約束してもいる。あのナイジェリア人のリアリストぶりは疑う余地がなかった。彼は必ず、勝つ方につく。自分が勝ち始めれば、黙っていても勝ち馬に乗ってくるはずだ。

さあ——思った通りだ。フョードロフはほくそ笑んだ。

久しぶりにコールが届いた。アフリカ方面から。

アフリカ警備隊《AG》司令部が発言する。全コマンダーに向けてスピーチするようだ。いよいよ旗色を鮮やかに示す時だと知ったらしい。フョードロフはオビクが喋り出すのを待った。

そして仰天した。

『私、アフリカ《A》警備隊《G》司令官イサ・オビクは、全警備隊に戦闘の停止を要請する』

その宣言は、衛星回線の許す速度で、瞬く間に世界中のコマンダーに共有された。

なんだと――話が違う。頭がぐらつく。視界が暗い。これほどの衝撃はいつ以来か。気がつけばジェネラルズの専用回線が起ち上がり、たちまち活性化した。

『フョードロフ。どういうことだ』

恰幅《かっぷく》の良い中国人が自分に向けてがなった。

『オビクは、我々の側につくのではなかったのか』

数秒の沈黙の後、フョードロフはどうにか答えた。

「土壇場で、怯えが出たのだ」

そうに違いなかった。本物の世界大戦に怖じ気づいてパニックになったのだ。

「オビクは、曖昧《あいまい》な中立に逃げ戻ろうとしているだけだ。いまケツを叩く」

そして直接コールした。だが応じない。明らかなサボタージュだ。

フョードロフは激怒を抑え、舞い戻ってアメリカと中国の将軍に伝えるしかなかった。

「だれかがオビクを籠絡したらしい。おかしなことを吹き込んで、離反させたのだ」

『勝手なことを言うな。貴君が太鼓判を押すから信頼したのだぞ』

低い声に怒りが籠もっている。趨勢が大きく変わるのだから当然だ。

だが次の瞬間、叛逆《はんぎゃく》の三将軍が平等に驚愕した。

『勝手を言っているのはどっちだ』

回線に割り込んできたのは、当のアフリカ人だった。

フョードロフは失念していた。オビクには、すでにジェネラルズ専用のトークルームの入室キーを与えていたのだ。恥の上塗りをした格好だった。

『私は、諸君らに連座すると明言したことはない』

生粋のナイジェリアの軍人は、武の道に生きる者独特の質実剛健さを見せつけた。

フョードロフの舌打ちが回線内に響く。動揺を隠すことも諦めた。

『しかし、貴君は、我々に靡いていた』

梁が詰め寄るが、映し出されたオビクの顔は巌《いわお》のようだった。

『最後まで戦況を監視し、分析した上で自らの出方を決めるのは軍人の基本的な振る舞いだ。利己的な動機でしか動けない諸君らにへつらうほど、愚かではない』

思った以上に痛烈な返答だった。将軍たちの顔が赤くなったり黒くなったりする。

『馬鹿を言え風見鶏が』

ヤンキー将軍は脳天から怒りが噴き出しているように見えた。

『風向きを見て日和《ひよ》っただけだろう。許さんぞ』

『馬鹿はどっちだ。貴様らは根っからの搾取階級だ。アフリカ人の怨嗟《えんさ》など考えたこともあるまい』

静かな怒りが弾けた。そこには歴史的背景がある。

『アフリカ系を痛めつけてきた罪深い国のくせに！　貴君らは我々を、所詮は奴隷《どれい》の集まりだと見下している。我慢ならない。貴様らこそ旧世界の亡霊だ。これを機会に一掃してやる』

これほどの怒りが秘められていたとは。その威厳に、将軍たちも一瞬言葉を失った。

4

オビクの背後で、彼の怒りの放出を見ていた冬馬は、感動した。なんと正しい怒りだ――いまこそ世界市民が、アフリカの民に借りを返すチャンスだ。旧世界の亡霊を今度こそ葬り去りたい。差別と不公正の源を絶つのだ。冬馬は、国際犯罪を追う刑事である自分の権限を思う。

世界連邦革命以前は、国家の戦争犯罪を裁くことができなかった。国家元首を取り締まれる警察権力がなかったからだ。革命後にようやく、ユニヴァーサル・ガードと、国連事務総長が認めた各国の警察組織が、国家元首を逮捕訴追できるようになった。むろん警視庁の刑事も、国家元首や、それに匹敵する権力者を逮捕することが可能だ。前例もある。中東や南米の政治家が、民を弾圧した容疑で有罪判決を受けて収監されている。ユニヴァーサル・ガードの司令官も、茂木一士《かずし》が逮捕されて裁きを待っているが、茂木を最後にしてはならなかった。訴追までの道のりは長いが、将軍気取りのならず者たちを軒並み逮捕し、罪を償わせなくてはならない。

冬馬が胸の中で炎を燃やしていると、一人の男がオビクの横に並んだ。そして断りもなく、オビクが使っているマイクに口を寄せる。

「さてさて。お邪魔しますよ」

信じられない。とっさに止めようとしたが遅かった。

望月友哉が将軍たちに話しかけたのだ。ウェブカメラに、自分の顔をさらしさえした。

「お揃いですね。叛逆軍の皆さん。告げ口しますが、オビク司令官を改心させたのは、警視庁の説教師の仕業です。ご紹介します」

『説教師だと？』

いきなり腕を捕まれ、引き寄せられた冬馬は慌てた。だが友哉はウェブカメラを冬馬の顔にしっかり向ける。将軍たちの部屋に乱入した形だが、畏まって自己紹介などしている場合ではない。

『貴様が、日本産の詐欺師の後継者か！』

ヤンキー将軍が、意外な訳知り顔で声を上げた。

『説教師。佐々木忠輔と岩見沢耕太郎の後継者という意味だな。よくぞまあ、口の減らない奴らを続々と生み出す国だ！　茂木だけがまともな武人だった……貴様らは、口先だけで世界を変えようとする、最も唾棄《だき》すべき連中だ。世界市民などという中身の空っぽな概念を売りつけて全員を骨抜きにしやがって。俺は許さない。茂木は嘆いていたぞ！　貴様らは日本人の風上にも置けないと』

　トム・ジェンキンスはまくし立てた。冬馬の頭に血が上る。何という勝手な言い草だ。言い返したい欲求をグッと抑え込む。

「我が日本の刑事たちの力を、見くびらないでください」

　ところが、無責任に煽ろうとする人間がいる。本人は刑事でもなんでもないのに。

「彼らはトゥルバドールの後継者でもある。これからどんな活躍をするか、楽しみにしておいていただきたいものです」

『望月……貴様、二重スパイだったか』

　アレクセイ・フォードロフがめったにない激怒の感情を表に出した。

『貴様はれっきとした、ウル所属の諜報員ではないか！　国連の情報を流すふりをして、貴様は、逆に……日本人には詐欺師しかいないのか』

「詐欺師。あなた方にだけは言われたくないですね」

　冬馬は唖然とするばかりだった。望月友哉はなんと泰然としているのか。

「世界市民を裏切った恥知らずの皆さん。あなた方は定規で測ったように、そっくりな負け惜しみを言いますね。いやはや愉快。自分の傲慢さを嘆くべきでしょう。誰も彼もがあなた方に靡くと思ったら大間違いだ。権力や軍事力に、全く価値を置かない人たちもいるんですよ。良き世界市民は自分から良識を捨てたりはしない。いつだって、最低限の倫理感を失わないものです。あなたたちのように獣の次元に落ちるような愚か者は今日日《きょうび》、少ないですよ」

冬馬は純粋に感心する。将軍たちが、この男の侮辱をただ聞いてしまっていることに。呆気にとられているのだろうが、友哉の節回しに妙な説得力があるのも確かだった。

『貴様だけは許さん。必ず目に物見せてやる』

ジェンキンスは凄むことを忘れないが、

「そうでしょうね。ただこっちは、許して欲しいとも思わないんでね」

友哉はカエルの小便ほども気にしていない。横でオビクが、さすがに呆れ顔で見ている。

「あなた方に、私が捕まえられると思うならどうぞ。その前に、警視庁があなた方全員を逮捕するので。絶対に」

当の刑事を横に置いて、望月友哉は空手形を連発した。

「楽しみですな。逮捕された後、国際司法裁判所がどんな判決を下すか。まあ、一生獄から出られませんわな。これから目いっぱい償ってもらいますよ。こんなに無責任に、人類を危機にさらしたんですから。せいぜい今のうちに娑婆《しゃば》の空気を楽しんでくださいな。これで武器を置いて投降するならね。まだ情状酌量の余地はありますが。さて、説教師からも一言どうぞ」

　友哉はいきなり冬馬に振った。一瞬あわてるが、心が定まると、自然に言葉が出てきた。

「あなた方は人道に対する罪を犯した。許しがたい大罪だ」

　三人に対して以前から抱いていた思いだった。

「よって必ず逮捕します。あなた方のような人間がのさばる世界は、地獄だ」

　冷静に言葉を選んでいるつもりが、誤解の余地のない糾弾になる。だが、それほどに深い罪を犯した者たちだ。抑える気が起きない。

「恥を知ってほしい。力によって、恐怖によって人間を支配しようとするのは、人間に値しない所業だとすでに証明されている。あなた方も、そう習ったはずでしょう。覚えがないとは言わせません」

『そんな綺麗事しか言えないのか。何が説教師だ』

　ジェンキンスがハエを叩き落とす勢いで言う。冬馬は嬉しくなった。相手の言葉が予想を上回らないからだ。貧しい言葉を浴びせられるごとに、己の使命感が燃え立つ。さて、どこから手をつけるべきだろう。

「ジェンキンス司令。あなたは、裏から茂木さんを焚《た》きつけたのでしょう」

冬馬は静かに問い質した。

『だったらなんだ？』

「報いを受けるべきです。その罪にふさわしい報いを」

『報い？　お前が俺を逮捕しに来るのか。いつでも来い！』

「約束します。俺、警視庁の吉岡冬馬が必ず、あなたを逮捕する」

感情を入れず、決定事項のように伝えた。

『いつからそんなに偉くなった』

茶々を入れてきたのはロシア人だった。

『死に損ないが。お前はモスクワで死ぬはずだった』

このロシア人にしては感情を露わにしている。

「やあ、フョードロフさん。モスクワでは世話になりました。あなたの罪はもっと明白だ。サキを手引きして、俺たちを殺させようとした。これは国際法など引っ張り出さなくても、刑法で裁けるレベルです」

冬馬は自分でも驚くほど辛辣な調子になった。

「俺自身が原告となって訴追できる。待っていてください。あなたが持った過大な権力と武力は、誓って剝奪します」

デスマスクのような不吉な笑みが迎え撃った。

『口だけの三下を大勢見てきた。全員粛清した』

その放言に、ロシアが生んだ暴君全ての肖像がオーバーラップした。

フョードロフの魂はこの世に属さない。地獄にある、と冬馬は感じた。

『口だけ達者な公僕を、我がロシアは最も評価しない。日本という、舌先三寸の詐欺国家の権化め。ゴミはゴミにふさわしい扱いをするだけだ』

「我がロシア？」

聞き捨てならない。はっきりそう伝わるように、冬馬は反問した。

「ロシアはあなたのものですか？　前から言いたかったのですが、いちいち間違っていますね。あなたは」

言葉は自然に湧き出てきた。自分の中に住む〝偉大な叡智〟のおかげだった。

「あなたは国家の化身ではない。この世で誰一人、国家を独り占めすることはできないのに、自らを国家と同等視するのはただの僭称《せんしょう》である証明です。道理と道義の基礎問題を落第するとは、残念の極みだ」

『悔い改めろ。なんのことはない、貴殿はそう言いたいのだろう』

もう一人の僭王、梁子墨が面白そうに言った。

『なるほどな。説教師とは、世界連邦専属の宣教師だ。〝佐々木教〟、もしくはトゥルバドール宗の伝道師というわけだ。やはり我々の宿敵だ』

「それは誤解です、梁司令官」

冷静な反論が冬馬の口を突いて出た。

「宗教嫌いのあなたのお国柄らしいと評価したいところですが、俺は〝人道〟に従っているだけです。シールドキーパーは普遍的な真理にのみ従います」

言いながら、それが真実だと悟った。語りながら真実に突き当たって光に照らされるのは、説教師と呼ばれるようになってから何度も経験した境地だ。そのたびに至福を覚える。

「一方、ジェネラルズとかいう方々は、我欲もしくは支配欲、という下《げ》の下《げ》の衝動の奴隷になり下がっている。これほど明白な真理はありません。梁司令、あなたこそ、中国に引き継がれる強権崇拝の化身ですね。あなた方の民族が誇るべき偉大な知、孔子や老子があなたを見たら、果たしてどう評価するでしょう」

『無駄な仮定はよしたまえ。かつての賢人は、死んだ賢人だ。今は役に立たない』

「いいえ。君子、勇ありて義なければ乱を為す。論語は、いつの時代も変わらない真理を表現しているから、何千年をも生き抜く古典となったのです。つまりあなた方は、揃いも揃って間違った」

いささか意地悪な間を、わざわざ作った。

「一般常識テストの基礎問題の落第生です。全員が、学校の居残り学習の対象者だ」

『その辺にしておけ』

ジェンキンスが乱暴に遮った。

『貴様らを皆殺しにしたくなる。それ以上喋るなら、俺は誓ってそうするぞ』

「いいえ、やめません」

冬馬はあっさり返した。

「これが俺の仕事なんですよ。どんなに憎しみを向けられても喋り続ける、というね。さて、道義計算の解は火を見るより明らか。あなた方は、戦わずして敗者です。これから実際に戦闘を仕掛ければ、さらなる敗北者となる。負けが込む前に武器を置くべきだ。子供でも分かる真理です」

『ご託しか出てこないな。説教師とは所詮、無駄な時間潰ししかできないのだ』

フョードロフが切って捨てようとする。そうはさせまい、と冬馬は呼吸を乱さず、淡々と続けた。

「俺は科学的な事実しか述べていません。算数の問題を解いてあなた方に提示しているだけです。何度計算しても、あなた方が惨めな敗北者だという答えしか出ない」

『こっちは、誰一人納得していないが？』

「納得しようがしまいが計算結果は同じです」

『佐々木教徒め……』

「念を押しますが、約束です。あなた方全員を必ず生きたまま逮捕します」

『不可能だ』

あまりに壮大な冗談に、梁は笑った。だが冬馬はやめない。

「自殺も戦死も許しません。あなた方は、一生をかけて罪を償う義務がある。あなた方のような〝暴力教〟の信者が二度と現れないように、死ぬまで懺悔と改心の日々を送っていただき、その一部始終をモデルケースとして教科書に載せます。それができて、俺の仕事も一区切りつきます。おまけに言いますが、俺は諦めが悪い」

さすがの将軍たちも呆れて口を開けていた。〝説教師〟の神髄を初めて目の当たりにしたのだ。

「必要なら最新ＡＩも活用して、あなた方の生涯と思想と実績を分析し、徳と不徳、罪と罰の数字のすべてを全世界に公表します。あなた方にふさわしい裁きと懲罰を世界中から募るのはもちろん、どうすれば間違えずに済んだのか。あなた方の過ちはどこから始まったのかを世界中の学校で議論してもらいます。人類の格好の教材になるのです」

『つき合っていられない。戦場で会おう』

梁が早口で言った。心なしか恐れをなしているように見えた。ところが、他の二人は違う。憎しみも露わに冬馬を睨んでいる。

『ＡＩで分析だと？ どうせ、チャールズ・ディキンソンの妄想でできたＡＩだろう。あの怪物みたいな老いぼれが、今にも死なないかどうか。気にかけた方がいいぞ』

　これは犯行表明。自白だ、と冬馬は呆れた。チャールズの身が心配だからこそ、冬馬は表情も変えず言ってのけた。

「あの人がミサイルなんかに負けるとお思いか。甘い！」

　叱りつけるような口調になる。さしものロシア人も目を剥いたが、すぐに冷たい眼差しに戻るところはさすがだった。

『私はヨーロッパを叩き伏せる。アフリカが来ようが来まいが、必ずな。ヨーロッパの司令部に加わったお前の仲間の命は、どうなるかな』

　抜け目なく脅してきた。相手の弱みを逃さない邪悪さが、むしろ冬馬の心を冷めさせた。

「残念だ。あなたを逮捕するのは俺じゃない、アイリスだ。せいぜい気をつけてください。ヨーロッパ《E》警備隊《G》の力は、彼女が加わって二倍になった」

『笑わせるな。ハッタリは聞き飽きた』

　回線から去ろうとする気配を感じ、

「逃げるんですか？　俺はもっとあなたと話したい」

　としがみつく。有効打を連発したい。この暴君たちの心の鎧《よろい》に、罅《ひび》を入れたい。

「あなた方全員と、いつまでだって話していたい。時間さえもらえれば全員を納得させてみせますよ。あなた方は明白に、揺るぎなく間違っているのだから。子供でも分かるレベルで。いや、侮辱する気はないんです。間違いを改めることはいつでも誰でもできるから。

それについても、心から納得させてみせます」

『お前は病原菌か』

ジェンキンスが嫌悪感を露わにした。無骨なカウボーイらしくない神経質な反応だ。

『フョードロフ、回線をブロックしろ！　我々のトークルームに、二度と外部の人間が入ってこられないようにな。特にこいつは論外だ』

吐き捨てると、ジェンキンスの顔が画面から消えた。真っ先に遁走《とんそう》した。梁が、そしてフョードロフが憎々しい顔で続く。

空虚な四角い暗闇が三つ、後に残された。なんとあっさりした幕切れだ……もう少し粘りたかった。望月友哉が労うように背中をポンと叩いてくる。

「冬馬さん。立派な弁士ぶり、惚れ惚れしましたよ」

「駄目でした。説得できなかった」

「いやいや。あなたはファイターだった。よいトライでした」

気づけばオビクも、いやに熱い目で冬馬を見ている。感心してくれたのだろうか。

「あの連中は一朝一夕じゃ無理です。そもそも説得なんてものは、水滴で岩を穿《うが》つようなものですが、彼らの頭は岩より硬い」

「そうですね。ただ、彼らは説得されるぐらいなら、死を選びかねない」

冬馬が懸念を口にすると、オビクが頷いた。同じ司令官の立場。彼らの思考回路は想像がつくのだろう。

「命を軽んじるマインドの持ち主だから、メンツを潰されただけで自分の命も捨てるかもしれない」

友哉も大いに頷いた。

「本当に始末の悪い連中ですね。そこを生きたまま逮捕するから、究極のメンツ潰しになるわけですが。冬馬さん、期待しています」

頷こうとして、押し黙ってしまう。

実際に将軍たちを前にすれば、いっぱしの言葉も投げつけられる。だが冷静になれば、説得など恐ろしく難しいことだ。つい気持ちが臆する。

「大丈夫。この叛逆劇は、早期終結の望みがあります」

冬馬は気楽に頷けなかった。だが友哉は気にせずにオビクに向かう。

「あなたは、これからヨーロッパ《E》警備隊《G》としっかり連携して、フォードロフの軍勢に対峙する。ヨーロッパとアフリカの合同部隊なら、あの男もさすがに敵わないと知るでしょう。勝利を手にできる。そして冬馬さん」

望月友哉は冬馬に向き直ると、肩を何度も大仰に叩いた。

「あなたはこれから、大仕事を成し遂げます。で、もちろん将軍たちを逮捕する」

「そのつもりですが……」

抗弁を聞かず、友哉は端末でだれかにコールを送り始めた。何もかもこの男のペースだ。

『ユウヤ。信じていましたよ。山を動かしてくれた』

コールの相手が判明した。国連事務総長だ。

「動かしたのは説教師です！　この警視庁のエースを、世にも稀なるシールド使いを、次はどこへ派遣しましょうか？」

冬馬は内心舌を巻いた。道化者に見えるが、友哉はいま何が大事かをしっかり分かっている。

『カリブ海に来てくれる？』

ソフィアの望みは明快だった。冬馬の背筋が伸びる。

『アイリスはヨーロッパに常駐します。フィリピン海には、樋口刑事が向かっている。立石警視総監が教えてくれました。主要な戦場にシールドを持つ刑事たちが臨場する形です。南北アメリカの対決の場には、トーマ、あなたが必要』

冬馬は同僚たちの持ち場を思った。

全員が激戦の地で命を張っている。ならば答えは一つだった。

「ソフィア。すぐカリブ海に向かう。俺に何ができる？」

『もう気づいているはず』

ソフィアは答えた。

『モスクワで、サキたちに対して行ったこと。あれに近いことを、もし、あなたが最前線で再現できるなら――大勢の命を守れる』

「おい……怖いことを言うなあ」

任務を受け入れたことをさっそく後悔した。

「あれは、一回きりのラッキーパンチだよ」

『やってみてくれる？　トライする価値はある』

「サキの部隊は、たかだか十人だったからな……戦場とは規模が違いすぎる。それにあれは、アイリスと二人だからできたんだと思う」

言い訳がましくなってしまう。横でニヤついていた望月友哉が、事も無げに言った。

「一人でもできますよ。その気になればね」

冬馬は唖然として見返す。正気か？　軍隊相手に、たかがシールドキーパーに何ができる。圧倒的な火力の前では、シールドそのものも危ういというのに。

「友哉さんは、一緒に来てくれないんですか」

縋《すが》るように言ってしまう。この男はシールドキーパーの大先輩だ。自分よりよほど頼りになるはず。だが友哉は大げさに、両手で「×」を作った。

「ごめんなさい。私はちょっとやることがあって。ちょっとと言うかまあ、結構なお仕事をこなさにゃあかんくて」

いつの間にやら日本語、それも気の抜ける関西弁が戻っている。

「お仕事……それは、いったい何ですか」

「さてさて。あまり期待を煽るのもよくないんでね。ただ、いろいろ仕込んどった種が、どう花を咲かせるか。見届ける頃合いなんですわ。ま、うまくいきゃ、大いにあなた方を助けられるかもしれん、ちゅうことで」

「……期待して、いいんですね？」

他に言いようもない。

通信画面のソフィアの顔を見ると、心の底からの期待を抱いているのが分かる。

「頑張りますよ、そりゃね」

望月友哉はにっこり笑った。

「また報告します。ほな」

そう言って、部屋を出て行ってしまう。どこまでも軽妙な男だ。いや、軽薄と呼ぶべきか……望月友哉がアフリカ警備隊《AG》の通信室から出て行くのはこれが初めてではない。せっかちな様子でさっきから出たり入ったりしている。

オビクもその後から出て行く。まもなく自分自身も、前線の指揮のためにアフリカを出る計画だ。本格的戦闘に備えるためには心の準備も大事だろう。冬馬は声をかけず、通信画面を振り返った。

「そうだ。ソフィア、訊いておきたかった」

　率直な問いが口を突いて出る。

「フョードロフが、核の奪取に失敗したのは何よりだったが……公式には全廃されたことになっているのに、一部の核兵器は解体されず、南極に運ばれて保管されていた。なぜだ？」

『核テロリストが出現した際に必要だ、という想定です』

　ソフィアの答えは意外だった。失望感は否めない。

「核報復のためか？　ナンセンスだ」

『そうとは限りません』

　ソフィアの眼差しには後ろめたさがない。

『歴代の事務総長の、現実を踏まえた上での、苦渋の選択でした。私もそれを引き継いでいます。核での威嚇はむろん、到底、人道的な手段とは呼べない。しかし、卑劣な相手ほど圧倒的な力に屈するという事実がある。当分の間は、国連が責任を持って核兵器を所持する。いくら非人道的な道具であっても、拙速な全廃は危険。世界連邦成立当時、極秘の理事国会議で、そういう結論に至ったのです』

「……そうか。だが、異論もあったはずだ」

『はい。議論は紛糾しましたが、やがては、一部の核兵器の厳重管理に落ち着いた。その妥当性について、定期的に検証と反省を重ねつつ、歴代の国連事務総長の責任のもと、核のボタンは引き継がれてきました』

「ふむ。ソフィア……公式に許された唯一の大量破壊兵器の、ボタンは君が握っているのか」

『なんの因果か、そうなりました。もちろん、死ぬまで使う気はありません』

ソフィア・サンゴールは言ってのけた。

『保持しても絶対に使わない。それが国連事務総長の務めです。無法者に対し、どうしてもプレッシャーが必要な時に、最終手段として少しだけ、その存在を誇示する。私は、それもしないで済ませるのが望みですが』

「俺は、君の肩に乗っている重さを理解していなかった。謝罪したいよ」

すると微笑みが還《かえ》ってきた。

「トゥルバドールの存在も、安全弁になっていたんだろう？　彼らがいさえすれば、核の暴発は防げるという目算があった。だが、今は……南極にいるというのは、噂に過ぎないのか？」

『私にも分かりません。無責任と言われるかもしれませんが』

いや、誠実そのものだと冬馬は感じた。

『私の前任者の時代にすでに、トゥルバドールとの連絡は絶たれていた』

「そうか……やっぱりもう、頼ることはできない。そう思っていた方がいいわけだな」

『はい。残念ですが』

「となると、核兵器と完全に袂《たもと》を分かつ時代が来たのかも知れない」

　冬馬が言うとソフィアも頷いた。

『私もそう考えていました。今回のように強奪者が現れることの危険性がはっきりした。それ以上に、実際に我が身を守られて、なおさら確信しました。シールド技術は、核の時代を終わらせられる』

　冬馬は、身体の熱が上がるのを感じた。やり甲斐が火を発して胸を内側から焼いている。

『トゥルバドールの力を普遍化したもの。それがシールドでしょう？』

　さすがだ。国連の長にふさわしい洞察力と思慮の深さ。世界が最大の試練を迎えた時に、ソフィアが事務総長であること。これは偶然だろうか。

『トゥルバドールと、忠輔さんに感謝しなくては。彼らは人類の恩人です』

　ソフィアはどこまでも先人に敬意を払う。

「チャールズさんにも」

　冬馬も便乗した。

『そうですね。チャールズ翁も、間違いなく、リヴィングレジェンドです。すべてを見てきた。そして今もキャスティングボートを握っている』

「そう。最後まで悪戯っ子だ。世界一の！」

冬馬はそう声を上げてから、いきなり不安に絡みつかれた。

「だが、チャールズさんたちは大丈夫か？　ミサイルで狙われてるって、本当なのか」

ソフィアの顔も曇《くも》る。

「大丈夫ですよ」

冬馬の後ろから声が聞こえた。

振り返ると望月友哉が立っている。満面の笑みで。

本当に落ち着かない男だ。安請け合いに腹が立った。だが友哉はお構いなしに言った。

「あの人は、我々全員を合わせたよりも強い」

それは、冬馬の腹にすとんと落ちた。

その通りだろう。そう思うとスッと不安が引いていった。

「みんながめいめいじぶんの神さまがほんたうの神さまだといふだらう、けれどもお互ほかの神さまを信ずる人たちのしたことでも涙がこぼれるだらう。それからぼくたちの心がいゝとかわるいとか議論するだらう。そして勝負がつかないだらう。けれどももしおまへがほんたうに勉強して実験でちゃんとほんたうの考とうその考とを分けてしまへばその実験の方法さへきまればもう信仰も化学と同じやうになる」

（『銀河鉄道の夜　初期形第三次稿』）

宮沢賢治

Ⅷ　ブレイク・ジ・アイス

1

愛とは何か考えないようにしてきた。

個人にとっての愛は、自分には必要ないと思っていた。

アイリスがあらゆる学問を修め、先達の信念を受け取れば受け取るほど、個人的な幸せへの欲求が吹き飛ぶ。祖父のチャールズの存在も大きかった。老いてなお、溢れる能力を世界のために使おうとしている。倣《なら》いたかった。

この身を捧げるべくは大義だ。世界市民のために生きる。

吉岡冬馬もそう考えて生きていると思っていた。一日二十四時間全てを仕事に費やしている、少し年上の幼馴染もまた、自分の生きる指針になっていた。

ところが、冬馬はふいに、それまでの関係性をひっくり返した。隠していた自らの負傷がきっかけをもたらすとは予想外だった。脚を失ったことを明かせば、冬馬が責任を感じて悲嘆に暮れることは分かっていた。だが、隠し続けることの心苦しさも日に日に大きくなっていた。

ひとたび知れば、冬馬は自分事のようにアイリスの身を心配してくれた。

それが自分の魂を溶かすのをアイリスは実感した。

結婚してくれ、と言われた瞬間の幸福感は思いがけないほど大きかった。とっさに怒りを表してしまったが、すぐに、自分が冬馬を愛していたことを逃げ場もなく突きつけられた。

幼い頃からそばにいる。恋愛の国の言葉は使えない。そう思っていた。結婚などありえない。左脚を失ってからはなおさらそう感じた。通常の生活を送れなくなったのだから、一般人としての幸せにも見切りがついた。かえって良かったと喜んでいた。

でも私は自分に嘘をついていたらしい。

これほど嬉しいのか。人格が承認された上に、〝女性〟が満たされた。結婚は前時代的な、互いに対する所有契約。そんなふうに見なし、価値を認めていなかったはずだ。自分には全く必要のないものと。

理性ではまだ、結婚などただの形式だと冷めている。ところが、出来のいい冗談を聞いた時のように、表情が自然に解《ほど》けてくる自分がいた。それが恥ずかしくて、冬馬の前では強面《こわもて》を作ったり、とぼけたり、混ぜっ返したりして冬馬の真剣さを包んでしまおうとした。

冬馬は挫けなかった。アイリスがどんな態度を取っても、海中の巌のように動かなかった。

だから拒絶を止《や》めた。冬馬をこれ以上傷つけることはできない。互いの心がこれほどそばに来てしまったら、離れたくもない。そんな自分が微笑ましかった。

　もし本当に夫婦になったら、これまでとは違う国の言葉を使うことになる。上手くやれるとは思わない。それでも、少しずつ慣れていくだろう。いつかこのハードな任務を離れ、日常を取り戻せた世界でなら。

　そのためにも、世界を正常に戻そう。

この動機は不純だろうか？　そう思い、アイリスは笑った。すぐに顔を引き締める。持ち場を守れ。責務を果たせ。祖父の言うことはいつも正しい。彼自身に危機が迫っている。本当は助けに駆けつけたい。だがいま自分はハンブルクにおり、今にも戦争が始まろうとしている。ここから逃げ出すことはできない。

祖父の無事を祈ることしかできなかった。

2

　何度目かの、けたたましいアラートが鳴り響く。

「これは……ちょっと厄介だぞ」

　チャールズがモニタの一つを覗き込み、表示された情報を吟味している。危機が近づいていることを隆児たちに知らせてくれる。だがまだ全貌が分からない。ミサイル。この館の主が言っていることは本当なのか？　手の込んだ冗談だという疑いを捨てきれなかった。

「敵もさすが、と言うべきか。四発のミサイルが、時間差でこっちに向かってる。念を入れたもんだよな」

「本当に原潜からで間違いないですか？」

　仁戸田が鋭く訊き返した。さっきから完全に公安部長そのものだった。

「うん。巡航ミサイルだ。日本海のど真ん中から一直線に向かってるから。やっぱり、ロシア海軍の生き残りだろう。いずれにしても、ロックオンされたのは僕の家だ」

「そんな馬鹿な」

　岩見沢が呆然とし、仁戸田が訊く。

「防御策は？　退避の必要がありますか？」

　隆児は公安部長の冷静さに感心した。今更ながら慄然とする。イザナギはこの男と戦っていた。勝てないわけだ。今日が初対面でも、その血管に流れる闇の濃さは鮮やかに伝わってくる。サキとまともにやりあえるのはこういう男だろう。

「うん。防御できると思う。だけどこのミサイル、もしかすると、核の可能性もあるかな？」

　あまりに不謹慎だと隆児は感じた。冗談のスケールが大きいと感心するべきか。だが、岩見沢耕太郎を見ると顔が青い。

「にしても、無駄弾を使うもんだね。もはや僕など怖くないのに。放っておけば死ぬ。こんな老人虐待を聞いたことがあるか？　長くてあと数年の命だぞ！　そこまで僕が目障りとは光栄の至りだ！」

　この老人は明らかにハイになっていた。これも長生きの秘訣か。気力が萎えるということがない。むしろ危機が精神を賦活化している。

「やれやれ。因果は巡るなあ。僕もかつて、人類の敵に対してロックオンした。ミサイルで殺しかけたんだ。今度はぼくが狙われるか。世界市民よ笑え！　世界最高齢への核ハラスメントを」

「チャールズさん、悪ふざけが過ぎます！」

　岩見沢の表情が妙な崩れ方をしている。引き攣りまくった笑み。気の毒としか言いようがなかった。

「核のはずがないですよ。南極の核奪取も挫折したし、これは通常のミサイルでしょう」

　チャールズは悪戯が見つかったような笑みで何度も頷いた。ところが仁戸田の表情は全くほぐれない。

「あなたが死ぬなんて、だれも信じていませんよ」

チャールズに向かって断言したのだ。

「みんなあなたのことを不死だと思っている。怖いんです。だからミサイルでも使う」

「不死なヤツなどいるものか！」

老人は弾けるような笑みを見せた。

「不死なのは、忠輔の方程式と、シールド技術だけだ！」

隆児は痺れた。だが感心している場合ではない。本当にここにじっとしていていいのか。

「チャールズさん！　やはり退避した方が」

岩見沢が促す。ごく常識的な判断であり、隆児もそこに乗りたい思いだった。ところがチャールズはきっぱり首を振る。

「いいや。ここには忠輔のアーカイヴが溢れてる。捨てて行くのは忍びない」

「なに言ってるんですか！　データはクラウドにもあるでしょう？」

「忠輔がくれた本とか、死んでから譲り受けた手書きの書類とか論文はここにしかない。この世で僕しか持っていない、あいつの移し身だ。僕は留まる。ここを守ってみせるよ、なんとかね。君たちは心配なら、退避してもらっても構わない」

そう言われて、おめおめと逃げ出せるはずもない。岩見沢は視線を泳がせながら提案した。

「衛星兵器を使ってください！　巡航ミサイルなら、撃ち落とせますよね？」

「いや。神龍《シェンロン》はロシア上空に据えたままだ。いまブーストしても、こっちに戻すのは到底間に合わない」

それを聞いて、隆児の脳裏を走った疑いがある。これはサキの計略ではないか？　狡猾な陽動作戦。ロシアやヨーロッパで暴れておいて、本命は、日本にいるチャールズだった。そういうことでは？

「他に手がありますよね⁈　防御のための」

隆児は声を震わせながら訊いた。チャールズほどの男が、二重三重の防備を施しておかないわけがない。

「どうだったかな。最近物忘れが激しいからな」

チャールズは、若僧のあわてぶりを面白そうに見た。危機になればなるほどふざけたくなる性格らしかった。

「ないわけないですよ……あなたは、シールドの元締めなんでしょう？　このお屋敷にもシールドが」

「シールドは生体を守るものだ。建物は守れない」

そんなふうに理詰めで来られては絶句してしまう。

「しかし、フォードロフは抜け目ないな。シールドキーパーを全滅させる策を練っていたんだ。僕が元締めだと見当をつけてたんだろう。新時代の皇帝にふさわしいよ。恐怖の帝国の頂点に君臨する気だ」

「信じています。あなたは無事に生き残る」

岩見沢は信仰告白のように言った。自分の命は度外視だ。

すると、チャールズはふいに真面目な表情になった。

「たとえ僕が死んでも、お前たちのやることは変わらない。分かってるな」

誰も答えない。答えられるはずがなかった。

次の瞬間、隆児はびくりと肩を震わせた。今までとは比べものにならない音量のアラートが鳴り響いたからだ。チャールズのそばにあるモニタを見ると、物騒な細長い機影がはっきり映っている。凄い勢いで迫ってくるのが分かる。

「伏せてくれ。着弾しないという保証はない」

異様に冷静な声が、部屋にいる者たちの耳を打った。隆児は近くにあるデスクに両手でしがみついて、頭を丸める姿勢をとった。だが不意に罪悪感に駆られて周りを見る。

岩見沢もほとんど床に伏せる姿勢をとっていた。仁戸田は気骨を見せている。壁に寄りかかってはいるが視線を上げたまま。天井や壁に破壊される兆候がないか監視している。

チャールズは姿勢を変えない。モニタを覗き込むばかりだ。コンソールに何事か打ち込んでいる。何のコマンドだろう。自衛のための策をとっていることは間違いないが、いったいどうやってミサイルを避けるというのか。

部屋の中は静寂に支配された。本当にこれがミサイル着弾を待つ正しい態度か？　そもそも正しい態度などないことは分かっている。隆児はふいに、これでいいんだと心が軽くなるのを感じた。この部屋にいる者たちには後悔している素振りがない。覚悟ができている人間の集まりだ、ということが自分のことのように誇らしかった。

自分も見習いたい。本当は自分が動いて、全員を避難させられたら最高だが、そんな時間も力もないことが悔しかった。

一分が過ぎ、二分が過ぎた。

衝撃は訪れない。爆発の音も聞こえない。

大丈夫なのか？　チャールズの防御策が効いているのか。

ふいに隆児は、ほんの微かに、鼓膜を針で刺されたような異変を感じた。

今のは何だ？　遠雷のような……あるいは、気圧の変化による耳の不具合にも似ている。

周りを見回して反応を確認した。誰にも変化はない。異変を感じたのは自分だけだろうか。

モニタを注視しているチャールズを見る。

「うまくいったようだ。ミサイルはガラクタになった」

あっさり言ったので冗談か本気か分からなかった。しかも、落とした、ではなくガラクタになった？

「なんですって。どうやったんですか」

仁戸田が鋭く訊く。

「まあちょっと、指向性の音響兵器でね。昔取った杵柄《きねづか》だ」

「音響？　まさか」

仁戸田は疑ってかかる。無理もないと思った。聞いたことのないやり方だ。

「本当だよ」

　チャールズの笑みには蔭がない。

「この家を取り囲むように、三十器ほどの超音波発生装置を設置してある。出力が桁違いだが、それでも防衛兵器としては、かなり安全な類いだよ。火薬が要らないからな」

「そんなことができるとは……」

岩見沢は素直に信じている。仁戸田はまだ首をひねっている。隆児は、口を開けているしかできなかった。

「音響兵器は昔からあるが、調整が難しい。よほどピンポイントで焦点を合わせないとうまくいかないから、あまり採用されていないだけだ。僕のオリジナルツールは強力だからね。ここまでうまくいくとは予想外だったが。上出来だ！」

　そこでチャールズの笑みは、異様に悪戯っぽいものに変わった。

「あるいは、ちょっと、誰かが助けてくれたのかもしれないな。神様とかが」

　それは冗談に違いない。だが、このチャールズが神頼みするレベルの危険であったことは確かなようだ。

「まだ安心はできない。首尾よく四機ぜんぶを処理できたが、これからも二の矢、三の矢があるかもしれない。警戒は解けないな」

「外の状況を確かめてきます。邸宅の外に出る許可をいただけますか」

言ったのは仁戸田正治だった。

3

ミサイル危機は回避した様子だが、仁戸田は安心できなかった。ミサイル自体が不発だったとしても、邸宅の外に破片などが降り注いで火災が発生したら二次被害が生じる。

「場合によっては応援を呼んできます。消防隊も必要かもしれない」

「そうだな。よろしく頼む」

チャールズの許可を得て、仁戸田は与えられたＩＤカードを使い、いくつもの自動扉を開けて邸宅の外まで出た。邸宅の外周をぐるりと回って異変がないか確かめる。

いささか信じがたかったが、邸宅とその周辺は全くの無事だった。ここは東京の湾岸地帯の一角だが、ミサイルをよほど上空で爆発させたのか。いや、ガラクタにしたということは、制御を失わせて外洋に飛ばしたということだろう。いずれにしても、どこにも爆発や落下の被害は見つけられなかった。

チャールズのセキュリティは完全に機能した。まさに難攻不落の城だ。

当然といえば当然かもしれないが、百年近くを生き延びてきた人類最高の頭脳は、身を守ることにかけてもプロ中のプロだった。これも学びの機会だ、と仁戸田はほくそ笑む。人を守るとはどういうことか。ボスを守ることにかけては人後に落ちないという自負を持ってきたが、ボスが最強の場合は、どうしたらいいのだろう？

喜んでいる場合ではなかった。仁戸田は自分の感覚が鈍っていないことに満足し、同時に後悔した。次の脅威がすぐそこに迫っている。ミサイルではない——人間がやってきた。〝C〟の城を目指して、この地上で最も危険な類いの者たちが。

「やっぱり、おかしなバリアを張ってやがったな」

破壊を司る女が放言するのが聞こえた。

「まあ、ミサイルが通用するなんて初めから思ってない。だからあたしが来た」

仁戸田正治は鳥肌を立てた。こんな感覚は久しぶり。長い公安生活の中でもついぞ感じたことのない戦慄だ。まさかあの女が来るとは。まるで、神話や聖書に出てくる呪われた魔物……迷信を信じない仁戸田にして、そんな印象を受けてしまう桁違いの存在。

チャールズは爆撃を回避してみせた。だが、ミサイル攻撃の後、地上部隊が間髪を容れず襲ってくることまで想定していたかどうか。こっちには老人しかいない。一人だけいる若者は、かつては敵の仲間だったという皮肉な成り行きだ。出てくる前に見た鴇田隆児の顔は、意外にも男らしかった。ミサイルにも怯えていなかった。戦う気構えはできているらしい。だが、この女にかかっては赤子以下。

仁戸田は懐に忍ばせていた拳銃を取り出した。何年ぶりの実戦か分からないが、腕は錆《さ》びついていないつもりだった。

いや——無理だ。敵が機械を引き連れているのに気づいてホールドアップしたくなる。

真っ黒で頭部のない、人型の金属の塊が邸宅に近づいてきた。しかも複数。

あの破壊神のような女は今、一機で数十人分の戦闘力を持つ兵器を何機も従えている。

どうりで、ヨーロッパ警備隊司令部の堅い守りも突破して司令官を暗殺できたわけだ。

邸宅内の人間が危ない。戻って警告しないと。いやその前に自分の命が危機だ。機械人形たちの高性能センサーが仁戸田の気配を察知し、たちまちロックオンする。ただちに向かってきた。

自分にはシールドなどない。護身用の拳銃のみ。これはまずい。若い頃のようなスプリントはできない。対して、ウルの最新兵器は素早い。気づけば目の前まで迫っている。

もはやこれまでか。さすがに諦めが過ぎった。

一人で表に出るべきではなかったという後悔だけが頭の周りを回っている。重量の塊のような腕がたちまち振り上げられ、真っ直ぐに自分に向かって落ちてくるのが見えた。

仁戸田は防御姿勢を取る気も起きなかった。

4

「おお、しまった」

館の主が言った。

「この家は取り囲まれているようだ」

隆児は思わず、自分の四倍以上生きている男に苦言を呈したくなった。次から次へと危機感を煽るのはやめてくれと。

「本当ですか？　誰が……」

狼狽《ろうばい》する岩見沢に応じ、チャールズがモニタを操作すると、表の風景が映った。おかげで、新たな危機が冗談でないことが分かった。

複数の人間が映る。特殊部隊のようにアサルトスーツに身を固めている。

見覚えがある。

「……サキ！」

隆児は叫んでしまった。瞬きを繰り返して己の脳の正常さを探る。取り憑かれすぎて幻影を見ていないか。だが何度目を凝らしても、モニタに映っているのはサキだった。そして彼女の取り巻きは、これまた見覚えのある男たち。

暴虐の部隊が海を越えてやってきた。狙いはだれだ？　チャールズに決まっている。あるいは岩見沢。仁戸田公安部長もいる。彼らに比べれば自分など、追いかけてもらう価値もない。疑いなく。

それでも、因業《いんごう》の縄が自分の首に巻きついていると感じる。自意識過剰なのではなく、宿命の恐ろしさを示す証拠として。モスクワでも。ここ東京でも。因果は巡り、決して自分を離さない。

「例のヒューマノイドもいるぞ……相当多い」

チャールズの言う通りだった。モスクワの荒野で、隆児と刑事たちを炙りに炙った部隊の後ろに控えているのは、呪われた人型兵器たちだ。一体で何十人もの兵士と同じ戦力だという。それが複数で？

「表に出た仁戸田君は……」

岩見沢が盟友の心配をするが、

「姿が見えないな。やられたか」

チャールズがあっさり言う。ここにいる中では、最も反撃能力を持っている仁戸田が真っ先にやられた？　気を利かせて外に偵察に出たのが運の尽き。なんという巡り合わせだ。

隆児はチャールズの横に飛んでいってモニタを覗き込んだ。

ウルが抱える最も凶悪な傭兵《ようへい》部隊。多数の人型兵器も従えているということは、ユニヴァーサル・ガードの一個師団にも相当する戦力が襲来したことになる。本質は暗殺部隊であり、ピンポイントで個人を潰すのが目的。すでにハリエット・リヒター暗殺という前科がある。その行状をここで聞かされたときは唖然としたが、まさか次が自分たちの番だとは。

「ぬ。侵入してきた」

チャールズが何気なく言い、隆児は戦慄した。この邸宅の防護は厚いはずだが、屋内に侵入を開始したということは……仁戸田が利用された？　彼が外に出て、扉が開いているところを狙われたか。それとも、仁戸田が持つＩＤカードが悪用された。

いずれにしても、破壊の権化のような連中が邸内に入ってくる。

絶体絶命だ。サキはチャールズに確実な死をもたらす。間違いない。

対して隆児は、両拳を握りしめる以外に何もできなかった。

5

連中はなぜこうも簡単に侵入できたのか。

チャールズは考えを巡らす。仁戸田はどうなった？

邸内外を映す監視カメラをいくつかチェックした。

その上で、いくつかの検討を経て、結論が出た。

顔に滲み出る表情を懸命に抑えつつ、

「まもなく来るぞ」

岩見沢と隆児に警告を発する。二人とも顔色を失っていることを気の毒に思いながら。

邸内の廊下を、我が物顔で闊歩する暴徒とロボットがカメラに映っている。着実にチャールズたちのいる部屋に近づいている。岩見沢と鴇田隆児はモニタを見つめながら呆然とするばかりだ。

チャールズはただ座して待った。ワインでも傾けようかと思った。これほど鮮やかな危機はない。この〝城〟に住むようになってから最も心躍るときかも知れない。

やがて、部屋の扉がすんなり開いた。

血腥い部隊が続々と土足で踏み込んでくる。

「おう、ついに会えたな。親戚に」

その親しげな呼びかけが、殺戮《さつりく》の女神カーリーによる、鼓膜を直に震わせる最初の声だった。チャールズは奇妙な感慨に浸される。このサキという女には興味が尽きない。その人間形成の過程を知りたい。人格の正確な組成表を作りたい。

「指揮官を潰せば警備隊《ガード》など統制が効かなくなる」

チャールズは椅子に座ったまま、相手の啖呵《たんか》に耳を傾けた。全てが分析の材料になる。

「そしてあんたは、サンゴールを超える。全ての黒幕、フィクサーだ」

女の口調。表情の苛烈さ。揺らぎのない瞳に、チャールズは不本意にも、骨の髄からの戦きを感じた。これほど際立った人間に出会うことはなかなかない。

「チャールズ・ディキンソン。あたしの正体に気づいた？」

しかもサキは、思いもかけない放縦な発言をする。ＡＩ解析にかけてリアルタイムで判定したくなるほどだった。この女の真実の姿を３ＤのＣＧや、立体チャート表で表せばどんな姿をとるのか。

「チャールズ。ヘイ、チャールズ。あたしはただのカーリー？　テレス？　ネメシス？　ティシフォネ？　そうじゃないでしょ」

鴇田隆児が目を剝いている。この若者にとっては再会だ。だが、初めて会うかのように腰が引けている。岩見沢耕太郎の方は、弔辞を読む前のように沈鬱な顔をしている。

「私は疫病でもなく破壊者でもない。アーティスト。何より、人類にとって最高の教師だと思わない？　ちょっと厳しすぎるかもしれないけど」

お茶目《ちゃめ》なウインクに、隆児が卒倒しそうになっている。チャールズは無理もないと感じた。自身の視界も大きく歪む。この女の魂の歪みに呼応して。

「あたしがいなかったら、みんな微睡《まどろ》みの中にいた。腐って滅びるところだった。あたしは特大のモーニングベルよ。命の危機が差し迫らないと目が覚めないじゃない！　死ぬより悪い状態にいた。人類全体が。あんたもそう思ってるでしょ？」

「おかしな自己正当化はやめろ」

岩見沢が精いっぱいの槍《やり》を繰り出した。その健気さに胸を打たれる。

「お前は生まれついてのテロリストだ。破壊する以外に、何もできない」

それを聞いてチャールズはとっさの暴力を心配したが、女は意外に安定していた。

「おい、世界中を腑抜けにしたくせに偉そうにするなよ。あんたは羊飼い。あたしは狼だ」

「……戯言を言うな」

岩見沢の声は力なく響く。年齢差もあって、横溢しているエネルギー量が違う。

「ノー！　あたしは本当のことしか言わない。で、これは、あたしの血とも、あんたたちの信仰とも関係がない。あたしはあたしの存在理由を突き詰めただけ。最後まで大暴れして、地獄へ行くわ。それがあたし」

「お前の中の、どの人格が言っているんだ」

そこでようやく、チャールズは言葉の楔《くさび》を打った。

「正しい裁きを与えたいのに、難しいぞ。お前のどの人格を罰すればいい」

「罰するだって？　相変わらず傲慢だな」

サキは吐き捨てた。だが表情はそれほど不機嫌そうでもない。

チャールズは首をひねる。挑発しても思う反応が返ってこない。ヘーゲルが見たら、この女も世界精神の一つに数えるだろうか？　ずいぶんと〝負〟に偏った精神だが。こんなものが天から遣わされたとしたら、神は邪悪。地獄の魔王に等しい存在だという証明にしかならない。そんな妄想めいた思念が脳内を駆け巡り、引き攣った笑みが表に出てしまう。

サキが反応し、似たような表情になった。どこまで不可解なのか。どこまで不定形の精神だ。恐れはないつもりだったが、身内から湧き出てくる戦きは消せない。目の前にいるのは、人間の負の側面を、知らずに拡大する呪わしき生体。こんな禍々《まがまが》しいものには久しぶりに出会った。十五歳のチャールズが急速に戻ってくる——あの頃もいた。災厄の化身のような男を、子供だった自分は、殺して解決しようとした。

だが現在のチャールズにそれはできない。この女に勝つには、殺すのではなく説き伏せなければならなかった。それが、世界市民を庇護する側が背負う十字架。

「ちくしょう、忠輔。ハードルを上げすぎだ」

口の中で小さく呟いてから、チャールズは相手に言い渡した。

「何と呼べばいいのか分からないから、サキと呼ぶが。お前は人々を苦しめる。だから僕は、全存在を懸けてお前を否定する」

サキは、ふさわしい言葉を浴びたかのように満足げな顔をした。

　チャールズは虚を衝かれ、それから襟を正す。誰であれ、自分を知る者には敬意を払う。次の言葉の楔を打ちつけた。

「お前はウルの主要メンバーであり、フョードロフの愛人でもある」

　えっ、と声を漏らして鴇田隆児が自分を見た。想像もしていなかったらしい。だがそれが、チャールズが使える手段をすべて使って摑んだ事実。大いに寄与したのは望月友哉だ。

「アナーキーなテロリストに見せて、実は、世界を手に入れそうな人間の隣の座を狙っていた。お前の目的は、支配の頂点に立つことだ」

「残念ながらそれは浅いね」

　その返しも意外だった。依然として相手を摑めていないらしい。

「権力欲からこんなことをしているとでも思っているのか？」

　静かに燃えるその両の瞳は、チャールズには、人間のものとは思われなかった。

　逆トゥルバドール。

「分かってる。お前の多重人格性は――」

　理解力で上回りたかった。相手より圧倒的にこの世を生きているというプライドもある。

「必要に応じて、お前の中の娼婦《しょうふ》を利用してフョードロフを籠絡したんだろう。あの男を手に入れるのはたやすかっただろうな。だが、お前の真ん中にいるのは女王だ。いや」

　サキの表情を見て喋っているうちに、自分でも思いがけないことを言い出していた。

「それこそカーリーの化身が宿っているのか？」

厳密に分析しようとすればするほど、自分の言葉も常軌を逸していく。チャールズが喋っている間も、サキの表情は目まぐるしく変わった。やがて一つに定まる。岩見沢がビクリと身を引いた。健全な反応だ。これほど不気味なものはめったにない。

溶け出すような全開の笑みが表れたのだ。

「おい！　あたしたちはお互い、皇帝の血族じゃないか！　もっと仲良くしようぜ」

ひどい躁状態だ……チャールズは厄介に思った。本質を隠すために違いなかった。ただちに冷水を浴びせることにする。

「アイリスから聞いてる。だが、お前が田中晃次《たなかこうじ》の孫だというのが本当だとして、年齢が合わないぞ」

低いトーンで指摘すると、相手の笑みが翳った。

それを横で、岩見沢と隆児が愕然としながら見つめている。

「お前の親が、田中が何歳の時の子供かは知らない。が、お前をずいぶん年取ってから儲《もう》けたにしても、いまお前が二十代というのは、かなり苦しい。もっと年を取っているのが自然だ。だから、お前の言い分は単純に虚偽。あるいは、整形や、最新医療技術で若返っているかだ。どうだ？　お前は本当は、もう五十代なのか？」

サキは全く動揺を見せなかった。心当たりがないのかも知れない。いま表出している人格には。

「もっとありそうなのは、〝皇帝の孫〟だと思い込んでいる人格が、お前に取り憑いているに過ぎない、という仮説だ」

「好きに解釈しろ」

女の笑みが瞬時に消えた。

「皇帝の血を尊ばない者は、どの道滅びる運命だ」

躁状態は嘘のように去り、鬱勃《うつぼつ》たる表情が取って代わる。皮肉なことにチャールズは、そこに皇帝の落とす影を感じ取った。

いや……チャールズは頭を振る。特定することが目的ではない。相手を理解することも目的ではない。可能ならこの場でサキの人格を統合するのが最も理想的な解決だが、実現できないならば、取るべき手段は一つ。殺さずに無力化する。

どうにかしてこの女を拘束する。

厳しいな、と独りごち、チャールズは苦味走った笑みを浮かべた。

世界を破壊するのは男だと思っていた。もっと厳密に言えば、男性性。だが目の前にいるのは女だった。なぜこんな役割を自分に任じたのか？　長きにわたって女たちは抑圧され、ありのままで生きることを禁じられてきた。男たちよりも生の痛みと、世の不条理を知るがゆえ、連帯して調和を保てる生き物。男よりは圧倒的に。それを疑ったことはなかった。

だが希望と幻想を打ち砕く存在が目の前にいる。女の最悪の部分を凝り固めればこんな化け物になるだと？　違う。復讐の女神が受肉しただけだ。いずれにしても、条理がまかり通る次元の話ではなかった。

「あたしはハリエット・リヒターを殺した」

女を殺した女は勝ち鬨を上げた。

「ヨーロッパ《E》警備隊《G》は弱体化した。そこへ、まもなくアフリカから、フョードロフに連座する大部隊が到着する。ヨーロッパの栄華は終わったのだ」

「甘い見立てだな。長く君臨してきた欧州貴族たちは没落し、完全に帝国の支配下に落ちる。

チャールズは挑発した。カーリーにしては」

心のありかが正しくない者は視界が歪む。これは、時代を貫く真実だ。

「アフリカにフョードロフの盟友など存在しない」

「なに？」

サキの笑みにわずかな亀裂が走った。

「まだ聞いていないとは意外だな。フョードロフは、お前の士気を下げたくなかったか……情夫を問い詰めるがいい。ラゴスに入った説教師が、オビクをどう変えたか。説教師は今日日、核ミサイルより強力なのだよ」

気分のよい啖呵を切れた。孫の婚約者だと付け加えたくなった。

「吉岡冬馬か。大したことはない」

サキは笑みを取り戻した。

「あの男の吐く言葉など、なまくらだ。何も切れはしない。あたしは無傷だ」

「冬馬の言葉は、刃じゃないよ。勘違いしないでくれ」

落第を嘆く教師のように、チャールズは頭を振って駄目出しした。

「そもそも、大国はアフリカの大地を血で汚してきた。搾取階級の申し子のような、フォードロフやジェンキンスや、梁なんかを認める指揮官が、アフリカにいるわけがあるか？少し考えれば分かるだろう」

「誰であろうと力を信奉する。力以外に信じられるものはこの世にない」

カーリー神は己の信仰を守る気だった。いや、己自身を奉じているのか。

「愚かな。お前の語る神話は、地獄の神話だ」

チャールズは憚《はばか》ることなく嘲笑する。

「だが世界連邦は、この世を地獄から遠ざけるために存在している」

問答無用の銃撃が発生した。

サキが前触れもなくチャールズを撃ったのだった。サキの横にいる側近の男も驚くようなタイミングで。

　だがチャールズは、姿勢も表情も変えず、そのままでいた。

「この死に損ないが……」

　震える唇を嚙み締め、それでもサキは笑って見せた。

「まあ、こんなことで殺せるとは思ってない。やはり貴様もシールド使いだ」

　ドスン、ドスンという振動が起こる。床も壁も震えた。

「だから、使える道具を持ってきた」

　その道具は、自分で歩ける道具だった。

　チャールズ自慢の堅牢《けんろう》な邸宅をも揺るがす、重量。強い馬力。

　人型兵器が土足で入り込んできた。

6

　サキが今度こそ本気になった。

　この地響きがそれを証明している。隆児は凝固して動けなかった。フクシマでも遭遇した、あまりに非情な機械人間たち……三機もの黒い異形がチャールズの居室に侵入してくる。天井が高いおかげで閊《つか》えることはないが、さすがに息苦しくなる。それほどの重量感だった。

　ここまで隙のない態勢を整えて乗り込んできた。やはり俺はこの女を殺さねばならない。老人たちにはできないことを、自分がするのだ。隆児は改めて誓った。

　とはいえ、ここには武器らしい武器は何もない。では、サキたちから武器を奪って引き金を引く以外にない。サキはいまだに、隆児がいないような顔をしている。それが隆児を激昂させた。自分がいることを認めさせる。この滾《たぎ》る殺意を見せつけてやる。

　隆児は老人たちを背にして立ちはだかった。正面からサキを睨む。目が合った気がしたが、よく見ると相手の視線は自分を突き抜けている。

　サキはチャールズだけを見ていた。他の人間は全て雑魚《ざこ》ということか。

　片手をスッと上げる。それが合図だったらしく、今度はサキの部下がレーザー銃を撃った。銃口はこの場で最高齢の人物に向かったが、チャールズ・ディキンソンは平然としたまま。隆児はひとまず安心した。銃弾もレーザーも無力。シールドの総元締めが、自ら最高度のシールドを纏わないはずがなかった。

「ふん。マイスナーネットも持ってきたが、もう面倒臭い」

　サキは自分の心理を、律儀に口に出した。

「お前を拘束して兵糧《ひょうろう》攻めしてもしょうがないんだ。抹殺しか望んでいない」

　隆児は直感する。これは相手に聞かせるためではない。自分にだ。自分の中にいる別の自分に伝えたがっている。

「だから連れてきたぞ。この鉄人たちを。これは点でなく、面で打撃を与え続けられる。熱より打撃だ。お前たちのシールドが、何百もの鉄球を浴びた時にどうなるか見せてもらおう」

言い終えると同時に、三体の人型兵器がのっそり、と前に出てきた。

それが順に、両腕を天井に振り上げ、ゆらゆらと振る。

そのスローさ。太古の儀式のような不気味さ。無機質の悪意。

振り下ろされそうでなかなか下りない数秒間は悪夢だった。これほどの悪意に曝《さら》され、隆児の脳内は不協和音で弾けそうだ。酷いデジャブが襲う。フクシマの首相官邸の庭で起きたことのリピート……人型兵器の身体の仕組みや、関節の動きが同じだから、これから起きることが分かる。あの時と同じように、両手を組み合わせて手のひらの腹の部分を、上から下に振り下ろす。あのとき喰らったのは冬馬だった。今は――自分だ。

誰でもない、鴇田隆児が潰される。おそらく一秒の後に。老人たちの楯にもなれない。最後まで吹けば飛ぶような小童《こわっぱ》だった。潰れて終わり。無念――

だが、機械の黒い腕は突然旋回した。

隆児を掠《かす》めて、なぜか扉の方に向かう。三体ともが、身体ごと扉の方へ向き直った。

その原因が分かったのは、銃声が起きてからだった。

銃声とともに部屋に飛び込んできた影。

7

呼吸を測り、チャールズの居室に飛び込むと、たった一人をめがけて銃を撃った。

仁戸田正治はこれを狙っていた。殺すべき人間を殺す。

数分前には己の命を諦めかけた。最新の人型兵器に押しつぶされて肉塊となって終わるのは、自分にふさわしい末期《まつご》だと思った。策謀に明け暮れた古狸《ふるだぬき》はうっかり頓死するのだ。ところが、観念して目を瞑《つむ》りかけたとき、ゴリラの化け物のような機械人形の太い腕は中空で止まった。わずかに後ろに跳ね返るのも見た。

馬鹿な。俺は何もしていない。

自慢ではないが、仁戸田はすぐに悟ることができた。シールドの恵みが自分にも降り注いでいると。地獄に行くまでにはまだ猶予があるらしい。

大急ぎで邸内に退避した。扉を開けるためにＩＤカードを翳したとき、からくりを悟った。自分は結局初めから、百歳の不良老人の手のひらで踊っていたのだ。だが世話になってばかりか？　公安部長の名が廃《すた》る。たちまち湧いてきた計略を、即座に実行に移した。

ダメージを受けたふりをして足を引きずり、チャールズ・ディキンソンの部屋を目指す。

邸の門や扉を開け放ったままで。

そして自分自身は、廊下を急に曲がって小さな部屋の一角に身を隠した。危険だろうか？　いや。邸宅内にいる人間の安全が確認できた今、この暗殺部隊を引き込まない理由がなかった。確実に潰すのだ。この作戦、あの超天才老人ならすぐに理解してくれる。感謝されないかもしれない。だが最短距離で結果を出すためだ。自分の意図が暗殺者たちに見破られないことを祈った。放っておいても、あの狂った女の部隊は扉を破壊してでも押し入ってくる。それを早めてやっただけのことだ。

連中がチャールズの居室に辿り着いたタイミングが、自分の出番だった。

悪業の果てに位置する女を絶対的に抹殺する。それを達成するためにはこれしかない。人型兵器による圧倒的な優位に驕《おご》った女の隙を突き、七十を過ぎた自分の身体に許されるありったけの力を使って跳躍。背後から急襲を実行する。女だけに狙いを定めて拳銃の弾を放った。

必殺だ。作戦に穴はないはずだった。

ところが、女の生存本能は想像を超えていた。間一髪で身を反らした。銃弾をかわしたのだ。かすったようにも見えたがダメージにはなっていない。すかさずもう一発撃ったが、弾は届かなかった。

この女を守るのはシールドより強力な何かだ――語り得ない運命の手を感じ、仁戸田の視界が急速に翳る。

8

死んだと思っていた白髪の公安男が忽然と現れた。そして銃声。

老いてなお闘士だ。隆児は驚きより羨ましさを感じた。その手に武器を持ち、正しく使えるだけでも。だがやはり闇の世界では上手《うわて》がいる。隆児の目にも、サキは油断していたように見えたのに、奇襲をかけた仁戸田に瞬時に反応して見せた。身体能力というより、殺意を嗅ぎつける本能が突出している。仁戸田はさらに撃ったが、遅い。

黒い壁が恐るべき素早さで立ちはだかった。人型兵器のうち、少なくとも一体は何かあればサキを守るようにプログラムされている。専属のガードマンだ。これでは打つ手がない。

もう一体が走った。拳を振りかぶって仁戸田に振り下ろす。

とっさに身を翻し、扉から外へ出ようとしたが無理だった。脳天から垂直に拳を受ける形になり、仁戸田は床に叩きつけられた。ボロ雑巾《ぞうきん》のように。

忌まわしい静寂が部屋を満たした。

隆児は睨む。この女は常に勝つつもりだ。決して死なず、相手の屍《しかばね》を踏みつけながら前に進む。それがサキ。

そして、この女の前では変わらず自分は虫けら扱い。殺してもらえすらしない。

ならばその立場を利用するだけだ。俺が目指すのは、仁戸田が持っている拳銃……あれを使って、どうにかサキだけでも殺す。隆児は床をじりじりと、這《は》うように位置を変えた。

だが、扉近くで倒れている仁戸田はあまりに遠かった。不審に思ったサキの部下に勘づかれてしまう。目が合った瞬間、犬死にすることを受け入れなくてはならなかった。胸の芯がいくら燃え立っていても、この無念が相手を倒すことはない。銃声は続けざまに起こった。さらばだ――老人たちに謝る時間さえもらえない。

ところが、三発撃ち込まれても身体にダメージがないことに気づき、自分が守られていることを知った。撃たれるたびにわずかな視界の歪みが生じたのだ。妙な冷感も宙に散った。すべてが、冬馬から話に聞いていたシールドキーパーの特徴だった。

チャールズから渡されたＩＤカードにその機能が仕込まれていると思い至るのはずいぶん後で、その時はただ死力を尽くすのみ。すなわち、いま撃ってきた男への逆襲を完遂する。怒りが起爆剤になった。相手の銃を奪うために突進したのだ。

だが隆児は男に近づけなかった。黒い機械人形の一体が隆児の行く手を遮ったのだ。再びゆらゆらと腕を上げる。今度は素早く振り下ろしてきた。

さすがにこれまでか。観念しかけたとき、視界に不思議なプリズムが現れた。景色が歪み、目と鼻の先まで迫った人型兵器の握り合わされた拳が、跳ね返されて空中へ戻っていく。それを成し遂げたのはとてつもない空間の密度。怒りのような意志。隆児は頼もしく感じた。自分を包み込む、静かだが温かいエネルギー場を。

ちらりと目を転じ、この部屋の岩見沢も自分と同じように守られていると隆児は確信した。自分だけが守られる道理がないからだ。となると仁戸田も——みるみる勇気が湧いてくる。いま判明した。人型兵器でさえ、自分たちにとって致死的な存在ではないと。そしてこの邸宅は地上で一番安全な場所。暴虐の徒を引き入れてなお、老人たちは安全だ。隆児は快哉《かいさい》を叫びたくなる。

だが人型兵器たちにめげた様子はない。そもそも感情も疲労もないのだ。跳ね返されようが、与えられた命令を愚直にこなすのみ。成就しない攻撃を永遠に繰り出すこともできる。つまり、相手を足止めすることはできる。

それは実害だ。チャールズの最高級品の頭脳が使われる時間が削られてしまう。それが相手の目的なら、まんまと達成していると言えるのだ。ここで攻撃を受けている間は、世界中で戦っているシールドキーパーや女性リーダーたちを満足に助けられない。

「これがお前たちの目的か？」

チャールズの声が聞こえたので見ると、椅子に座ったまま顎に手をかけ、眉を顰めている。

「たった今、シールドのモードを変更した」

シールドの総元締めが宣言した。隆児にはそれが、鐘楼《しょうろう》で鳴りわたる鐘の音《ね》に聞こえた。

「君たちの攻撃は自分たちに返ってゆく。怪我《けが》したくなければ、攻撃は停止しろ」

これは警告だ。とっさに正確な意味は理解できないが、風向きが変わったことははっきり分かった。暗殺者たちの心に疑心暗鬼が膨らんでいくのが見える。

一世紀を生きた伝説の男の警告には重みがありすぎた。そして彼の城は、他の誰の居城にも似ていない。どんな仕掛けが施されていてもおかしくない。複数の人型兵器までが戸惑ったように、アイドリングのような揺れる動きを繰り返している。主の動揺を反映していた。サキが動かないから部下たちも動きかねている。

ガンマン同士の荒野の決闘のような、緊張の瞬間が途切れなく続いてゆく。

打開しなくては。隆児は思い定めた。この聖なる防護をいただきながら、相手を殺そうと動ける不敬の輩は自分だけだ。無謀な若僧だけができることをする。隆児は息を吸い、行動するためのエネルギーを自分の中に凝縮した。今にも弾ける――

だが先んじて動いたのは、緊張に耐え切れなくなったサキの部隊の男だった。チャールズに向かって銃口を向けたのだ。

すべては一瞬で起きたが、理解するには何秒もかかった。隆児は目の前で起きたことを必死に吟味し、ようやく意味を理解した。

撃った男が倒れた。作用と反作用の教科書のように弾の軌道が見えたのは錯覚か、それとも、自分がシールド使いとなっているおかげか。

撃たれた弾は真っ直ぐに持ち主に返った。

チャールズはモードを変えたと言った。いま起きた現象は、物理的な解説をするなら跳弾《ちょうだん》だろうが、正確に攻撃が跳ね返るという恐ろしいモードが存在するとは。苛烈だ。見せしめのためか。それとも純粋な物理の実験か。

目の前で起きたことを見て、さしものサキもたじろいでいる。なおさら動き兼ねている。

「僕は説教師ではない」

チャールズが静かに告げた。

「お前たちがカーリーの信徒として、殺戮の神に仕えるのをやめないなら、喜んでネメシスになる。お前たちの所業を、そっくりそのまま返す」

何という厳しい教師。邸宅の主は、警告が脅しではなかったと証明した。

「僕は忠輔に背く。生まれながらの罪人だからね。お前らの首を獲って、喜んで地獄へ行ってやるさ」

炎が燃えている。隆児は震えた。チャールズが掲げる松明《たいまつ》が正義の炎でないことは、自分が一番よく理解している。冬馬はこの道は歩かない。佐々木忠輔もむろんそうだ。だがチャールズはあえて道を踏み外す。覚悟を持って。

冬馬のことは尊敬しているが、隆児は紛れもなく、自分がチャールズの信徒だと思った。冬馬を真似できるような人間ではない。自分はもっと下等。何より、言葉で人を変えられない。

うぅう、と床に倒れた男が呻いた。それだけで隆児は動転した。何が起きたか悟り、死んだとばかり思っていた男を食い入るように見つめる。

サキの部下は死んでいない。自らの銃弾の跳ね返りを浴びたが、致命傷は負っていない。そうか、撃った弾が戻って来ても、それが自分の急所を突くとは限らない。この暗殺部隊はウル製の防弾着も着ている。そう簡単に死ぬことはないのだ。

それが分かると、黒い霧に覆われていたかのような視界が一気に開けるのを感じた。血の匂いにも似た罪の気配が遠ざかる。チャールズの顔を見て隆児はなおさら感じた。彼も決して殺したいわけではないと。それは……自分も同じだ。相手の死を見たくない。とんだ半端者……だが、冬馬なら喜んでくれる。それも間違いなかった。

ところが、罪などどこ吹く風の機械人形たちは様子が違った。彼らの主たるサキが片手を上げ、何事か指示を出すと一斉に動く。そしてマンツーマンで攻撃を開始した。一人に一体が律儀に向かってくる。

何の心配もないと隆児は思った。初めて攻撃を受ける岩見沢が少し心配だったが、やはり同じ。黒い打撃はあっさり跳ね返された。全員が安全だ。

それでもヒューマノイドたちは愚直に拳を振り下ろしてきた。徐々にスピードが上がる。自らの判断で出力を上げているのだ。

それは自殺行為だった。銃撃だけではない。攻撃が自分に跳ね返るのは打撃でも同じ。いきなりバキン、という耳をつんざく音が部屋のあちこちから連続した。強度を増した打撃が自らに返るとどうなるか。関節を破壊する。あるいは駆動部がオーバーヒートする。おそらくは三者三様の理由で、人型兵器が一つ一つ寿命を迎える花のように膝を折り、機能を停止するのを隆児は見ていた。戦闘不能と知れば自ら大人しくなる。妙な健気ささえ感じた。

サキの配下の男たちも動きを止めている。真似たわけではないだろうが、機械人形たち以上に消沈して見えた。それに追い打ちをかけるのが、チャールズのそばにあるモニタに映る光景だった。邸宅の外の景色が映っており、チャールズはこれ見よがしに角度を調節すると、この場にいる全員に見せつけた。

防備を固めた警官隊が続々と集まってくる。この邸宅を取り囲みつつある。誰も言葉で説明する必要はなかった。ここから逃げ出すことは、限りなく困難になった。

隆児は、床に膝をついた姿勢のままハッと見上げる。

サキがいつしか、自分を正面から見据えていた。隆児は身動きできなくなる。

「あんたは私の疫病神だったね」

イザナギを抜けてから初めてかけられた声。

いま目の前にいるのは、あの頃のサキだった。

「なんで今日、この家にいるの？　信じられない。モスクワにもいた。なんなの？」

当然の非難だと思った。隆児もなぜか分からないのだ。行く先々でサキに出会う。

「あんたがイザナギに入ってきた時から、何か嫌な予感がしてた」

隆児はその声に、驚くほどの人間味を感じた。一気に甦ってくる。仲睦まじかった時代を。長い期間ではない、一年に満たない。それでも幸せを感じた。夜の褥《しとね》の中で、サキは確かに可愛い女だった。愛していると感じたこともあった。

「あんたを支配するために近づいたら、素直にあたしの言うことを聞くようになったけど。本当は殺すべきか迷っていた。結局あたしは、間違えたね。すぐに殺すべきだった」

信じがたいことに、隆児はその声に情を聞き取った。ますます動けなくなる。今や全てのしがらみが解けたような顔で話すこの女の言葉を、どこまで信じられる。かつて知るサキとは微妙に違う。そう思うのだが、確信が持てない。返す言葉も見当たらない。ただ口を開けていた。何もかもを受け入れるかのように、跪《ひざまず》いたままで。

サキは近づいてきた。隆児は自分の位置を意識していた。老人たちとサキを隔てる位置から動かない。彼らに一本の指も触れさせたくない。この女が、どんなに優しい表情を浮かべていたとしても。かつてのサキに似ていたとしても。

「そこをどけ」

サキがにこやかなまま命令した。

隆児は迷わずに返す。

「だめだ。通さない」

「本当に生意気なやつだ」

サキは呟いた。

隆児の中に激しい悲しみが湧き起こった。憎しみは一瞬で流れ去る。

気づくとサキが、隆児の眼前に拳銃を突きつけていた。

悲しみが、さらなる勢いで隆児の全身を満たした。

「やめておけ」

隆児は、自分とは信じられないほど落ち着いた声で告げる。

「いま見ただろう。チャールズさんを撃った男が、どうなったか」

「お前を撃っても同じことが起きるのか。面白い」

サキはそう言って直ちに撃った。

そしてよろめく。隆児が全く、ダメージどころか大した衝撃も感じない代わりに、サキの身体が自ら放った銃弾を受けた。だがサキは立ったままだ。相当に強い防弾着を着ている。とはいえ、ダメージがないとは思えない。それなのに続けざまに女は撃った。

隆児には、それを止める術などなかった。

サキは撃つ場所を微妙に変えてゆく。その跳ね返りが、サキの身体の別の場所に当たる。

途中から、衝撃が上部に移ってゆくのを隆児は見た。その先に起こることが何か悟った時に銃声が止んだ。

瞬きの後、サキの姿は目の前から消えていた。

気づけば倒れている。床に丸まるような姿勢でいる。全く動かない。

絶命した。

起きた出来事は全て自然の法則にかなっていた。この女は跳弾の位置を細かく探り、ついには自分の眉間を打ち抜いた。そう悟り、隆児は怒りを覚えた。なんという去り方だ……ふさわしくない！　生への執着の塊だったくせにこんなに簡単に終わらせるな！　激怒を覆うように、新たな悲しみが爆発して隆児を押し流す。信じられない。悲しみは消え去らない。おそらく永遠に。無理だ……俺は、どうにかなってしまう。

サキは自殺した。間違いない。

彼女の中の誰かが決断したのだ。サキを撃つと。自分で自分を殺した。隆児はそこに関係できなかった。こうさせたのが自分だ、などとは夢にも思わない。

絶望したからか？　暗殺も果たせず、逃げることも不可能になったから。

そんなはずはない。そんな凡庸な理由ではありえなかった。

この女は途中から自分の急所を探していた。まさに暗殺者の冷徹さで。

ついにサキは、殺すべき相手を見出した。ということか。

分からない。分かる者などいない。隆児は手を伸ばし、まだ温かい女に触れた。

躊躇わずに撃ったこの女の姿を、自分が生きている間に忘れることはない。結果を知って撃った。サキがサキを。理解できない。理解できる日が来ないことを知っている。この女が誰だったのか、俺は最後まで知らなかった……

「隆児。この結果しかなかった」

いつのまにか、隆児に寄り添うようにチャールズが立っていた。

「サキは望んで撃った。自分を。お前が見た通りだ」

隆児は、サキの丸まった身体を視界に入れたまま頷いた。

また空間が歪む。シールドの力ではなく、眼球に溢れる涙によって。

Ⅸ　プリオシン

1

エジプトのアレクサンドリア港を発った艦隊が、地中海を北上し、ついにアドリア海に入ったという報告がアイリスの耳に入った。

まもなくアフリカ《A》警備隊《G》の主力艦隊の実に半分が、海上からポーランドに砲台を向けられるようになる。ポーランド中部の住民も続々西に退避している最中で、まもなく戦場が完成する。完成してしまう。

ヨーロッパ《E》警備隊《G》は北海のみならず、ヨーロッパの南方の海にも大規模ミサイル基地を持ったことになる。ロシア《R》警備隊《G》に大きな脅威を与えられるのは喜ばしい。アフリカ警備隊の陸戦部隊も、クロアチア沿岸からヨーロッパに上陸した。戦車部隊が北上を開始している。

『ヨーロッパ警備隊司令部。返答を願う』

そして、アイリスが待ち望んでいた連絡が届いた。低い声とともに、峻厳な岩のような指揮官の顔がモニタに映し出される。

『すまない。動くのが遅すぎた。リヒター司令官は……』

沈痛にも見えるその面持ちには、繊細な気遣いが宿っていた。

アイリスはウェブカメラの前で俯く。

「残念ながら、ウルのテロリストの攻撃を浴びました。亡くなった彼女の代わりを務めるのは副司令のサンドラ・ハマライネンです。私、警視庁のアイリス神村が、今は臨時で司令部を預かっています。もちろん、サンゴール事務総長からの委託を受けています。ところで、私の同僚の吉岡冬馬は、まだそばにいますか？」

『もう発ったよ。彼には世話になった』

オビクは目尻を下げ、すぐに厳しい表情に戻った。

『そちらの統制は、大丈夫か。士気は。難しい局面だろう』

「確かにそうですが、事務総長がしっかりグリップしています。何より、警備隊員《ガーディアン》たちがハマライネンを慕っている。ヨーロッパ《E》警備隊《G》は大丈夫です」

イサ・オビクは何度も頷いた。

『そうか。そうだろう。私も彼女を尊敬している。私と同じ、叩き上げの軍人だ』

「そうですね。ガバナンスという点では、東アジア警備隊も同様です。臨時の司令官になったサンゴール国連事務総長を慕う世界市民は多い。つまり、叛逆の名乗りを上げた三つの隊以外のユニヴァーサル・ガードは、しっかり結束しています。世界連邦という夢を一緒に見続けたい人たちが、こんなにもいるということです」

『私も同じだ。同じ夢を見に来た。待たせてしまって申し訳ない』

素直な詫びが聞けたことで、自然な笑みが漏れた。

「夢は、全員で見れば現実です。共に礎となりましょう」

『そうだな』

感激したような温かみが目許に溢れ出す。ソフィアとはまた違う系統の、アフリカで生まれ育った男の顔にアイリスは見惚れた。頼もしい。この男についていきたい、と思わせる強さと素朴さがある。アフリカの民から人気が高いのもよく分かる。

『トゥルバドールの秘蹟が私の目の前に現れた今、怖いものはない』

いきなり、信仰告白に似た呟きが聞こえた。アイリスは不吉な予感を抱く。

すると直ちに現実になった。

『アイリスさん。お久しぶりです』

望月友哉。ただの道化者に見えるこの男が、アフリカ《A》警備隊《G》司令官の懐に飛び込んで決定的な役割を果たした。冬馬の功績を認めたいところだが、冬馬だけでは無理だったのかも知れない。

「冬馬さんは、どこへ行きましたか」

アイリスはしごく事務的に訊いた。なぜかこの男の前では感情を露わにできない。

『冬馬さんはカリブ海に向かいました。サンゴール事務総長の要請に応じた形です』

楽しげに報告が返ってくる。そうだったのか。冬馬はすでに、ソフィアが描くグランドデザインの中で動いている。

『ヨーロッパはアイリスさんが守る。南極で頑張っていた樋口さんは、今度はフィリピン海で梁将軍と対峙する。となれば、北米と南米の戦いを制すれば世界連邦の勝利だ。冬馬さんはデ・ソウザ司令官に加勢してジェンキンス将軍をやっつけます』

「そうね。正しい選択です」

胸の底から滲み出す不安を隠してアイリスは言い切った。自分も含め、警視庁の三人のシールドキーパーが要所に配置される。まるでタリズマンの扱いだが、実際に何ができるのかは未知数。アイリス自身もまだ答えに辿り着いていない。

それでも、目指すのは完全勝利。この男も同じはず。

「で、友哉さん。あなたは、いまどこに？」

通信状況を見て、望月友哉はすでにオビクと別の場所にいることが分かったのだ。

『はい。ロシアに戻る最中です。のこのこと、ウルの工作員としてね』

相変わらず信じがたいことを言う。どこまでも読めない男だ。

『私は裏切り者なので、ロシアに戻れば、フョードロフが即座に殺しに来ます』

「まさか……本当にロシアに戻るの？」

『戻りますよ。大きな仕事が残っているので。そこでしかできない仕事です。うまくいけば、皆さんを大いに助けられる。頑張りますよ』

いくらシールドキーパーとは言え、むざむざ命を危険にさらしていい道理がない。本当に度し難い男だ。アイリスは真意を訊きかけて抑えた。どうせまともに答えはしない。

「気をつけてください」

最低限の気遣いを示すに留めた。

『ありがとうございます。アイリスさんも』

友哉はあくまでにこやかに返し、続けて、さらに信じがたいことを口にした。

『シールドキーパーは最前線に立て、という声が聞こえる気がするんです。いま、地上のどこにも姿が見えない、漂泊の人の声がね。逆らえません』

回線を共有しているオビクの方が、誰よりも真剣な顔で聞いていた。オビクは素直に望月友哉に感服しているようだ。人によってこれほど評価が分かれる人物も珍しい。

トゥルバドールは再臨しない。

アイリスはふいに悟った。啓示のようにアイリスの胸を占めてしまう。友哉のこの立ち振る舞いが、自分に何がしかの影響を与えたようだ。うまく分析はできないのが、どうにももどかしいが……ジャック・フロストは二度と姿を現さない。それが摂理のような気がしてならなかった。

ジャック・フロストのかつての行動は記録されている。誠実なジャーナリストが彼を追い求め、直接話を聞いている。ルポも、録音と映像も残されている。精神を受け継ぐ者に、今も恩寵のように響く。それで充分なのだと思った。ちょうど佐々木忠輔の言葉や方程式と同じように。

見捨てられたわけではない。だから失望する必要がない。ジャックの持つ力は、テクノロジーを通じてシールドキーパーたちに渡されている。

正しい心を持った刑事がそれぞれの戦地に赴いている。

身を挺して戦闘を止める。それが可能だ、と言っているのだろう。どこかで、彼が。

なぜ望月友哉がその声を聞き取れるのか。その点だけは少し首を傾げるが、それでも。

力が漲るのを感じた。実際、ジェネレーターはかつてないほど心と連動している。アイリスの人工の左脚に埋め込まれたそれは、ますます違和感なくアイリスを支えている。まるで血が通っているかのように。

冬馬も同じように感じているはずだし、どうやら樋口も同じだ。

試される時が来る。おそらくすぐにでも。

戦場で、誰かが一発でも敵に撃ち込めばそれは始まる。全てが雪崩を打つ。

アイリスは震えた。左脚が呼応して振動する。宥めるように、静かで温かな律動を送ってくる。

2

盟友と回線を繋げると、ソフィアはさっそく礼を言った。

「マヌエラ。ありがとう。南極のテロリストは、全員拘束したのね」

すると、ブラジルのキャプテンは苦く笑った。

『あの、フォードロフの弟。ずいぶん暴れてくれたし、全く大人しくならない。これからも油断はならないけど、核弾頭も押さえたし。核爆発の脅威は、除去できたんじゃないかな』

「これで、ガード同士の戦闘に集中することができる」

それとて苦い現実だが、目の前を見据える以外になかった。

「当てが外れた将軍たちは慌ててると思う。かといって、降伏はしないだろうけど」

『そうね。交渉の余地はまだあるとは思うけれど、彼らはおそらく、意地になって武力で勝とうとする。ウルの底上げがあるからね』

「私たちは絶対屈しない」

鼓舞する、という自分の仕事をソフィアは全うする。

「いま、全ての決戦の地に、ケーシチョウのシールドキーパーが向かっているの。彼らに何ができるかは私にも正確には分からない。ただ、トゥルバドールの意志を受け継いでいることは間違いない」

『奇蹟を起こせるってこと？』

　ソフィアは答えに迷い、考えながら言った。

「それはたぶん、当のシールドキーパーたちも分からないんだと思う。だから、何か期待するというより、ただ受け入れてほしいの。彼らにしか見えない領域がある」

　自分の言葉は不充分だ。もっと踏み込みたい。

「間違いなく言えるのは、彼らは世界連邦の守護神だということ。良識を守るために、帝国主義の復活を防ぐために、私たちウィメンズ・クラブのために力を出し尽くしてくれる。それを疑う理由はない」

　するとマヌエラは、達観した顔で頷いてくれた。

『分かった。私のところに来るのはだれ？』

「トーマ・ヨシオカ。説教師よ」

『スターじゃない！　楽しみにしておくわ』

　ソフィアはにっこりしてしまう。ウィメンズ・クラブよ永遠なれ。ふと胸の中で唱える。修羅場でこそ本物の絆《きずな》が磨《みが》かれる。もし戦火をくぐり抜けて再び逢えるなら、盟友たちを一生大切にしたいと思った。

『ジェンキンスの艦隊はまもなく、メキシコ湾に集結を終える』

マヌエラ・デ・ソウザは事務報告に入った。

『全ての砲台が南を向くでしょう。私たちが構えるカリブ海に』

ソフィアは頷くのみ。ここにもまた一つ、臨戦態勢が完成する。嘆かわしくも、歴史的イベントとして書に刻まれることが確実。

『偵察隊からの映像を見ると、信じられない光景よ！　オールスターゲームみたい。これが単なるフットボールの試合だったら、ワクワクできるんだけど』

そんなふうに、無理に気持ちを上げすぎたのか。ふいにマヌエラの表情が崩れた。

『ソフィア。こんなことになる前に、あなたとボールでも蹴りたかった』

万感の思いが声に籠もっている。

『お互いの役割ゆえに、個人と個人でつき合えなかったから。公人の軛から放たれたら、ゆっくり話したかった。もう、その機会はないかもしれない』

「大丈夫。私たちは勝つ」

声を震わせない。ソフィアは完璧に返したかった。

『でも、純粋な戦力では、おそらくジェンキンスが上回るけれど』

「私たちには、トゥルバドールがついています。信じて」

言わずにいられなかった。マヌエラの両眼が希望に見開かれる。

『分かった。あなた自身がシールドに守られて、爆発の中で生き延びたことが関係してるのね。あなたにご加護があったこと、私は神に感謝してる』

「マヌエラ。あなたにもご加護がありますように」

『ソフィア。あなたが爆発を生き延びたおかげで奇蹟を信じられるの。もっと遡れば、世界中の国が武器を捨てて、世界連邦が成立したこと自体、奇蹟だものね。ここでもう一度奇蹟頼みになったって、何が悪いっていうの』

マヌエラの開き直りは清々《すがすが》しかった。そして本質を突いている。

『ワールドカップの準決勝を思い出すわ。私たちは、序盤に退場者を出して、まるまる一試合を十人で戦った』

彼女の現役選手時代のエピソードだ。もちろん、かつてテレビで観戦していたソフィアにとっても忘れられない試合だった。

『終了間際に、キーパーが負傷して九人になった。それでも負けなかった。延長で勝ち越して、決勝に行ったんだから』

「そのあと、あなたたちは決勝を制してチャンピオンになった。よく覚えてる」

ソフィアは思わず笑顔になる。最後まで諦めない者にこそ勝利は訪れる。

「マヌエラ。あなたは死ぬまでチャンピオン。新しい時代のレジェンドよ。不敗伝説は続く」

『うん。隊員にも伝えるわ。ソフィアがそう言い切ったって』

冗談のやり取りも、一言一言が愛おしかった。これが最後でない保証がないから、言葉に気持ちが籠もる。相手の表情を目に焼きつけようとする。

私は全てを見届ける運命だ。ふいに悟る。

戦場に赴く友人たちの行く末を見届ける。そののち、自分の生きる場所が定まる。あるいは死に場所が。

名残《なごり》惜しさを抑えて、ソフィアはマヌエラとの通信を終えた。

余韻を嚙み締める暇もない。直ちに次の盟友と話さなくては。

3

いま届けられている映像は、ポーランドの首都、ワルシャワの東側にある農村地帯の遠景。そもそも国名が〝平原の国〟を意味しており、国土のほとんどが平野だが、ヨーロッパ《E》警備隊《G》が前線を敷いたのはワルシャワのすぐ東。首都を死守する構えだ。対して、ウクライナとベラルーシから国境を越えて続々と侵入してきたロシア《R》警備隊《G》の主力陸戦部隊は、ワルシャワに向けて弧を描く形に布陣した。

ロシア警備隊《RG》と、ヨーロッパ警備隊《EG》の主力部隊が正面から対峙する。紛れもない戦場。ウェブカメラによって、リアルタイムで状況が届けられていることがソフィアにはつらい。今世紀で最大規模の戦闘を、その場にいるかのように見せつけられる。自分だけはニューヨークの摩天楼《まてんろう》の上にいて、軟禁状態ではあるものの戦場とは比べ物にならないほど安全だ。対して、大切な友人たちが身一つで臨場している。いまにも砲弾が飛び交う。だが、いまその場を支配しているのは静けさだった。散発的な爆音。激しい光。それが起こったのは初めだけで、アンチクライマックスなシーンが続く。

ふいにソフィアは悟った。見た目は地味で変化に乏しいが、これこそ実は、激しい戦いの有様なのか？　物理的な戦闘が起こる前の攻防が、すでに繰り広げられている。

ソフィアの胸の中に希望が芽吹き始める。矛ではなく楯の側が優勢だという証かもしれない――そうであってくれ。かつてトゥルバドールが起こしたという奇蹟も、これに似ていた。凶暴な武器がことごとく鳴りを潜めた。

沈黙の革命。それが、世界連邦成立前夜に起きたことだった。

全世界の兵器が機能停止に陥り、武装解除以外の選択肢がなくなった。それが再び起こっているのか？　シールドキーパーはやはりトゥルバドールの再臨で、新たな奇蹟が繰り返されているのか。

「アイリス」

臨戦態勢にあるユニヴァーサル・ガードの司令部に呼びかけることを憚っていたが、ソフィアは勇気を振り絞って親友の名を呼んだ。

「こっちの声は、届いている？　そちらの状況はどうなっているの」

『ソフィア。双方とも、動けずにいる』

微かに震える声からは、アイリスに似合わない、心の底からの恐怖が伝わってくる。

『緊張の限界を、いつ超えるか分からない』

罪の意識が膨らんだ。自分は本当に、何という場に親友を送り出してしまったのだろう。

次の瞬間だった。事態は急転直下の変貌を遂げた。ソフィアが見つめる画面の遠景の中で、明るい光が次々弾けたのだ。

少し遅れて、音が届いた。紛れもない爆発音。しかも、途切れなく続く。

ついに——大規模な戦闘が始まってしまった。

ああ、沈黙の革命など、古き良き時代の残像に過ぎなかった……血の気が引き、視界から色が失われる。自分の命が罪の次元へと滑り落ちてゆく感覚。私は、決して後戻りのできない地点を越えた。たちまち無惨な光景が広がる。ずらりと平原に並んでいた軍勢から炎と煙が上がり出す。この連続する光と爆音の最中に、無数の兵士の命がある。無残に消えてゆく——これ以上の罪があるだろうか。

どうやって償う。ソフィアには全く分からず、一瞬己を見失った。

待て。呼吸を整えろ。見つめ続けなくてはならない。それが国連事務総長の責務。

この映像はアイリスのいるヨーロッパ《E》警備隊《G》陣営から見る光景。つまり、映っているのはロシア《R》警備隊《G》の軍勢だ。整然と並んでいる戦車部隊が、突如オセロに負けたかのようにひっくり返り、隊列を乱す。歯抜けになり、無秩序状態に陥ってゆく。ざっと見ても、少なくとも三割ほどの戦車が炎上している。

さらに爆発が起こった。残された戦車からも炎が上がり始めた。

驚きだ。これは明らかに、ロシア警備隊が劣勢ということ。

「アイリス、先に撃ったの？」

ソフィアは震撼《しんかん》しながら訊いた。罪の臭いはいまや強烈に鼻を突いている。

「ヨーロッパ警備隊からの砲撃？　先制攻撃を行ったの？」

『違います』

アイリスは即座に否定した。送られてくる彼女自身の表情は厳しく、目の動きに戸惑いが現れている。彼女にとっても思いがけない事態らしい。

『専守防衛の原則は必ず守るように徹底してある。撃たれて応戦したわけでもない』

「ということは……」

画面の片隅のワイプに映るアイリスはしばらく、状況を精査していた。前線で指揮を執るサンドラ・ハマライネンに現場の様子を訊き、さらに自らの端末で何事か解析する。それから、こう告げた。

『ソフィア。落ち着いて聞いてね。ロシア警備隊の戦車は、自爆したみたい』

「自爆？」

　思いもかけない単語に思考がストップする。

いったいどうしてそんなことが起きうるのか。どの戦場でも耳にしない。敵軍に突っ込んだ末での自爆ならまだ理解できるが、自陣に留まったまま自爆というのは、前代未聞だ。

　なにが起きている？

『ソフィア。たったいま、偵察部隊の報告が届いたの。戦車部隊の乗員たちは、多くが、爆発する前に戦車から逃げ出しているって』

ますます理解不能だった。呻くしかできないソフィアに、アイリスの分析がかろうじて理性の冷水をかけてくれる。

『これはもしかすると、ガーディアンたちの、申し合わせての叛乱《はんらん》』

　しかしアイリスは、すぐに修正をかけた。

『でも、それにしては規模が大きすぎる。叛乱が起きるなら、戦闘が始まる前の方が安全だし。布陣が済んで、戦闘態勢が整ってからこんなことになるなんて……やっぱりこれは、彼らにとっても不測の事態だと思う』

「システムの障害？　あるいは……」

『自爆装置が作動した。それは間違いなさそう』

アイリスの解析は常に信憑性が高い。ソフィアの頭の中の霧が晴れ始めた。

『しかも、どうやら、ウル製の最新鋭の戦車に限って、真っ先に爆発しているみたい』

「それは……」

どういう意味なの、と問おうとした瞬間、ソフィアは閃光を浴びたかのように目を瞑《つぶ》った。

期待をかけていたわけではない。あまりにも不確定要素が大きく、ソフィアは自分の脳裏から可能性を排除していた。頼ってはならないと。

だが直ちに、彼に話を聞く必要がある。

4 ――Confession

仮面を脱ぐ時が来た。

長い雌伏《しふく》であった。耐え難き苦痛に苛まれた日々にようやく終止符が打てる。

ただし、正体を晒すということは、とりもなおさず命を狙われるということ。段取りが大事であった。うまく姿を隠さねばならない。少なくとも、ロシアから脱出するルートをしっかり確保しておいてからでないと。

私の名はアルフレッド。良き従者、という意味を持つ。代々の家業を継いだ身としては模範的な名前かもしれぬが、長く主人だったサイトーに言わせれば、おそらく最悪の従者という評価になる。主を裏切り獄に閉じ込めたのであるから。

しかし、感謝してもらいたいものだ。命を奪ってはおらず、ある程度快適な環境を与えてさえいる。そこは誰にも知られない場所であるし、結局は主の命を守ったとも言える。

いつか知るといい。私の挙は裏切りではなく、考えうる限り最善の行動であったと。

私はフョードロフの信を得て、〝教主〟と呼ばれた厄介なカリスマを追い落とし、ウルを掌握するに至った。だがもとより、新たな主の座に長く着くつもりはなかった。血塗られた罪の玉座であるからだ。

私の身体に流れる執事の血――主人に尽くすことが絶対――と、人道とが相克した。主を選べないおかげで魂を引き裂かれるような日々を送らねばならなくなったが、それに決着をつけたのが、国連からやってきた望月友哉であった。私が内心に秘めていた葛藤を、どうやってか彼は嗅ぎ取り、早い段階で切開手術してくれたのである。彼の弁舌と、彼が手にしている奇蹟の欠片《かけら》に私は心底から魅了された。彼の手により私という人間の武装解除は滞りなく進んだ。いや、魂の解体に匹敵する転回の体験であった。彼のおかげで私は生まれ変われたのだ。

そして壮大な乗っ取り劇が幕を開けた。ウルが頒布《はんぷ》する罪の道具たちを無効化し、どうにか自滅の道を歩ませるための、策略の数々。全ての仕掛けを整えることはできなかった——そもそも、私の仕掛けた叛逆劇は、当然ながらすべて極秘裏の活動であり、著しく手足を縛られたものであった。サイトーが十数年かけて築き上げたウルという帝国の隅々まで反抗分子を仕込むことは、叶わなかった。すなわち、効果はどうしても限定的になる。それでも最善は尽くした。三将軍が華々しく開戦する寸前に、瀬戸際で間に合ったという感がある。望月友哉と話し合い、蜂起の時を見定めた。

ウルの最新鋭の戦車シリーズがワルシャワを取り囲み、いま発動せねばいつ発動するのか、という無二の時宜が訪れた。

ここぞとばかり、特製の警告映像をロシア警備隊《RG》全体に配信した。機密漏洩を防ぐために、私が自ら手掛けた労作だ。ウル製の兵器の内部にいかに危険な爆弾が仕込まれているか、を知らせる懇切丁寧な内容である。実はウル製の武器は、世界大戦に使用することができない。著しく人道に反する任務に用いられるからで、実際に戦場に配備されれば遠からず自爆を遂げる、と警告するものだった。それが事実であることを、起爆装置をＣＧ動画にて示し、外部からのコマンドでどのように爆発に至るかさえ専門的に解説した。

技師の資格を持つ兵士、勘のよい経験豊富な警備隊員《ガーディアン》から逃走を始めた。自分が乗っていた戦車を振り返りもしない。彼らはおそらく、自らの任務に疑問を抱いていたからこそ、敵前逃亡に躊躇いがなかったのであろう。この流れは確実に広がり、つられて逃げ出す者たちも増え始めた。

　私は偵察ドローンを何機も飛ばし、全ての乗員が逃げ出したと思われる戦車をマークしていった。そして、最も他に被害を及ぼさない戦車から自爆させた。一度始めてしまえば、一気に広げて兵士たちの戦意を挫いてしまわなくてはならない。優秀な執事の生来の気質を発揮したつもりだ。私は完璧主義者である。

　とはいえ、精密な監視を経ても洩れは出てしまう。ざっと百台ほどに自爆を命じた私のコマンドが、逃げ遅れた兵士の命を奪わなかったとは言い切れない。だが、繰り返すが、私は最善を尽くした。どうしてもウル製の兵器がヨーロッパ警備隊の人員の命を奪うことは避けたかった。ロシア警備隊《RG》の兵士たちに、フョードロフに対する離反を促す意味でも、わずかな犠牲は致し方ない。開戦直前の、限られた時間での極限の判断だった。もちろん道徳的な咎《とが》は負わねばならない。言い逃れする気はない。

　全ての兵士を、ただの兵士ではなく、守護者《ガーディアン》に他ならないという本分に立ち返らせたかったのだ。私が人道に立ち返ったのと同様に。

「私が、伝説の霜男《フロスティ》の真似をできるならば、それが最良だっただろうけれど」

　ここで私の耳に響くのは、贖罪のような、諦観のような、恩人にして盟友の言葉であった。

「無い袖は振れない。神のごとき領域に行ける人間は、限られる」

　私に正道に立ち返る希望をくれた望月友哉という男にとって、人命が損なわれることはやはり、とてつもない痛恨事。罪と罰の法則に自分が組み込まれることから逃れるつもりはない。それは、将軍たちと、将軍につき従う者たちがとうに失った、〝道義〟の徒であることの証左であった。

　遠隔映像に捉えられた逃げ出す兵士の群れを眺めながら、私は人命の価値を思う。これを感じられるかどうかが、人間と、人間未満の差。それを思い知る日々を経て今がある。改めて、兵器産業に仕えてきた自分の罪の深さと、それを贖《あがな》うために裏切りを決めた自分の行状とを比べてみる。

　釣り合わない。おそらく自分は、これから少なくとも数十万の命を救わねば、到底罪を拭うことなど覚束ないのだ。佐々木忠輔による贖罪学を認めるならそれは明らかであり、まさしく絶望的な営為に思われる。それでも、希望も同時に教わった。贖罪は思い立ったその日に始められる。結果に思いを致すより、贖いを実践し続けることこそが最も尊く、結果としても近道であるということ。それは論理的な帰結だった。

　困難極まりないのはもちろんだが、多くの人を救うためにできることを続けさえすれば、それは必ず、聖賢が歩んだ道に通じる。途中で命を失うかどうかは問題ではない。なぜなら、限られた命である限り、誰も究極の地点に辿り着くことはなく、道半ばで倒れる運命だからだ。辿り着いた、と満足げな顔をする者はすなわちまがいもの。着かぬ、着かぬと歩き続けている者だけが貴い。

私も喜んで倒れようと思う。内心では倒れることを望んでさえいる。誰かの楯になって死にたい。そうした死に方でさえ、自分の罪に比して贖罪が充分な値を取らないこともわきまえている。一度血で濡れたこの手が真っさらになることはない。ただ、人を大量に殺す道具を作り世界中に届ける仕事を覆すために、今からできる全てをする。せめて、これから死ぬ人の数は減らす。

だからロシア警備隊《RG》の兵士たちよ逃げろ。私の手による宣伝映像を信じ、鉄の箱から飛び出せ。自分の命を大切にしろ。何より、誰も殺すな！

そののち、血腥い道具を生産し続けるファームにも私は火をつける。そこで呪われた仕事に従事するロシア人もアジア人もアフリカ人も、清めの火が燃え広がる前に全てをうち捨てて逃げ出せ。我々の罪を燃やし去ってくれるかのように、シベリアの森林の奥深くから黒煙が盛大に広がるであろう。人の子たちよ、命以外に払う対価はない。後生大事に抱えて逃げることだけを望む。急げ！

5

彼に今すぐ話を聞かねばならない。

アイリスと回線越しで対面しながら、ソフィアは強烈に思った。するとその本人からコールが届いた。初めてのことではない。感心しながらソフィアは耳を傾けた。

『お待たせしました。作戦発動中です』

その声は少し苦しそうだった。

「ユウヤ、あなた……」

『ソフィアさん。ちょっと荒っぽくはありますが、お許しいただきたい』

望月友哉から真っ先に届いたのは謝罪。ソフィアは意表を突かれたが、徐々に納得する。

『勝利を確実にしておきたくて。交戦状態に陥る前に、導火線に火を点けました。どうしても、死傷者を最小限にしたいので。どうかご理解を！』

「分かります。ユウヤ、分かるから」

確かめたいことが喉元まで迫《せ》り上がる。望月友哉は察知してくれた。

『彼らに警告は発しました。ロシア警備隊《RG》全隊に告ぐ、前線の戦車は爆発する。直ちに逃げろと。信じた者たちは逃げ出してくれたが、どうも、全員というわけにはいかないようです。フョードロフに忠誠を誓い、逃げ出さない者の中に、犠牲者が出ることは否めません』

　苦渋に満ちた、懺悔に似た台詞を届けてくる。これも望月友哉の誠実さだった。自分の罪から逃れるつもりがない。

　ソフィアも連座する必要があった。人の業《わざ》の限界。神ならぬこの身では、大の犠牲より小の犠牲を取らねばならぬ時もある。そう、自分を説得しながら進むしかない。今は。

『ウルの新しいヘッドは、これでも精いっぱいやったんです……まだガバナンスが充分じゃない中で、使える仕掛けを全て使った。ベストではなかったでしょう。せめてベターだったと思いたい。ジャックは納得してくれないかもしれないけど』

『あなたの、大仕事というのは……ウルを乗っ取ることだったのね』

　たまらずに訊いてきたのはアイリスだった。さしもの名参謀も、こんな強力なアシストを受けられるとは想像だにしていなかった。

『いやあ、アイリスさん。すみません。もっとスマートにやりたかった。完璧を目指したんですが、面目ない。ただ、教主サイトーの執事であったアルフレッドを、早い段階で転ばせておいたことは、功を奏しました』

　望月友哉の表情は暗いままだが、この男は偉業を成し遂げた。紛れもなく英雄だとソフィアは思った。

『彼は今や、僕の親友です。サイトーを退場させ、フョードロフの関心を買うという難しい役をこなしてくれました。フョードロフを騙すのは大変だ。それでもやってのけた』

「素晴らしい成果です」

ソフィアは心から言った。画面の中を見よ。いまや、ロシア《R》警備隊《G》の戦車軍団は惨憺《さんたん》たる有様だ。闘う前から勝負が決したとさえ見えるほどに。

『どうやったの？　これほど大規模な仕掛けを施すには、相当な手間がかかったはず』

アイリスの質問に、友哉は淡々と答えた。

『アルフレッドは、サイトーが教主でいる時期に、すでに実務を一手に握っていました。ウルの兵器の製造段階でもう、できる限り多くの兵器に、自分だけがバックドアを持つ装置を組み込んだわけです。そしてさっきコマンドを送った』

『なるほど……』

『ウル製の兵器すべてが自壊するわけではありません。アルフレッドもそこまでするのは無理だった。でも、混乱を起こし、ジェネラルズの戦力を削ぐのに相当の効果がある。これで内部崩壊が起きれば、ヨーロッパ《E》警備隊《G》側の勝利に寄与できると思います』

「見事です。アルフレッドもよくやってくれた」

ソフィアは称賛を惜しまなかった。正しい評価を与えなければ。

「でもあなた自身が、一番の殊勲者《しゅくんしゃ》です。危険な陣営に踏み込んで、二重、三重の諜報員役をこなしてくれたから」

『もちろん、シールドのおかげでこなせたんです』

望月友哉はいま、ふざける様子がまったくなかった。悲しげな蔭をたたえたままだ。

『死ぬかもしれないと怯えていたら、ここまで大胆なことはできませんでした。僕は、アルフレッドに最大限の賛辞を贈りたいですね。彼は命懸けで主人を裏切りました。人道に立ち返った彼の決断で、世界を救えるかもしれない』

ソフィアは何度も頷いてみせる。

「ユウヤ、おかげで戦況はだいぶ有利になります。本当にありがとう。生じる犠牲については、改めてしっかり受け止めます。私は責任逃れはしない。あなたを信じて任せた仕事ですから」

『ありがとう、望月さん』

アイリスも礼を言った。ソフィアはそんな素直な対応を初めて見た。友哉にはいつも眉を顰めていたのに。

『あなたを理解できなくて、無礼な対応を続けてきたことを謝ります』

『なんですかあ？　アイリスさんらしくないな。謝罪なんか要りませんよ。仲間じゃないですか』

望月友哉は、ようやく表情を少し明るくした。

『ただし、これからが正念場です』

すかさず釘を刺す。友哉は使命を決して忘れない。

『ウル製の武器を多く採用していたロシア警備隊《RG》と、梁子墨《リャン・ズームォ》の西アジア警備隊《WAG》には、大きなダメージを与えられる。梁司令も、このポーランドの有様を聞いたら、自軍に導入したウル製の兵器に疑念を持つでしょう。しっかり検査しないと、いつ自爆するか分かりませんからね！　結果、彼の戦力も削ぐことができる。ところが、問題はジェンキンスです。彼の北米警備隊《NAG》には、ウルの武器がほとんどない』

その通りだ――アメリカだけは、わけが違う。

「ユウヤ、本当ね。そもそもアメリカには、武器大国の誇りがあるから。ジェンキンスの昔気質《むかしかたぎ》が、悪い方に出てしまった」

『そういうことです』

アイリスも難しい顔で考えている。そして言った。

『カリブ海＝メキシコ湾を制するものは世界を制する。そういう状況になってきたわね』

ソフィアは居住まいを正した。指摘の通りだ。

『アイリスさんも、まだ勝ったわけじゃないですよ』

すると友哉は、控えめに注意喚起した。

『フョードロフはまだ奥の手を持っている。まず間違いなく原潜は持っているし、他にも厄介な兵器を隠し持っている可能性があります。それでも、いま我々が得た優位は存分に活かすべきです。全てを終結させるには何日もかかるでしょう。もしかすると何ヶ月も、かも知れない。フィリピン海の樋口さんも同じです。ただもし、早期に自分の持ち場の戦闘に切りがついたら――カリブ海に向かった方がいいかもしれない』

アイリスは反応できないでいる。要は、冬馬の加勢に向かえということだ。だが確かに、そんな余裕はまだない。フョードロフは降伏したわけではないのだから。

『難しいことを言っているのは承知の上ですが、できるなら急ぎましょう。私も頃合いを見て、向かいます。すぐには無理ですが』

「友哉。アイリス。今は自分の持ち場でベストを尽くしましょう」

ソフィアは声を張った。ここが正念場だ。目の前の障害を確実に片づける。

「離れていても結束している。私たちは一人でも、目の前の状況を乗り越えるために全力を尽くす。世界市民の命を守るために、最後まで諦めないこと」

『了解です』

望月友哉はようやく、ふだんの気楽な表情を少しだけ取り戻した。

『我々の祖父母の念を鎮めるためにも頑張りましょう。不肖《ふしょう》の孫のままで、終われないじゃないですか。いつかあの世で会ったら、いい孫だと褒めてもらうんです』

「そうね。その通り」

微笑まずにいられない。そしてソフィアは、ひそかに決意したのだった。いざとなれば自分も出て行こうと。どこへでもだ。最前線も厭《いと》わない。マンハッタンを無理に出ようとしてジェンキンスの部隊に撃たれても構わない。今や自分もシールドの恵みに与《あずか》っている。不当な拘束に抵抗して何が悪い？　自分の代わりに司令塔を務められる人間はいる。マヌエラ。クリスティン。

シールドキーパーにしかできないことがあるなら……まだ全く、シールド使いになどなれてはいないが、それでも、自分が臨場することでもし、事態を変えられるなら。

『ちなみに、私の祖父母と、あなたのおじいさんは馬が合ったようです。長年親しく交流していた。芸術的センスが合ったからですかな？』

ソフィアの内心を知ってか知らずか。友哉は呑気《のんき》にも、互いのルーツを解きほぐし始めた。

『私の安珠おばあちゃんは、音楽の才も美術の才も素晴らしかった。歌声と絵画がたくさん残されています。あなたのおじいさんも同じだ。ウスマン・サンゴールさんの創ったレリーフが、今もセネガルの国立美術館に飾られているんでしょう。彫刻や絵画も、空港や、国立公園に展示されているそうじゃないですか。誇らしいですね』

ソフィアは胸がいっぱいになってしまう。世代を超えて力を合わせて闘っているような気持ちになる。正しい志が受け継がれたのならば嬉しい。これからも、のちの世代に手渡していくのだ。絶対に失われないようにしながら。

いま、世界中の仲間たちは何を思っているだろう。無事だろうか。助けが必要ではないか。求める声があればすぐに手を添えたい。

とりわけ、冬馬は。そしてチャールズ翁は。

無事だろうか。今すぐに話したい。ソフィアはコールしかけて、やめた。

甘えるな。必要なときに繋がり合えばいい。

いま風は確実に、自分たちに向かって吹いている。

6

冬馬は再び機上の人となった。ナイジェリアのラゴスからベネズエラの首都カラカスへ。これは国連がチャーターした特別便で、冬馬の他には国連の機関に所属する者しか乗っていない。

カリブ海に面する都市に到着した晩には、南米警備隊《SAG》の司令官マヌエラ・デ・ソウザに面会することになっている。この短期間で司令官に会うのは三人目になる。ロシア、アフリカそして南米。

『冬馬、カリブに着いたか？』

機内の特別回線にコールが届いたので出ると、紛れもなくチャールズ・ディキンソンの声だった。しかも元気だ。

「チャールズさん！　無事なんですね！」

冬馬は心の底からホッとした。守護神を失えば世界連邦は崩れ去る。そんな悪夢が頭を過ぎっていたから、これほどの福音はない。

「ミサイルは、避けられたんですね？」

『当たり前だ。僕を見くびるな』

そしてチャールズは、冬馬の懸念をはるかに上回ってみせる。

『サキが来て、死んだよ。僕の家で』

「サキが……チャールズさんのところに⁉」

盲点だった。サキが必殺の部隊とともに乗り込むとは……自分の不注意だ、と自責の念に駆られるが、チャールズの覇気が全てを埋めてあまりあった。しかも死亡したとは、望外の結果としか言いようがない。にわかには信じられないが。

『お前が送ってくれた、鴇田隆児君が頑張ったよ。どうやら落とし前をつけたらしいぞ。男だな、彼は。非科学的な評価だが』

「はい……それは、あいつにとっても……」

うまく答えられない。自分がなぜあの若者に肩入れし、世界中を連れ回るようになったのか、自分でもうまく説明できないことに似ていた。

ただ、芯のある男だと感じた。隆児の顔を見ているとなぜか希望を感じたのだ。人間はやり直せる。本心から望むなら。そんなふうに感じさせてくれた。

　そして隆児は、自分の手で落とし前をつけたという。隆児が抱える因縁が、サキを再び東京に呼び寄せたのか。真実は分からない。

　ただひとつ、どうしても知りたいことがあった。

「あいつは……隆児は、サキを殺《あや》めたんですか？」

『それがな。どうにも説明が難しい』

　通信画面に映るチャールズは、妙にお茶目な仕草で頭をかいた。

『殺したわけじゃない。ただ、彼がいなかったら、サキが死ぬことはなかった。それは確かだと思う』

「……どういうことですか？」

　チャールズにしてはまるで煮え切らない。冬馬が問うと、なおさら頭を掻き毟った。

『いずれ、方程式にして送るよ。道義計算は、どんなに時代が進んでも簡単にならない。人類は、滅びるその日まで、自分の罪業と格闘を続けなくちゃならんな』

　冬馬は敬虔な沈黙で答えた。人間の宿命を思う。誰一人、道義の法則から逃れられない。憐れにも思えるか弱き生き物の群れ。自らの業を自覚している者は幸いである。自らの卑小さを知る者は幸いである。そんな念仏のような唸りが胸の底から湧き出してくる。

『で、ジェンキンスだな。残された目の上のたんこぶは。お前に懸かってる』

「分かっています。まもなく現地に着きます」

『しかし、無茶はするな』

慈愛そのものの笑みが届いた。それは盟友というより、家族のそれだった。

そこでタイミングよく、二人の通信回線にアイリスも加わったことを知り、冬馬の胸は温かい熱で満たされた。航空機が飛び立つ直前に、ポーランドでロシア《R》警備隊《G》の戦車の多くが自爆を遂げたことは確認していた。戦況はアイリスのいるヨーロッパ《E》警備隊《G》に有利に傾いている。

「チャールズさん。俺は必ず生きて戻ります。アイリスと結婚するんですから」

こんなときに、どさくさ紛れのように言うべきではないかもしれない。それでもいま言うことで、二人の笑みを引き出したかった。

画面に映ったアイリスが否定しない。それで充分だった。

「アイリス。これからも油断しないでくれ」

ふいに真面目腐ってアドバイスを送る。

「フョードロフは、タオルを簡単に投げるような奴じゃない」

『もちろん分かってる。冬馬、あなたこそ気をつけて。ジェンキンスほど諦めの悪い男はいない』

『なんという場面だ』

　チャールズが感に堪えない様子で言った。

『可愛い孫たちを、戦地に送らねばならないとは……だが、お前たちは生きて戻り、盛大な結婚式を挙げる。僕が保証する。式場やらなんやら、準備万端整えて、待っているぞ！』

　アイリスの笑みが弾けた。少女の頃によく見た無邪気な笑みだった。

「あなたの傑作、シールドを信じます」

　冬馬は希望だけを口にしたかった。ディキンソン家の人々に、ひとかけらの不安も届けたくない。

「チャールズさん。俺たちが勇気を失わないように、言葉をください」

『傑作はお前たちだ』

　アイリスの祖父は打てば響いた。

『志をしっかり受け継いでくれた。誇りに思うぞ』

「――ありがとうございます」

　冬馬を運ぶ翼が降下を始めた。窓外には美しい海が広がっている。

7

チャールズ・ディキンソンが、実の孫と、将来の孫と会話をするのを、その背後で黙って聞いていた。

仁戸田正治は和んだ気持ちになっている。自分らしくないとは思うが、チャールズの話し相手は最前線に立つ刑事でもあるのだから、公安部長として肩入れするのは当然だ、とも思う。

通信を終えると、チャールズは穏やかな顔でしばし宙を見つめていた。孫たちの無事を祈っている。心から結婚式を楽しみにしている。この人も人の親であり、人の子か。

仁戸田正治はチャールズから目を外す。邸外に招集した警視庁の者たちに入邸を許可したばかりだ。チャールズ邸内で生き残っているサキの部隊を拘束し、死んだ人間を回収してもらうために。

地上最凶のテロリストが目の前で果てた。仁戸田はいまだに、心の一部が麻痺していて実感が持てない。人型兵器に襲いかかられたとき、シールドのおかげでダメージはないにもかかわらず死んだふりをした。床に伏せたまま反撃の機会を窺《うかが》っていたのだ。だが、自分の力は必要なかった。チャールズと隆児の二人で決着をつけてしまった。というより、サキは隆児に向かって拳銃を撃ちながら、結局は自分を撃ったのだろう。ということは自殺か。今まで見たことのない類いの。

その意味はいまだに分からない。サキという女は、隆児と心中したかったのではないかという気が、ふとした。確信は持てず、そんな感傷的な洞察をした自分にも動揺しながらじっと床を見つめる。明らかに息絶えているのに、起き上がって襲いかかってくるという幻像が消えない。自分を嘲笑《あざわら》う他なかった。この女がそんなに怖いか。もっと怖いのは、理解不能の独り言を口にする永遠の不良少年の方だ。

「介入している……」

チャールズ・ディキンソンがモニタを覗き込みながらそう呟いたのだ。

「どういうことですか？」

岩見沢耕太郎が問いかける。彼はさっきから、チャールズの従者のようにそばにいた。首相まで務めながら、人に奉仕することがこんなにも似合う男はいないだろう。こういう無私のリーダーばかりだったら、傷だらけの世界はとっくに治っている。世界連邦は盤石で、永遠に滅びないだろう。だがいかんせん、岩見沢も二人といない。

「ジャックだ。耕太郎」

「え？」

「ジャックが、シールドを統括管理するホストコンピュータにアクセスしている。データをスキャンしている様子だ」

「そんなこと……分かるんですか？」

違う、と仁戸田は苛立ちを覚える。岩見沢はよく問いを間違える。「分かるんですか」ではない。「あり得るんですか」と問わねば駄目だろう。

「うん。彼がこっちを見ていることは、分かるんだ」

やはり俺は永遠にこの最長老を理解できない。百度目の痛感をする。

「なんのために見ているのか。それを見て、彼が何を感じているのかは分からないがな。査定しているのか？　シールドの使用者を。成績表でもつけているのかも知れないぞ。そうなると、僕ら全員が査定されていることになるな。君も僕も、仁戸田君も。みんな新米のシールドキーパーじゃないか！」

不謹慎な笑みのおかげで、査定うんぬんは冗談だと分かったが、この御仁が言えば信じそうになる。仁戸田が文句を言う前に岩見沢が訊いた。

「彼の現在地は？　どこから見ているんですか」

「それは分からない」

諦めきったような笑みが浮かぶ。

「調べていないんですか？」

「いや。調べても不明なんだ。この地上のどこでもない場所からログインしている」

岩見沢は絶句したが、

「……別の時代、ということですか？」

と思い切って訊いた。仁戸田は怒りと喜びを同時に感じる。

「さあな。僕が彼らに渡した端末に、時空を超える機能を持たせた覚えはない。いま彼、もしくは、彼を守る一団が違う時代にいると仮定して、なぜこっち側にアクセスできるかは謎だ。それこそ、もし十七世紀にいるとして……電源はどうしてる？　どこにラインをつなげてる。中継ポイントは？」

仁戸田は眩暈を覚え、強く頭を振って、いま聞いたばかりの話を払いのける。

考えても仕方ないことは考えない。選ばれし者たちは、選ばれし国の言葉で語っていればいい。自分はもっと地面を這う。所詮はドブ浚《さら》い。ドサ回りしかできないのだから。

そこで自分の端末が震えた。所属先から届いた内容を伝達する。

「機動隊に続いて、刑事部と公安部の刑事たちが到着しました。チャールズさん。各部のトップが、あなたと岩見沢さんに挨拶をしたいそうです。入室させても構いませんか」

「ウェルカムだ」

とチャールズが言う。岩見沢も頷いた。

仁戸田は、同僚たちを出迎えるために門へと向かう。すると岩見沢がついてきた。

「私も一度、外の空気を吸いたい。一緒に行くよ」

無理もなかった。暗殺部隊の残党こそ別室に閉じ込めたものの、人型兵器や死体が転がっている部屋の空気がいいはずもない。

「チャールズさん。すみません。少し表に出てきます」

岩見沢が断っても、

「分かった」

とチャールズは気にしない。淡々としている。長く生きすぎて死線を越えている。

部屋を出るとき、岩見沢が気遣うように一度振り返った。仁戸田もちらりと見る。チャールズはさっそくモニタとコンソールに向かっていた。世界各地の戦況を確かめる気だろう。シールドキーパーたちを守るために。とりわけ今は、アイリスと吉岡冬馬のために。だが、樋口尊のことも忘れないでほしいものだ。仁戸田は内心でそう呟く。丸い背中に向かって。

あの細身の身体が、百歳になる老体が、いまも世界を支えている。

ふいに目が潤んだ自分に驚いた。

断ち切るように背を向け、仁戸田は門に向かう。まだまだドブ浚いが待っている。

8

マヌエラ・デ・ソウザに用意してもらった船艇で海上を進んでゆく。

冬馬はスマートゴーグルをサングラスモードにして、強烈な太陽から目を守った。ずいぶん前から現在時刻を意識していない。ゴーグル内に現地時間は表示されているものの、地球を駆け巡りすぎて体内時計は判断を止めている。ただ、広がる海の美しさに心は勝手に感動している。ヴェネツィアの風雅なアドリア海とは違い、底抜けに明るい南国の海だが、かつて小さなゴンドラに乗り込んだ旅芸人一座の心持ちが分かる気がした。会ったこともないのに、伝説のキャラバンがとても近くに感じられる。

彼らが力を送ってくれる。それが実際の、物理的エネルギーなのかどうかは問題ではない。シールドとは祈りが具現化したものだ。

真の祈りだけが地上に顕現するとしたら、シールドは正しく、人間の夢。

夢見たことは実現する。絶対に命を奪わない、という狂おしい願いが、テクノロジーを通じて万人にもたらされるなら。それこそ真の革命だ。人間は新しい種に生まれ変わる。

冬馬は陶酔している自分を見つける。戦場に向かっているにもかかわらず。

生きる者すべての気配が、美しい海を渡る潮風となって吹きつけている。

それを背中に受け、俺は一枚の帆になって進んでいる……夢のような境地は、瞬時に弾けた。ここが楽園の海ではないことを思い知らされる。

目の前に大艦隊が広がっていた。

それは圧倒的で、一幅の絵画と見紛う。相手方の砲台は全てが自分に向いているように見える。それが書き割りでないと知り、かつて歴史上のどの戦場であれ、最前線に立った兵士たちの心情を冬馬は共有した。生きながらすでに死んだような気分。たとえ自分に二百人分の命があっても、持ちこたえられないほどの火力。それが目の前に並んでいたら、死は容易に肌身に沁《し》みる。撃たれる前に消し飛ばされた気分になる。汲めども汲めども尽きない憎しみが、弾丸や砲弾一つ一つに宿って自分を抉る。生命に対する侮蔑。支配に対する貪欲。恥を知らぬ非人間性。視界の彼方に横一直線に並んでいるのは、同じ人間の痛みを感じない、鈍い魂の列だ。

背後を振り返ると、冬馬を援護すべく精鋭部隊が並んでいる。眼前の大艦隊に比べれば数は遥かに少ないが、なんと心強いことか。血の通った者たち。特に女性たちの悲しみが見える。誰も殺したくはない。生涯フェアプレーを続けた代表チームの主将が、血の涙を流しながら戦いの指揮を執っている。その魂をも冬馬はいま、我が身のように感じている。

見ているのはマヌエラだけではない。通信回線を通して、ソフィアも立石も。きっと、アイリスや樋口や友哉も、今の自分を見てくれている。

吉岡冬馬は、頷いてみせた。

今は自分一人だ。限られた数のシールドキーパーが世界各地の戦場に散ったのだから仕方がない。誰もが自分の持ち場を守っている。全力を尽くしている。どんな苦境に立たされても持ちこたえる。他の誰かが手を添えにやってくるまで。

正しい道を歩く者に報いたい。おそらく今年は奇蹟の年で、この年でなければ奇蹟は成就しない。シールドキーパー同士が繋がり合い、互いの力を強め合い、楯をかざして戦火を消し去る。そんなことが歴史上、そう何度も起こるとは思えない。

無限の力は存在せず、いずれタイミングは失われる。

やがて来る歴史書には、シールドキーパーが重要な役割を果たしたと書かれるだろう。そこに個人名はいらない。心正しき楯使いであれば誰でもよかったのだ。ただそれが、自分であったという幸運をほのかに祝う。父祖たちの努力を受け継げた気がするから。

「武器を置いた者から勝利してゆく」

耳に響くのは忠輔の声だ。その通り。俺に矛は要らない。楯だけを持って相手のそばまで行く。そして言葉を投げつける。〝正しい矛〟はそれしかない。物理的なものではない。形のない、意味を宿した音の礫《つぶて》だ。

人間にとって正当な戦い方はそれだけ。〝罪〟に足を取られない唯一の戦法だ。正しく使えば、なんという武器か。相手のどんな心の壁でも突き通す。つまり、これから始まるのが真の戦いだ。自分の魂の底の底の力が試される。全力を出し尽くしても充分ではないだろう。

それでも退かない。前に進んでみせる。それが、楯を与えられた者の義務だ。

冬馬は耳を澄ます。海原を渡る風の中に吟遊詩人《トゥルバドール》の歌が混じっている。古びたギターの調べにのせて、馴染みのない異国の言語で、初めて聞くメロディーで唄われる哀切。暴虐の中で滅びていった民たちの思い。無念、嘆き、その中から溢れ出す生への未練。尽きない仲間への思慕。その全てが胸に刺さり、消えない傷痕を刻む。

刑事はこれから、伝道師という異名を持つことになるかも知れない。冬馬の頬がほころぶ。滅びた者たちの無念に報いたかった。怨念を消し去りたい。どんな身分であろうと生存権を侵されない、真に人間の顔をした世界連邦で、世界市民として生きられる社会を、できるなら百年でも二百年でも維持すること。その守護者でありたい。まさに万人警備隊《ユニヴァーサル・ガード》。充分に洗練されたとき、彼らは楯しか持たないだろう。他者を傷つける矛はうち捨て、代わりに言葉を放つだろう。

おかげで、誰一人不当な死を与えられない。

そんな世界がやって来る日まで、歩みを止めてはならない。

ところが、非情な電子音が聞こえた。実際に冬馬の鼓膜を震わせたのだ。

ここは豊饒《ほうじょう》の海ではなく、心の通わない荒野であると実感する。相手の殺意のなんとあられもないことか。それは中距離ミサイルのターゲットロックオンの音で、数秒の後に、放ったミサイルを標的まで確実に届ける。つまり、冬馬のいる場所に着弾し、護衛役の部隊ごと消し去る威力を持つものだった。それが聞こえた。見えたのだ。

　スマートゴーグルにこれほど強力な機能はない。いかに進歩したツールでもここまでは感知しない。かつて経験したことがないほど感覚が拡大し鋭敏になっている。地上に存在するすべてのシールドキーパーの思いが自分に集まっている。いや、世界市民が力を合わせ、直接自分を支えている。そんなことが実現すると思ったことはなかった。今や自分は通路に過ぎない。人々の祈りが具現化し、強い楯の縁が氷の指先へと変わり、燃え盛る憎しみに向かって伸びてゆく。これを工学的センサーで見れば、空間がたわみ、時間が減速し、ジェネレーターが波動を広げて破壊行為の根源に触れ、急速に温度を奪うのが見えるかも知れない。

　冬馬は心の底から納得する。意志こそが最も強力なものだと。それがテクノロジーを通じて物理的な力と化し、あるいは言葉になって人間を変える。揺るぎない意志だけが未来を創れる。

　奇蹟は起こせないと思っていた。トゥルバドールの真似など到底できないと。だが映像で見たジャック・フロストの姿が脳裏に刻まれている。彼は十字架より大きなものを背負わされていた。たった一人の肩に世界が乗っていた。なのに彼は、歩き通した。

真似をしたいという意志だけは揺らがなかった。肩や足が折れても歩き抜きたいという祈りは純化し、自分のものと他の楯使いのものとの区別なく、ジェネレーターを通して巨大な輪となり面となって、存在する全ての醜い火器に向かって伸びていった。

一万本の指先が火薬に触れて凍りつかせた。

もう一万の指先が発射システムの機序を低温で壊した。

さらに十万の指先が弾丸とエンジン、ありとあらゆる火を出すものを劣化させた。先祖返りしたり、原材料に戻ってしまったものもあった。時間の秩序が揺るがされ、過去と現在が、現在と未来が位置を換えた。

ジャック・フロストがかつて成した業。彼のような完璧なコントロールは到底できない。それでも、武器を無効にするという祈りは波のごとく空間を伝わっていった。到底自分の力ではなかった。いま、視覚や聴覚がジェンキンスの大艦隊を包み込むほど拡大していることに冬馬は驚愕した。これがトゥルバドールの境地……ジャック・フロストが持つ、人間を超えた能力を追体験している。テクノロジーは高度過ぎると魔法に似る。これを実現させた佐々木忠輔、チャールズ・ディキンソン、ジャック・フロストの三位一体は人類の奇蹟の結晶だと知った。

意志は光速をも超え自然の摂理をも覆すのか。自分がこの境地に値するのかは分からないが、いま代理人として自分が機能するのならばできることはし尽くす。たとえ命が燃え果てようとも。いつまでもこの波動と一体化していたいと冬馬は願った。それが叶わないことも知っていた。時限式の魔法が消え去る前に全ての奇蹟を開放しなくてはならない。

　冬馬はさらに前進した。乗る小さな船艇は、相手の艦隊の中心に分け入った。

　いまや人々の祈りの声までが聞こえた。世界中のジェネレーターを通じてとてつもないエネルギーがこの惑星の表面を縦横無尽に駆け巡っている。無限のエネルギーが供給され、大地を覆う楯となり、傷つけようとする全てを跳ね返す。

　敗北は存在しなかった。

　滅びも存在しなかった。

9

　我が勇壮たる大艦隊に、ちっぽけな船艇がたった一艘《いっそう》で近づいてきた。殲滅を命じることもできたが、トム・ジェンキンスはしなかった。

　いや、できなかったのか。自分でも分からない。そもそも自分は、国連本部ビルのソフィア・サンゴールに追い打ちをかけることもしなかった。なぜだ。冷たい汗が額からも脇からも湧き出してくる。かつての米軍のハインズ少将の自伝が脳裏にちらついていたせいだろう。

ジェンキンスはハインズ本人を知っている。かつては尊敬する将校だった。世界連邦革命と同時に米軍を去った。後年、彼の伝記を開いてみると、まさに退役軍人そのものの悠々自適の生活を気に入り、新しく訪れた世界も気に入っている様子だった。家族に見守られて往生したが、ジェンキンスは釈然としない。いいとこ取りだけして逃げた狡い人間だ。

ハインズの軍人魂を認めることはできない。自伝はこう結ばれているからだ。

「世界連邦は生まれたばかり。生まれ変わった国連も、決して盤石ではない。いつかは問題が噴き出すだろう。新しいシステムというものは必ず齟齬《そご》が見つかり、下手をすると致命的な大事故を起こす。それでも——世界は変わった。まったく新しい時代に突入した。それが長からんことを、祈るばかりだ」

なんという無責任。なんという恥知らず。失われた国の誇り、軍人の矜持《きょうじ》を一顧だにしない。世界連邦に骨抜きにされた典型のような男だ。裏切り者め。何度も自伝を放り投げたい衝動を抑えた。トゥルバドールについての記述が役に立つから捨てなかっただけだ。読み返しては心構えに役立たせてきた。

いま、メキシコ湾に集結させた自らの大艦隊が、たった一艘の船によって綺麗に道を開け、二分された。その光景を見つめながら思う。

ハインズ少将は正しかった。

トム・ジェンキンスというアメリカ人は今になって理解した。実際にトゥルバドールを目の前にすれば震え上がる以外にないと。どんな武人であれ同じだ。武に頼れば必ず鼻柱を折られる運命。氷雪の王は、どんな害意をも問答無用で凍りつかせてしまう。武装解除！　信じられないが、いま目の前で起きているのは——かつての米軍に起き、ハインズが容易に転んだ悪夢と全く同じこと。あまりの誤算に何度でも目を剝いてしまう。まさか日本の刑事がトゥルバドールと化すとは。艦隊で取り囲んでいながら、目の前に見えていながら、指一本触れられないとは。改めて銃撃を命じるべきだ。俺は命じる！　それがうまくいこうがいくまいが。

そう思いながら、まだ命じないでいる。命じれば結果が出てしまう。相手の正体が確定する。それが恐ろしい。

他の戦線に目を転じれば——世界中でウル製の武器の多くが自爆を遂げた。結果、ジェネラルズの部隊は内部から崩壊しかかっている。それには止まらない。ロシアのシベリア地帯に隠していたウルの最大規模の工場が、さっきから派手に燃え上がっているという。これも自爆か。我々は、壊滅か。

ジェンキンスは敗北を意識した。全世界から自分に向かって逆風が吹いてくる。どうやら時局を読み間違えた。敗れるはずのなかった我が陣営の勇猛な将軍たちは、いずれ降参するだろう。梁もフョードロフもすでに傷が深すぎる。特にフョードロフだ。最もウル化していた部隊である上に、アフリカ《A》警備隊《G》のオビクが反旗を明らかにしたいま、あのいけ好かない男の勝利は無限の彼方へ去った。

我がジェネラルズは全員が地に落ち、足蹴にされ、歴史の闇に葬られる。それこそが、決定した未来か。

ふん、と鼻から声を出した。ジェンキンスはあえて司令室の中でふんぞりかえる。

こんなことは覚悟の上だ。失敗したら、生きているつもりはなかった。最後ぐらい派手に散りたい。戦場で、硝煙と爆炎の中で往生したいものだ。ところが、それも許されないのかも知れない。そもそも武器がうんともすんとも言わないとしたら。止めどない苦い笑いが自分の口から、鼻から噴き出してこぼれ落ちる。それをも、伝説の氷雪が凍てつかせる。

ジェンキンスは思わずぶるりと震えた。

氷の柱と化す。それが俺の最期か？

10

『孫子《そんし》に習えば、闘わぬこともまた、道だ』

梁子墨《リャン・ズームォ》がこんなことを言い出すとは思わなかった。

『負けると決まっているならな。闘えば負けが込む』

今は二人だけで話している。互いに、ウル製の兵器を抱え込んだ者同士の実務的な対策会議のつもりだったが、途中から中華将軍は精神論ばかり口にしている。しかも、まるで言い訳のような、負けを受け入れる準備をするかのような内容だった。

この傲岸不遜な男にして、すでに萎れかかっているのか。信じがたい。

「聞かなかったことにする」

フョードロフの声は自然と冷たくなる。

「まだ、我が軍のように自爆の連鎖が始まったわけでもあるまいに。そんな日和見の発言は聞きたくない」

沈黙が返ってくる。画面を見れば、丸い赤ら顔から怒気が放たれている。

『獅子身中の虫』

梁は一言、斬り込むように言葉を投げつけてきた。

『貴殿の奨励に基づいて、我が軍にもウル製を多く導入した。おかげで、どんなことになったかを、忘れるな』

「忘れてはいない。だから今、分析を進めている。まもなく外科治療を終える。使えない兵器は全部排除した上で、今までの方針を守るのだ。我々は持ちこたえられる」

『本当か？』

猜疑心《さいぎしん》の塊のような男のもとに、フョードロフはデータを送りつけた。

「そっちの情報官にチェックしてもらってくれ。自爆を誘発するコマンドは特定した」

すると梁の表情が変わった。ギラつきが戻ってくる。

「それから、一つ朗報だ。人型兵器は自爆しない。安心して使ってくれ」

『なに？　それが本当なら……』

「本当だ。人型兵器ほど、少しの無駄も入る余地のないシステムはない。裏切り者どもは、自爆を起こす異物を組み込めなかった」

『ふむ』

梁の覇気が相当に回復した。フョードロフは悦に入る。アメリカのジェンキンスも、どこまでも意気軒昂なはず。自分たちはまだまだ負けない。

だが、こんなおためごかしもいつまで通じるかは分からない。まだシベリアの工場が爆発したことは梁に伝えていない。いずれは知るだろうが、いま士気を下げる必要もないだろう。一度叛逆の狼煙を上げたら、戦い続けるより他にないのだから。

俺は敗北を認めることができない。

屈辱を受け入れるぐらいなら死んだ方がマシだ。

自分でも、この境地はいささか意外ではある。現状は、事前のどんな想定をも超えて悲惨だ。弟が囚われ、サキが死に、ウルが自爆し出した。サイトーをアルフレッドにすげ替えたことが大失敗だと気づいた時には、アルフレッドの所在が分からなくなっていた。

いったい何の冗談だと笑う。いつのまにか何もかも失っていた。悪夢の度が過ぎて、顔から引き攣った笑みが消えなくなった。このままだと、俺のデスマスクは歪んだ笑みそのものになる。

それでも俺は敗北を認めることができない。

いくら戦力が削られようとも、たとえロシア《R》警備隊《G》の兵士の大半が離反しようとも、残った兵士たちにいずれ総攻撃を命じる。

もし人間の兵士が全員俺を裏切るならばそれでもいい。金輪際頼りにしない。少し前から人払いをかけ、人型兵器のみを司令室の周りに配置した。これらは自分も開発に口を出した最新鋭のシリーズだから、絶対に自爆の恐れはない。色も黒ではない。ロシアントリコロールで彩っている。モスクワ大公国の往時から引き継がれた汎スラヴ色。世界で最も美しく誇り高き白・青・赤をそれぞれ纏った三機。この聖三角が地獄の果てまで自分を守る。

もし取り囲まれて降伏を迫られても、こいつらに担ぎ上げられて離脱してやる。地の果てにでも身を隠して復讐の時を待つ。

絶対に降伏はしない。

絶対に戦死しない。

世界市民よ、アレクセイ・フョードロフのこの執念を知れ。

ロシアの魂は俺一人が受け継ぐ。俺が死ねばロシアも滅びるのだ。

通信画面では梁子墨がまだ愚にもつかないことを述べているが、耳に入れてはいない。

この地獄をどう生き抜くか。そればかりを考えている。

ふいに、冷気を感じた。

身体の芯からの震えが走り、自分の中の怯える獣が暴れだす。俺はロシアという大熊だ。だがその腹の中に、子山羊《こやぎ》のようなひ弱な生き物が隠れてメエメエ鳴いている。そんな自画像が浮かぶこと自体許せないが、全ての状況が自分を卑小にしようとするのだ。忠実なる従者、白と青と赤の機械人形が、うっすらと雪片を纏っていることに気づくに至って、正気を失う恐怖を生まれて初めて抱いた。ありえない。こんなことは絶対に……フョードロフは自分の手を擦りつけて確かめた。だが確かに冷たいのだった。確かに、息が白いのだった。

十一月のミンスクは寒いとはいえ、屋内に雪が降るとは聞いていない。来たのか。いつのまにか自分の背後に忍び寄っているのか。あの伝説の存在が。

ふいにフョードロフは幻聴を耳にした。幻聴でなくてはならなかった。なぜなら、とてつもない轟音《ごうおん》であったから。どんな爆発よりも凄みのある、心身全てを貫いて震撼させるような音。やがて知る。それが史上最大のブリザードであり、地上で吹き荒れたことのない、外宇宙の氷ガス惑星でしか計測されない時速千キロの風雪だと。司令部の外側を映すモニタは白い滝のようなものに覆われている。

恐怖を知らぬはずの機械人形たちが足踏みしている。動揺したかのように。逃げ出したいかのように。貴様たちすら俺を見捨てる気か？　自爆を命じたくなった。

だが、そんなことをする間もなく命を消し飛ばされるのか。白い嵐に飲み込まれて？

気づけば床に這いつくばっていた。絶対に認めたくないことに、恐怖に駆られて。赤ん坊に戻ったかのように。失禁し正気を失うのか。俺は、ここで終わりか。

11

　矢も盾もたまらず羽田空港までやってきたが、自分が乗る南米行きの便はサスペンデッド。出発するかどうかまだ分からなかった。

鴇田隆児はジリジリする。アメリカの海で戦闘が始まれば当然便は欠航する。その前に出発して欲しかったが、たとえ南米大陸に無事着けたとして、そこからカリブ海へ向かうのにまた一苦労だ。戦闘には到底間に合わないだろうし、それ以前に最前線に近づくことを許されない。警備隊員《ガーディアン》に制止されて追い返されるのがオチだ。

　それでも向かわずにいられない。隆児が最も恐れるのは、弟子が着く前に師匠が全てを解決してしまうこと。あの野卑なヤンキー将軍を屈服させてしまうことだ。それがいちばんあり得る、と隆児は信じていた。師匠がスペシャルな存在だともはや疑っていない。師匠の役に立ちたいと思って飛び出したのは本当だ。チャールズたちも温かく送り出してくれた。だが、自分はサキの遺骸から逃れたかった。空港に着いてからそう気づかされ、隆児は恥じ入った。俺はあの、理解に苦しむ死に向き合えなかった。

彼女の生と死の余韻は自分の中に生涯響き続ける。それは、サキと共に生きるのと同じだった。自分が殺した者を自分の肌身から離さない。それがせめてもの、人の生きる道——。そんな思いが胸の真ん中を貫いている。

隆児は頭を強く振ってから、人でごった返す空港の内部を眺めた。

あらゆる人種が行き交っている。国連本部のロビーで眺めた、世界連邦そのもののような景色を思い出す。目の前を行き交う全員が世界市民だった。個性はあっても優劣はなかった。自分たちで選んだ、色とりどりの未来がそこにあった。

すでにあらゆる航空便が予定を乱し、欠航も続出している。自分が乗る便の運命を待つ乗客たちでロビーは溢れ返っていた。変更や欠航を報せるアナウンスが間断なく続く。ロビーに据え置かれたテレビのニュースを食い入るように見ている者も多い。戦闘はまだ始まっていないか。世界連邦は存続しているか。戦いが始まったとして、どれだけ長引くのか。日本の運命も、これから行こうとしている国の運命も気になる。

「ママ。戦争が始まるの？」

まだ小学生だろう。落ち着いた眼差しの女の子が、横にいる母親に尋ねるのが聞こえた。隆児が佇むすぐ前のベンチに並んで座っている。

「戦争……ねえ。戦争って、なくなったはずだと思ってたけど」

母親はまだ若い。きつく眉根を寄せている。騙された、とでも言いたげな表情で。

「俺も戦うぞ」

別の方向から、英語の呟きが聞こえた。隆児が目を向けると、二十代と思しき男が三人集まっている。

「ユニヴァーサル・ガードに志願するって言うのか？」

「そうだ。じっとしていられない」

ピアスをし、腕にタトゥーをした男がいきり立っている。すると、眼鏡をかけた長身の男が冷静に訊いた。

「どっちに志願するんだよ。北か？　南か？」

すると全員が黙った。三人組は、探るようにお互いを見合う。

容貌はラテン系。空港のこの辺りには、アメリカ方面に飛ぶ航空便を待つ人間が多いので、中南米の住人だろうか。まさに北と南の境に生きる、隆児と同年配の若者たちだ。

彼らも岐路に立っている。もし戦うとして、志願するのは北米警備隊《NAG》か南米警備隊《SAG》か。

仕えたいのはデ・ソウザとジェンキンス。世界連邦側と、そうでない方。彼らはどちらを支持する？　この三人組の中でも割れるのか。友情にも罅が入るか。

気まずい沈黙に、隆児の方が耐えられなくなった。その場を離れ、全く別方面の便が出る区画に移動する。髪の白い人たちが何人も固まって座っていた。隆児は気分が落ち着くのを感じてそばに寄る。さっきまでいた邸宅内の人々を思い起こさせたのだ。老人に血の気の多い人はそもそも少ない。彼らも内心は世界情勢を憂い、やきもきしているに違いないが、それが表には現れない。ただ静かに、近くにある据え付けのテレビ画面を見つめている。

彼らの後ろ姿はさながら、森林で起きた火災を遠巻きに見つめる山の民のように見えた。深い諦念。天災が過ぎ去るのをただ待っているかのような。

隆児は彼らの一列後ろに座った。ここなら落ち着ける。ふと足元を見て、気づいた。老人たちの足元には大きな荷物がある。ギターケースやバイオリンケースだった。このグループは楽団らしい。少し身を乗り出して彼らの顔立ちを確かめると、東洋人ではない。皺や髭で分かりづらいが、東欧のどこかの国の人々に見えた。

フッと脳裏を過る。旅芸人一座のことが。

映像で見たトゥルバドールのリーダー、ゼロの容貌が重なった。言うまでもなく、この一団はトゥルバドールではない。それでも隆児は、妙に心を慰められる思いだった。

ふいに老人たちが三々五々、背後を振り返った。ごく何気ない様子で。

隆児はぎくりとする。いつのまにか自分たちのそばに座っている若者を、不審がっている。そう思ったのだが、どうやら違う。隆児も背後を振り返った。

空港ロビーのはるか向こうの方に、男が立っている。

身体つきから男に見えるが、髪の毛が長い。

その髪の色は灰色に見えた。

光の具合だ。隆児は直ちに自分に言った。あの男はこの老人たちの仲間だろう。一人遅れて合流してきたのだ。そう思わない理由はないのに、にわかに動悸が高まってゆく。隆児が目を凝らしても、遠すぎて顔が見分けられない。もう一度老人たちの様子を確かめた。みんな前を向いていた。確かに全員が振り返ったと思ったのに。何事もなかったかのように。

隆児は騙された気分だった。あわてて振り返って、灰色髪の男の姿が見えないことに気づく。なおさら引っ掛けられた気分になった。苦笑いする。チャールズ邸でいろんな映像を見すぎたせいだ。網膜に焼きついた姿を今、投影してしまった。それだけのこと。

老人たちはひたすら静かな生き物に戻った。このままここで、何十年でも耐え凌《しの》げるかのように見える。

隆児は立ち上がり、老人たちの元を離れる。あてどなくロビーの中を歩き続けた。

世界各地に向かう全ての人々の顔が見たかった。表情を、そこに滲んでいる感情を確かめたくてたまらなかった。いつしか、同じ空港にいる全員に強烈な共感を覚えている。この、名もなき市民たち一人ひとりと心配を分かち合えたらどんなにいいだろう。

ここにいる全員が主役だ。実際、その手には今も、世界連邦のあらゆる組織のリーダーを選ぶ権利が握られている。全く平等に。

自分こそが主役なんだ、といくら強調しても足りない気がした。みんなに言って回りたい。全員の手の中にあるのは権利。そして責任だった。みんな、気づいているだろうか？

歩きながら彼らの顔を一つ一つ確かめる。不穏なニュースに眉を顰め、自分の大切な人の命を心配している。世界連邦が転覆するかもしれない。なぜこんなことに？　まともなリーダーを選び損ねたから。どうして歴史に学ばなかった？　積み上げてきた叡智を生かさず、またもや間違った道に逸れた。暴君の出現に愕然としている顔、顔。平気で世界大戦を起こそうとする者たちを野放しにしてしまったのは、だれだ？

この危機を、命を懸けて止めようとしている者たちがいることを知ってほしかった。みんなで踏み外した道から、足を引き戻すために世界中に散っている最中だ。彼らは最前線に立ち、今この瞬間も命を燃やしている。みんなまだそれを知らない。ここで大声で叫ぼうか。歌に乗せて唄えるなら唄いたかった。それこそ吟遊詩人のように。

無理だから口を閉ざす。だが、知らせる。いつかきっと。

隆児は、己の胸に刃で刻みつけるようにして、誓った。

懐に手を当てる。ここに、チャールズ・ディキンソンにもらったＩＤカードがある。彼に許しを得てそのまま持って出てきたが、世界中のどこでも効力を発揮するかどうかは確かめていない。チャールズの城でしか効かないものかも知れない。

それでもいい。シールドに守られようと見捨てられようと、俺は自分の仕事をするのだ。どこであっても。

振り返れば、この数日間は怒濤《どとう》だった。多くのことをこの目で見て、知ることを許された。だからこそ、この道を外れた若僧が、まともな人生に値しないはずの自分が、残された命を使って声の限り世界中に訴えられる。世界を救おうとした者たちの勇姿を伝え切る。必ずだ。目を上げて、便の一覧を示す電光掲示を見た。

自分が乗る予定の便に、テイクオフの表示が灯っている。アナウンスも聞こえた。

俺は――吉岡冬馬のそばに行ける。全身に震えが走った。

心の底から師匠に会いたかった。少し意外だったのは、国連で会ったソフィア・サンゴールにまた会いたいという思いが同じくらい強いことだった。誰一人分け隔てなく救うために、あの人は戦っていた。なんと偉大な人だろう、という思いは日に日に増すばかりだ。

たぶん会える。そんな気がしてならなかった。疑う理由は一つもない。

鴇田隆児はいつしか笑顔で搭乗ゲートをくぐっていた。

12

俺は夢を見ているのだろうか？

冬馬はふと怖くなる。

こうであってほしい、という夢を、微睡みの中で思い描いているだけ？

白昼夢の中にいるに過ぎないのか。悲惨すぎる現実から逃れるために捏造した。全ての伝説はただの願望で、世界連邦など成立したことがない。人類は未来永劫《みらいえいごう》、溢れ返る武器を手に殺し合いを続ける。どうしてそうならないわけがある？ 人は愚かで進歩しない生き物なのだから。滅亡していないのはただの幸運で、これからも大勢が、不当で非業の死を遂げる。止められない。世界は常にそうしたもの。地獄に似た場所のままだ。

では——いま自分の生きている世界は何だ？

冬馬の両目に映っているのは、夢にまで見た奇蹟の光景なのだった。

すべての武器が使用停止に陥っている。

こんなことは起こりえない。今にも弾ける夢だ。目が覚めてしまう……そんな恐怖が過《よ》ぎる。俺の魂はどこにある？ どちらが夢でどちらが現実か、一瞬で決まる。自分の魂の置き所で。

俺に選ぶ力などない、どちらの世界に転げ落ちていく？　知りたくない。怖くて瞬きもできない。目の前の世界が消えてしまうから。

どうした？　なんの気の迷いだ。そう自分を笑えたのは、アイリスの魂を近くに感じたからだった。ジェネレーターで繋がっているからではない。通信機器やゴーグルのおかげでもない。全く同じ恐れと、全く同じ希望を抱いているのが自分のことのように分かる。

樋口尊の魂も感じた。ソフィアの魂も。チャールズも。鴇田隆児も近くに感じた。あの若僧はなんと、こちらに向かってこようとしている。冬馬は笑った。なんと可愛いやつだ。しかも今や、楯まで賜っている。

無敵の楯を持つ者全てが集まってくる未来が見えた。

だが、それはだいぶ先のこと。いま、海の上で冬馬は完全に一人きりだ。

一人で充分だった。目の前に広がる全ての火を消すことができる。

ジャックがそう告げているから。

世界中の人々が力を送ってくれるから。

祈りが形になるから。

楽園の海は、どこまでも静かだった。

この世ではないかのように。全ての艦船が古代の帆船と化したかのように、たゆたっている。いつまでも。

冬馬は潮のうねりに身を任せる。火は見えない。ただの一つも。

地獄は彼方に去った。

それは夢だった。

現実になった夢。

エピローグ――モノローグ／ダイアローグ

岩見沢と仁戸田が部屋を去ると、ずいぶん静かになった。

鴇田隆児はとうにいない。師匠たる吉岡冬馬が一人、カリブの海でジェンキンス軍に挑んでいると知って飛び出していった。何の役にも立たないことは確実だったが、だれも止めない。むしろ背中を押して送り出した。

いま部屋を満たしているのは死の気配だったが、チャールズにはすでに親しい。近い未来に、自分もその境界を超える。何を忌避することがあろうか。

そもそも、死者との対話が自分の仕事の半分を占めている。チャールズは、気づくとモニタに向かって尋ねていた。

「僕たちは、勝てるだろうか？」

答えはない。

それでチャールズは思い出したのだった。忠輔はもういないと。

チャールズの声を拾って反応するＡＩは、所詮はシステムに過ぎない。難しすぎる問いには答えない。そもそも、勝つ、負けるという意味が難しい。簡単に答えを出して欲しくもなかった。

では、と改めて質問してしまう。

「忠輔。いつか僕らは、殺し合うことをやめられるだろうか」

この問いにも、答えはなかった。

むしろ嬉しい。皮相的な答えなどいらない。このＡＩには魂が宿っていないし、もっともらしい答えはかえって腹立たしい。沈黙こそが正しい答えだ。

チャールズが司るホストコンピュータを基点として、全てのシールドキーパーが繋がっている。おそらくいま、ジャック・フロストですらつながり合えている。チャールズにも皆目分からない時空の彼方で。では、忠輔はどうだ？

無理だ。あの世とこの世をつなぐシステムはない。そんなルール違反は許されない。冒瀆だ。

忠輔がこの世から去ったことを残念に思うべきではない。あり余るほどの置き土産を残してくれたからだ。シールドもそうだし、彼が定式化した道徳科学は教科書にも載っている。おかげで、加害者＝敗者という最も基本的な式が世界市民の多くに、幼いうちから常識として頭に入るようになった。正しい殺人は存在しない。暴力が傷つけるのは他者でなく自分。そんな真理が普遍的になったのは明らかに、進化だと思った。

だが落第生はいなくならない。非科学的な人間がまだまだいる。性懲りもなく力に訴える。人の命を奪う。

諦めろというのか？　それが人間という種の限界だと？

道義が遍く人々を浸し、全ての人間が〝人道〟の上を歩く。そんな夢を見てはいけないのか？

ＡＩは沈黙している。

チャールズは頭《かぶり》を振り、気持ちも新たにコンソールを操作した。戦況をチェックする。どの最前線でも静寂が続いていた。この沈黙も、答えだ。アイリスや樋口は正しい仕事をした。見事に任務を果たしたから戦火が広がらない。中でも、最大の殊勲者は望月友哉で間違いない。最初のシールドキーパーであり、長きにわたって精神をやられる任務に従事してくれた。誰よりも多くの命を守った。

だがもしかすると、冬馬がそれを超える成果を出そうとしている。

メキシコ湾とカリブ海の様子はどうだ？　戦闘は、完全に停止したのか？

まだ油断ならない。このまま静寂は続くのか。爆発や発射音や、人体を壊す音は、地上に二度と響かないのか。

チャールズは耳を傾ける。やがて、悲しげに笑う。いずれまた、胸を引き裂くような音が響いてしまう。悲鳴や、鼓動が止まる瞬間や、ありとあらゆる悲惨な音が人々の耳に届くだろう。

響いたら、その都度消してゆくしかないのだ。一つ一つめげずに。代わりに、優しい静寂を届ける努力をする。世界市民が奮い立ち、全員で精を出したらどうなる？

この地上から不当な死は消滅する。

それこそ夢。だが夢を見続ける権利は誰にも奪えない。だから意地でも見続ける。残りわずかな命が続く限り。力尽きたら、愛する子孫たちに任せればいい。喜んで全てを託そう。

「もちろん一〇〇年後も失敗するかもしれない」

声が聞こえた。

「人々はそんな無謀な戦いのことは忘れ去り、ただ歴史の闇に消えてしまうかも知れない。でも千年後に誰かが掘り出してくれる。全く同じことを言い出すよ。どうしてかって？道理は不変だから」

忠輔の声だった。人工合成音声かと思ったが、そうではない。

「千年経とうが一万年経とうが、重力定数も物体の摩擦係数も光の速度も電子や陽子の質量も変わらない。それと同じだ。他人を傷つけたら負け。正しい殺人は存在しない。この科学的事実は人類が生まれる前からあり、人類が滅びた後も続く」

これはかつて、忠輔が実際に喋った声の録音だ。

まだ若い。二十代だった。自分も十代だった頃。だから、八十年以上前の声。

どのセンサーとアルゴリズムが反応したものか。ランダムに選んだに過ぎないアーカイヴ。だが、チャールズは嬉しかった。

ありがとう、忠輔。

忘れていた。お前が不死だということを。

とうに不滅だ。万物に溶け込んでいる。不変の道理が僕らを生かしている。僕が死んでも続く。アイリスや冬馬が死んだ後ももちろん続く。いったい、何を心配することがあるのか。

「すぐに会おうな」

チャールズは呟く。ふと、異国の旋律が耳に届いた。彼方の吟遊詩人も頷いている。微笑んでいる。疑う余地はなかった。どこか無辺の果てから、正しい楯を持つ全員に、今も勇気を届けてくれる。

殺すな。代わりに相手の目を見ろ。殺すな。代わりに言葉を交わせ。殺すな。手を差し伸べろ。殺すな。手を取り合え。殺すな。殺すな。殺すな。殺すな。

祝いに似た歌は、惑星の表面を遍く覆い、大地に染み込んでゆく。

やがて、星を包み込む静寂が耳に届く。

百歳の少年の顔は満面の笑みに溶けた。

主要参考文献・引用文献

『国連憲章』（小学館）
『国連事務総長――世界で最も不可能な仕事』田 仁揆（中央公論新社）
『国際連合の基礎知識』国際連合広報局 八森充訳（関西学院大学総合政策学部）
『国連憲章・国際法を学ぼう 続（シリーズ〈21世紀の世界と平和を考える〉3）平和と戦争の法、非暴力、法の支配の理念』森田俊男 平和・国際教育研究会編（平和文化）
『国際連合――その役割と機能』植木安弘（日本評論社）
『国連の限界／国連の未来』ジャン＝マルク・クワコウ 池村俊郎・駒木克彦訳（藤原書店）
『日本の戦争解剖図鑑――日本近現代史がマルわかり』拳骨拓史（エクスナレッジ）
『内戦と和平――現代戦争をどう終わらせるか』東大作（中公新書）
『平和主義とは何か――政治哲学で考える戦争と平和』松元雅和（中公新書）
『紛争解決ってなんだろう』篠田英朗（ちくまプリマー新書）
『池上彰と考える戦争の現代史 3――国境・領土紛争』池上彰監修（ポプラ社）
『ロシアを知る。』池上彰 佐藤優（東京堂出版）
『知っておきたい現代軍事用語――解説と使い方』高井三郎（アリアドネ企画／発売・三修社）
『図説現代の特殊部隊百科』リー・ネヴィル 坂崎竜訳（原書房）
『日本の軍隊――階級・人事・戦術・戦略…陸海軍のすべてがわかる』（別冊歴史読本 新人物往来社）
『日本の軍隊――兵士たちの近代史』吉田裕（岩波新書）
『第3次世界大戦の罠――新たな国際秩序と地政学を読み解く』山内昌之 佐藤優（徳間書店）
『NO HERO――アメリカ海軍特殊部隊の掟』マーク・オーウェン ケヴィン・マウラー 熊谷千寿訳（講談社）
『冬の兵士――イラク・アフガン帰還米兵が語る戦場の真実』反戦イラク帰還兵の会 アーロン・グランツ ＴＵＰ訳（岩波書店）
『テロルの系譜――日本暗殺史』かわぐちかいじ（ちくま文庫）
『それでも、日本人は「戦争」を選んだ』加藤陽子（新潮文庫）
『核兵器のしくみ』山田克哉（講談社現代新書）
『核解体――人類は恐怖から解放されるか』吉田文彦（岩波新書）
『脱原子力 明るい未来のエネルギー――ドイツ脱原発倫理委員会メンバー ミランダ・シュラーズさんと考える「日本の進むべき道筋」』ミランダ・シュラーズ 折原利男編著（新評論）
『脱原発を決めたドイツの挑戦――再生可能エネルギー大国への道』熊谷徹（角川ＳＳＣ新書）
『日本はなぜ脱原発できないのか――「原子力村」という利権』小森敦司（平凡社新書）
『ゼロからわかる人工知能――ついにはじまったＡＩ時代 社会や暮らしは急速に変化する―― 完全版』（ニュートンムック）

『AI倫理――人工知能は「責任」をとれるのか』西垣通 河島茂生（中公新書ラクレ）
『生命知能と人工知能――AI時代の脳の使い方・育て方』高橋宏知（講談社）
『未来の年表――人口減少日本でこれから起きること』河合雅司（講談社現代新書）
『新渡戸稲造論集』新渡戸稲造 鈴木範久編（岩波文庫）
『新渡戸稲造 日本初の国際連盟職員』玉城英彦（彩流社）
『国際連盟――世界平和への夢と挫折』篠原初枝（中公新書）
『湯川秀樹の戦争と平和――ノーベル賞科学者が遺した希望』小沼通二（岩波ブックレット）
『増補新版 アインシュタインは語る』アリス・カラプリス編 林一・林大訳（大月書店）
『未知への旅立ち――アインシュタイン新自伝ノート』金子務編訳（小学館ライブラリー）
『科学者と世界平和』アルバート・アインシュタイン 井上健訳（講談社学術文庫）
『ひとはなぜ戦争をするのか？』A・アインシュタイン S・フロイト 浅見昇吾訳（講談社学術文庫）
『わたしの非暴力 1・2』マハトマ・ガンディー 森本達雄訳（みすず書房）
『私にとっての宗教』マハトマ・ガンディー 竹内啓二・浦田広朗・梅田徹・鈴木康之・保坂俊司訳（新評論）
『ガンジー自伝』マハトマ・ガンディー 蠟山芳郎訳（中公文庫）
『はだしのゲン 第1～10巻』中沢啓治（汐文社）
『トコトンやさしい熱力学の本』（B&Tブックス 今日からモノ知りシリーズ）久保田浪之介（日刊工業新聞社）
『熱力学がわかる――何に使えるか分からなければ、意味がない エネルギー問題の解決に役立つ熱力学』（ファーストブック）石原敦 中原真也（技術評論社）
『中国哲学』宇野哲人（講談社学術文庫）
『中国の古代哲学――孟子・老子・荘子・韓非子』小島祐馬 宇野哲人（講談社学術文庫）
『イチから知りたい！ 論語の本――カラー版』佐久協監修（西東社）
『建国神話の社会史――史実と虚偽の境界』古川隆久（中公選書）
『神話で読みとく古代日本――古事記・日本書紀・風土記』松本直樹（ちくま新書）
『死刑廃止を考える 改訂版』菊田幸一（岩波書店）
『知っていますか？ 死刑と人権一問一答』アムネスティ・インターナショナル日本支部編著（解放出版社）
『この国のかたちを見つめ直す』加藤陽子（毎日新聞出版）
『学問と政治――学術会議任命拒否問題とは何か』芦名定道 宇野重規 岡田正則 小沢隆一 加藤陽子 松宮孝明（岩波新書）
『ジプシー民話集――ウェールズ地方』J・サンプソン編 庄司浅水訳（社会思想社）
『宮沢賢治全集 7』（ちくま文庫）

『氷のレガータ』
『「憎悪分解セオリー」のための講義録』
沢村鐵「note」https://note.com/tetsusawamura/

解説

松井ゆかり

シリーズもの最終巻の解説を書くのは難しい。うかつにもそれに気づいたのは執筆の依頼を受けた後だった。佐々木《ささき》忠輔《ちゅうすけ》なら一秒かからず見抜く真理であろう。本書と同じ世界観を共有している『フェイスレス　警視庁墨田署刑事課特命担当・一柳《いちやなぎ》美結《みゆ》』から始まるシリーズ四冊と『世界警察』シリーズの先行作品三冊（あるいは本書を含めて四冊）を、今このページを読まれているすべての方々が順番に読み終えているのであれば申し分ない。しかし、本書を手に取るシチュエーションは人それぞれのはず。そこで、まずは予想し得るケースごとに、今後とるべき読書プランをご提案したい。

・一柳美結シリーズ全巻＋本書まで読み終えた方……存分に楽しまれたことと思います。このまま余韻に浸るのもよし、もう一巡するのもよし、もちろん解説を読み進められるのもよしです。

・一柳美結シリーズ全巻＋世界警察シリーズ第三巻『簒奪のオブシディアン』まで読み終

えた方……これから本書を読まれるには理想的なパターンです。解説は後回しでかまいませんから、すぐさま本文を読み始められますよう。

・一柳美結シリーズあるいは世界警察シリーズの途中までお読みになった方……できればひとまず本書は脇に置いて、一柳美結シリーズあるいは世界警察シリーズの止まっているところから読み始められることをおすすめします。

・一柳美結シリーズも世界警察シリーズも未読の方……これからまっさらな状態でこの物語に触れられるとはうらやましい限りです。可能であれば一柳美結シリーズから読み始められるのが吉です。

要するに、〝できる限り一柳美結シリーズの最初から読んで、佐々木忠輔やチャールズ・ディキンソンといったキャラが物語においてどのような役割を果たしているかを把握したうえで、世界警察シリーズに取りかかる〟というスタイルを推奨したい。せっかく本書をお手に取られた方に対して「これじゃなくて、前の本から読んでください（しかも最大七冊前）」と言っているようで心苦しいのだが、最後まで読み終えた後の感動の大きさが違ってくるので、ぜひご検討いただければ幸甚である。

ということでこの解説は、基本的にはすでに本文を読み終えた方や一柳美結シリーズと世界警察シリーズの相関関係を把握したい方に向けて書いていくことにする。一柳美結シリーズ第一巻『フェイスレス』の冒頭、一柳美結は〝サイバーフォース〟と呼ばれる部署から墨田署の刑事課強行犯係に一年前に異動してきた巡査だった。この半月ほどは平和な日々が続いていたが、管内にある大学で爆発があったとの一報が入る。現場に急行した美結はそこで自分の、いや、全世界の運命を大きく変えることになる大学講師・佐々木忠輔と出会う。

爆発によってひとりの教授が亡くなり、佐々木は爆破犯と思われる人物と事件直前に遭遇しているはずなのだが、「相貌失認症（＝顔による個人の識別が困難になること）」ゆえに容疑者の顔を記憶していないという。実は事件の背後には「C」（＝チャールズ・ディキンソン）という国際的サイバー犯罪者の影が。

「C」を凶悪犯とみなし、警察は全力をあげてその行方を追うが、実は複雑な事情が入り組んでいることがわかってくる。さらには、美結自身にも過去の壮絶な体験があり、また昔の恋人で現在は警視庁刑事部捜査一課の警部補である吉岡雄馬《よしおかゆうま》との再会も……と全方位的に興味を引きつける内容になっている。

読み終えてみれば、一柳美結シリーズは時間の経過としては二週間にも満たない。たいへんに高密度な物語が四巻にわたって書き綴られているが、先が気になってどんどん読み進めてしまう。この堂々たる物語を上回るスケールとなっているのが、いよいよ本書を最終巻に据えた『世界警察』全四巻だ。

一柳美結シリーズは対峙する悪役の存在が破格ではあるけれども、それでも正統的な警察小説といって差し支えないかと思う。それから百年近い後の時代が描かれる世界警察シリーズとなると、めざましく技術の進歩が進んでおり、ほぼSF作品を読むかのような感覚に陥る（その最たるものが「シールド」。銃で撃たれても痛みを感じないレベルで、装着している者の生命を守ってくれる）。そして、もはや警視庁は日本の一機関に留まらず、世界の「ケーシチョウ」となっている。

主人公の吉岡冬馬《とうま》は、警視庁刑事部捜査第一課の警部（名前から容易に推察できることですが、雄馬の孫にあたります。祖母が誰であるかもおそらくご想像通りで）。彼はシールドを装着していることもあり、武器を持たずに犯人を確保する〝説教師〟として有名だ。以前コンビを組んでいたアイリス・D・神村《かみむら》は現在は警視庁情報分析捜査室の室長に就任している。彼女の祖父にあたるのがチャールズ。なんと百歳になる現在もまだまだ現役感があり、佐々木たちとともに創り上げようとした社会の秩序を守るべく奮闘している。

そう、二〇九九年には日本が主導した世界連邦が樹立されているのだ。それぞれの国は主権を保ちながら、同じ安全保障体制を組んでいる状態。そうした国々の共同体が世界連邦である。政軍分離は大原則として全世界に受け入れられており、各国の軍隊は放棄された。世界の治安を守っているのは、八つの管轄エリアに分かれたユニヴァーサル・ガード。国連はより重い責任を担う組織として増強されている。アイリスとは腹蔵なく話し合える仲のソフィア・サンゴールが国連事務総長に就任していることもあり、全世界的にかなり安定していると思われる状態だった。しかし、物語の早い段階から、武装組織イザナギが怪しい動きを見せ始めている。イザナギの頭首は鈴木という男だが、実働部隊のトップはサキという女が務めていた。そればかりでなく、ユニヴァーサル・ガードのひとつである東アジア警備隊《EAG》の司令官《コマンダー》・茂木《もぎ》一士《かずし》が世界連邦に反旗を翻し……というのが、第一巻の半分を少し過ぎたところ。

個人的に最も胸を打たれたのが、二〇九九年には女性たちが自然に活躍する世界が実現しているという点。八人いるコマンダーのうち約半数を女性が占めている（「ウィメンズ・クラブ」を自称しているのが微笑ましい）。茂木と同様に世界の秩序を乱そうとした男性コマンダーたちも、ウィメンズ・クラブに対して目障《めざわ》りだと思ってはいても、彼女たちの実力に対して疑問を差し挟むようなところはみられない。女性が要職に就いていることに対して、この時代の人々はごく当然のこととして受け入れているということだろう。女性がトップなら戦争は起きないというほど単純な話だとは思わないが、多様性という観点からも世界の重要なポストがバランスのよい構成になっていることは望ましい状態といえよう（まあイザナギでも実質的なリーダーはサキという女性であるわけで、こちらはコマンダーたちと同等かそれ以上に高い攻撃性をみせているわけだが……）。

そしてシリーズ完結編となる本書では、ついにさまざまな局面に決着が。平穏な世界情勢をよしとしない者たちの気持ちは理解できないものの、例えば元イザナギのメンバーでサキの恋人でもあった鴇《とき》田《た》隆《りゅう》児《じ》が冬馬やチャールズの影響を受けて目覚ましく成長したように、新しい時代を支えていこうとする人々も多く存在することを心強く感じる。最後の場面はこの人物で幕を閉じるのか、と胸に迫るものがあった。時間の重みを感じるラスト、ぜひ見届けていただきたい。

ふたつのシリーズを通して、他者を尊重する登場人物が多いことにたいへん感銘を受けた。相手の意見が自分と異なるものであっても、即座に否定したり切り捨てたりしないというのは、頭ではわかっていてもなかなかできないことだ。と言いつつ、個人的に強く印象に残ったのはまったく逆のタイプであるサキだった。イザナギという過激な組織の中でも、頭首を凌ぐほど攻撃的でカリスマ性を備えており、どんどん強大な力を身につけていく様子には戦慄を禁じ得ない。結局のところ詳細な生い立ちといったものはわからないままだし（とある重要人物の子孫であるという出自については自ら告白していたけれども）、何を考えているのかつかみどころもなかったが、すべてを明らかにするのがいいというものでもない。むしろ謎が残ったことにより、よけいに忘れ難い存在になったという気もする。

　サキのように残忍で悪意に満ちたキャラを登場させることで、安寧な社会であることの重要性がより際立つという構造になっているのではないだろうか。著者はインパクトを狙っただけのキャラとして彼女を登場させたわけではないに違いない。

　著者の沢村鐵氏は、二〇〇〇年に『雨の鎮魂歌《レクイエム》』でデビュー。現在は警察小説の書き手というイメージを持たれることが多いかと思うが、実はデビュー作のような学園ミステリやホラーにファンタジーなど、幅広い雰囲気の作品を書かれているという事実は強調しておきたい。〝デビュー作にはその作家のすべてが詰まっている〟とはよく言われることだが、『雨の鎮魂歌』もミステリ的な興味以上に青春小説や成長小説としての読みごたえを感じられる一冊となっている。登場人物たちの持つひたむきさや情熱は、一柳美結や吉岡冬馬たちに通じるものがあるのではないかと感じた。苦悩や屈託を抱えてもなお誠実であろうとするキャラクター造形は、著者が得意とするところなのではないかと思う。

　皮肉なことに二〇二三年の現在、約一年前から続くロシア・ウクライナ情勢はなかなか終息の気配がみえず、世界の他の地域でも争いは続いている。佐々木忠輔が実在していたら、どんなにか心を痛めていたことだろう。しかし本シリーズのように、未来を見据えて理想の社会を作っていこうと考える人材が育っていけば、いつか彼や盟友であったチャールズたちが目指した世界平和は現実のものになるかもしれない。ひとりひとりに出来ることは微々たるものかもしれないが、夢物語だとあきらめていたら何も変わらないのだから。沢村鐵という作家が生み出したこの壮大な物語を読むことによって、改めて読者の心に平和を願う気持ちが大きく育つよう祈る。どうか誤った道を進む権力者たちは見よ、世界にはこんなありようがあるということを。

（まつい・ゆかり　書評ライター）

この作品はフィクションです。作中に登場する人物名・団体名は実在するものとは一切関係ありません。

本書は書き下ろしです。

中公文庫

世《せ》界《かい》警《けい》察《さつ》4

──悠久《ゆうきゅう》のフロスティグレイ

2023年3月25日　初版発行

著　者　沢《さわ》 村《むら》 鐵《てつ》

発行者　安部順一

発行所　中央公論新社
〒100-8152　東京都千代田区大手町1-7-1
電話　販売 03-5299-1730　編集 03-5299-1890
URL https://www.chuko.co.jp/

ＤＴＰ　ハンズ・ミケ
印　刷　三晃印刷
製　本　小泉製本

Published by CHUOKORON-SHINSHA, INC.
Printed in Japan　ISBN978-4-12-207340-1 C1193

フェイスレス
Faceless
—警視庁墨田署刑事課特命担当・一柳美結—
沢村鐵
Tetsu Sawamura
中公文庫

スカイハイ
Sky High
—警視庁墨田署刑事課特命担当・一柳美結2—
沢村鐵
Tetsu Sawamura
中公文庫

ネメシス
Nemesis
—警視庁墨田署刑事課特命担当・一柳美結3—
沢村鐵

シュラ
Shura
—警視庁墨田署刑事課特命担当・一柳美結4—
沢村鐵
Tetsu Sawamura

80年の時を超え、

クラン

シリーズ

- クランⅠ　警視庁捜査一課・晴山旭の密命
- クランⅡ　警視庁渋谷南署・岩沢誠次郎の激昂
- クランⅢ　警視庁公安部・区界浩の深謀
- クランⅣ　警視庁機動分析課・上郷奈津実の執心
- クランⅤ　警視庁渋谷南署巡査・足ヶ瀬直助の覚醒
- クランⅥ　警視庁内密命組織・最後の任務　（全6巻）

渋谷の片隅で警察関係者の遺体が見つかった。明らかな他殺体を自殺と断定した鑑識課の敏腕検視官。疑念を抱いた捜査一課上層部は、晴山旭警部補に内偵を命じる。検視官の目的は一体？　真実を明らかにした晴山の前に現れたのは、警察内に潜む巨大な闇の存在だった――。

警察に潜む悪を裁け！

中公文庫既刊より

と-25-45
新装版 雪虫　刑事・鳴沢了　堂場瞬一
俺は刑事に生まれたんだ――鳴沢了は、湯沢での殺人と五十年前の事件の関連を確信するが、署長である父は彼を事件から遠ざける。〈解説〉宇田川拓也
206821-6

と-25-46
新装版 破弾　刑事・鳴沢了　堂場瞬一
警視庁にやってきた了は署内で冷遇を受ける女性刑事・冴と組む。心に傷を抱えた二人が今、最高のコンビとして立ち上がる。〈解説〉沢田史郎
206837-7

と-25-47
新装版 熱欲　刑事・鳴沢了　堂場瞬一
青山署の刑事として現場に戻った了。詐欺がらみの連続傷害殺人事件に対峙する了の捜査は、NYの中国人マフィアへと繋がっていく。シリーズ第三弾。
206853-7

と-25-48
新装版 孤狼　刑事・鳴沢了　堂場瞬一
行方不明の刑事と不審死した刑事。遺体の手には「鳴沢了」と書かれたメモ――最強のトリオで警察内に潜む闇に挑め。シリーズ第四弾。〈解説〉内田俊明
206872-8

と-25-49
新装版 帰郷　刑事・鳴沢了　堂場瞬一
殺人事件の被害者遺族に依頼された、父が遺した未解決事件の再調査。「捜一の鬼」と呼ばれた父を超えるため、了は再び故郷に立つ。〈解説〉加藤裕啓
206881-0

と-25-50
新装版 讐雨　刑事・鳴沢了　堂場瞬一
爆破事件に巻き込まれた了。やがて届く犯行声明。爆弾魔の要求は世間を騒がせた連続幼女誘拐犯の釈放であった。大人気シリーズ第六弾。〈解説〉内田　剛
206899-5

と-25-51
新装版 血烙　刑事・鳴沢了　堂場瞬一
恋人の子・勇樹が誘拐された。背後に揺れる大物マフィアの影。異国の地を駆ける了が辿り着いた事件の哀しき真相とは。シリーズ第七弾。〈解説〉安西京子
206909-1

各書目の下段の数字はISBNコードです。978－4－12が省略してあります。

と-25-52　新装版 被匿 刑事・鳴沢了　堂場瞬一

西八王子署管内で代議士が不審死。ろくな捜査もせず警察は事故と断じる。苛立つ了のもとに地検から秘密裏に協力の要請が。シリーズ第八弾。〈解説〉狩野大樹

206924-4

と-25-53　新装版 疑装 刑事・鳴沢了　堂場瞬一

保護した少年が失踪。やがて彼の父親がひき逃げ事件を起こしたことが判明した。少年を追う了を待つ衝撃の事実とは。シリーズ第九弾。〈解説〉倉田裕子

206934-3

と-25-54　新装版 久《く》遠《おん》（上）刑事・鳴沢了　堂場瞬一

ターゲットは、鳴沢了。何者かに殺人の濡れ衣を着せられた了。潔白を証明するため、一人、捜査に乗り出すのだが……。刑事として生まれた男、最後の事件。

206977-0

と-25-55　新装版 久遠（下）刑事・鳴沢了　堂場瞬一

謎の符号「ABC」の正体を掴むも捜査は行き詰まる。闘い続けた男の危機に仲間たちが立ち上がる。全てを操る黒幕の正体とは？　警察小説の金字塔、完結。

206978-7

と-25-56　新装版 七つの証言 刑事・鳴沢了外伝　堂場瞬一

冴、海、勇樹、そして高城。了に関わる七人の目を通して描く「刑事として生まれた男」の真実とは。著者最大の人気シリーズ唯一の短編集。〈解説〉大矢博子

206991-6

と-26-9　SRO Ⅰ 警視庁広域捜査専任特別調査室　富樫倫太郎

七名の小所帯に、警視長以下キャリアが五名。管轄を越えた花形部署のはずが——。警察組織の盲点を衝く、連続殺人犯を追え！　新時代警察小説の登場。

205393-9

と-26-10　SRO Ⅱ 死の天使　富樫倫太郎

死を願ったのち亡くなる患者たち、解雇された看護師、病院内でささやかれる『死の天使』の噂。SRO対連続殺人犯の行方は。待望のシリーズ第二弾！　書き下ろし長篇。

205427-1

と-26-11　SRO Ⅲ キラークィーン　富樫倫太郎

SRO対〝最凶の連続殺人犯〟、因縁の対決再び‼　東京地検へ向かう道中、近藤房子を乗せた護送車は裏道へ誘導され——。大好評シリーズ第三弾、書き下ろし長篇。

205453-0

各書目の下段の数字はISBNコードです。978－4－12が省略してあります。

ほ-17-15
新装版 ジウII 警視庁特殊急襲部隊
誉田哲也

誘拐事件は解決したかに見えたが、依然として黒幕・ジウの正体は摑めない。事件を追う東と美咲。一方、特進をはたした基子の前には不気味な影が。〈解説〉宇田川拓也

207033-2

ほ-17-16
新装版 ジウIII 新世界秩序
誉田哲也

新宿駅前で街頭演説中の総理大臣を標的としたテロが発生。歌舞伎町を封鎖占拠し、〈新世界秩序〉を唱えるミヤジとジウの目的は何なのか⁉〈解説〉友清　哲

207049-3

ほ-17-4
国境事変
誉田哲也

在日朝鮮人殺人事件の捜査で対立する公安部と捜査一課の男たち。警察官の矜持と信念を胸に、銃声轟く国境の島・対馬へ向かう。〈解説〉香山二三郎

205326-7

ほ-17-5
ハング
誉田哲也

捜査一課「堀田班」は殺人事件の再捜査で容疑者を逮捕。だが公判で自白強要の証言があり、班員が首を吊った姿で見つかる。そしてさらに死の連鎖が……誉田史上、最もハードな警察小説。

205693-0

ほ-17-7
歌舞伎町セブン
誉田哲也

『ジウ』の歌舞伎町封鎖事件から六年。再び迫る脅威から街を守るため、密かに立ち上がる者たちがいた。戦慄のダークヒーロー小説！〈解説〉安東能明

205838-5

ほ-17-11
歌舞伎町ダムド
誉田哲也

今夜も新宿のどこかで、伝説的犯罪者〈ジウ〉の後継者が血まみれのダンスを踊る。殺戮のカリスマvs.新宿署刑事vs.殺し屋集団、三つ巴の死闘が始まる！

206357-0

ほ-17-12
ノワール 硝子の太陽
誉田哲也

沖縄の活動家死亡事故を機に反米軍基地デモが全国で激化。その最中、この国を深い闇へと誘う動きを、東警部補は察知する……。〈解説〉友清　哲

206676-2

ほ-17-17
歌舞伎町ゲノム
誉田哲也

大人気シリーズ、〈ジウ〉サーガ第九弾！ 伝説の暗殺者集団「歌舞伎町セブン」に、新メンバー加入！ 彼らの活躍と日々を描いた傑作。〈解説〉宇田川拓也

207129-2

ほ-17-6
月光
誉田哲也
同級生の運転するバイクに轢かれ、姉が死んだ。殺人を疑う妹の結花は同じ高校に入学し調査を始めるが、やがて残酷な真実に直面する。衝撃のR18ミステリー。
205778-4

ほ-17-13
アクセス
誉田哲也
高校生たちに襲いかかる殺人の連鎖。仮想現実を支配する「極限の悪意」を相手に、壮絶な戦いが始まる！ 著者のダークサイドの原点！〈解説〉大矢博子
206938-1

ほ-17-18
あなたの本 新装版
誉田哲也
これは神の悪戯か、一冊の本が狂わす人間の運命――表題作をはじめ、万華鏡の如く広がる七つの小説世界。新たに五つの掌篇を収録。〈解説〉瀬木広哉
207250-3

ほ-17-19
主よ、永遠の休息を 新装版
誉田哲也
暴力団事務所との接触で、若き通信社記者は、ある誘拐殺人事件の犯行映像がネット配信されている事実を知るが……。慟哭のミステリー。〈解説〉瀬木広哉
207309-8

や-53-1
もぐら
矢月秀作
こいつの強さは規格外――。警視庁組織犯罪対策部を辞し、ただ一人悪に立ち向かう「もぐら」こと影野竜司。最凶に危険な男が暴れる、長編ハード・アクション。
205626-8

や-53-2
もぐら 讐
矢月秀作
警視庁に聖戦布告！ 影野竜司が服役する刑務所が爆破され、獄中で目覚める〝もぐら〟の本性――超法規的、過激な男たちが暴れ回る、長編ハード・アクション第二弾！
205655-8

や-53-3
もぐら 乱
矢月秀作
女神よりも美しく、軍隊よりも強い――次なる敵は、中国の暗殺団・三美神。影野竜司が新設された警視庁特務班とともに暴れ回る、長編ハード・アクション第三弾。
205679-4

や-53-4
もぐら 醒
矢月秀作
死ぬほど楽しい殺人ゲーム――姿なき主宰者の目的は、復讐か、それとも快楽か。凶行を繰り返す敵との、超法規的な闘いが始まる。シリーズ第四弾！
205704-3

各書目の下段の数字はISBNコードです。978－4－12が省略してあります。

や-53-5
もぐら 闘
矢月秀作
新宿の高層ビルで発生した爆破事件。爆心部にいた被害者は、iPS細胞の研究員だった。新細胞開発に蠢く闇に迫る！ シリーズ第五弾。
205731-9

や-53-6
もぐら 戒
矢月秀作
首都崩壊の危機！ 竜司の恋人は爆弾とともに巻き付けられ、警視庁にはロケット弾が打ち込まれた。国家を、そして愛する者を救え――シリーズ第六弾。
205755-5

や-53-7
もぐら 凱（上）
矢月秀作
勝ち残った奴が人類最強――。首都騒乱の同時多発テロから一年。さらに戦闘力をアップしたシリーズ史上最強の敵が襲いかかる！ 〝もぐら〟最後の闘い。
205854-5

や-53-8
もぐら 凱（下）
矢月秀作
勝利か、死か――。戦友たちが次々に倒されるなか、遂に〝もぐら〟が東京上陸。日本全土を恐慌に陥れる謎の軍団との最終決戦へ！ 野獣の伝説、ここに完結。
205855-2

や-53-15
もぐら新章 血脈
矢月秀作
新たなる「もぐら」伝説！ 人類最強を決める壮絶な闘いの末、伝説は終わりを告げた……はずだった。今、最後の地沖縄であの伝説が蘇る。文庫オリジナル。
206718-9

や-53-16
もぐら新章 波濤
矢月秀作
もぐら・影野竜司の血を引く竜星。沖縄開発の裏で暗躍する組織と、二十年ぶりに島に現れた伝説の武闘派ヤクザ――新たな戦いの中で竜星は未来を模索する！
206862-9

や-53-17
もぐら新章 青嵐
矢月秀作
コロナ禍に沈む沖縄で拳を振るうボクサー崩れの城間尚亮。渡久地巌に心酔する城間の暴走が、もぐらの血を引く竜星の怒りを爆発させる。文庫オリジナル。
207051-6

や-53-18
もぐら新章 昴《ぼう》星《せい》
矢月秀作
竜星の母・紗由美の会社で失踪事件が発生。紗由美が調査に乗り出した時、竜星は楢山と金武の道場で対峙していた。若き竜星の成長を描く第一期、堂々完結！
207202-2